머리검은토끼와
그 밖의 이야기들

머리검은 토끼와

그 밖의 이야기들

최민우 소설

자음과모음

차 례

레오파드

아직 협회 소속이던 시절의 일이다.

차오라는 남자와 알고 지낸 적이 있었다. 차오는 처음 인사를 나누는 사람이 이름에 대해 뭐라고 말을 꺼내기 전에 고울 차(瑳) 자에 깨달을 오(惡) 자를 쓴다고 선수를 치곤 했다. 나이는 삼십대 후반 내지는 사십대 초반이었고 체구는 날씬했다. 넓은 미간에서 까맣고 동그란 눈이 반짝였으며, 아웃렛에서 산 감색 양복을 새로 장만한 피부라도 된 듯 항상 입고 다녔다.

당시 차오는 그리 유명한 사업가는 아니었다. 그는 버스 종점에서 한 정거장 전, 자동차 정비센터와 상추를 키우는 텃밭 사이에 위치한 3층 건물의 1층에 1인 돈까스 전문점 체인 본부를 차려놓고 가맹점을 유치하고자 분투하고 있었다. 차오의 설명에 따르면

1인 돈까스 전문점이란 말 그대로 혼자서 조리와 접객을 동시에 할 수 있는 작은 가게로, 손님도 세 명 이상은 받을 수 없었으며, 건물과 공간의 빈틈을 공략하는 혁신적인 아이템이었다.

차오가 가맹점을 확장하기 위해 정확히 어떤 노력을 하는지는 잘 알 수 없었지만, 아무튼 그는 목이 마르면 가끔 2층에 있는 내 사무실로 찾아왔고, 우리는 화장품 판매점 간판을 떼지 않은 대폿집에서 술을 마셨다. 간혹 '중요한 투자자'나 '비전을 제시해주는 사람' 내지는 '천금처럼 믿을 수 있는 형님'을 데려오기도 했는데, 한 번 본 얼굴과 다시 마주친 기억은 없었다. 차오는 말주변이 좋았고, 처음 만나는 사람과도 금세 친구처럼 어울렸다. 흥이 오르면 대폿집에 있는 손님들의 술값을 전부 계산하기도 했는데, 그럴 때는 진짜로 성공한 사업가처럼 보였다. 나도 기분이 좋아지면 차오에게 내가 맡았던 일들을 슬쩍 흘리곤 했다.

"그러니까, 상수도 공사장에 나타나서 현장소장을 납치한 드래곤을 잡으러 다녔다?"

"요약하면 그런 거지. 요약하면."

차오가 당연히 더 사연이 있는 거 아니냐는 표정으로 나를 보았다. 물론 더 있었지만 그 사연은 그가 머릿속에서 그리고 있는 이야기와는 꽤 다를 터였다. 상수도 공사장에 진짜로 드래곤이 출현한 것도 아니었고, 관리자 또한 그저 우연히 거기 있었다는 이유로 애꿎게 끌려간 게 아니었다. 하지만 협회는 비밀 유지에 대해서는 엄격했다.

"말하기 싫으면 말 안 해도 되는데, 무슨 판타지 소설 같네. 그런 소설이나 영화 많지 않아? 나는 책도 안 읽고 영화도 잘 안 봐서 모르지만."

나는 적극적으로 부정하지 않았다. 사실 내가 담당했던 일들은 지극히 현실적이고 평범한 사연이었다. 다만 그걸 타인에게 말할 수 있는 수준으로 간추리다 보면 몇몇 사건이 다소 뜬금없게 들리는 경우가 생길 뿐이었다. 벽에 얼굴이 나타난다든가, 푸들이 홍수를 예언한다든가, 떨어져 살던 세쌍둥이가 한날한시에 앓아누웠다가 동시에 사망한다든가. 하지만 실제 밝혀지는 진상은 소설처럼 정교하지도, 경천동지하게 상식을 일탈하지도 않았다. 내가 일하는 세계에서 이상한 일이라고는 하나도 벌어지지 않았다. 오히려 내 바깥의 세계가 훨씬 기묘하다고 생각했다. 이를테면 모든 회사가 경력직을 채용하길 원하는 현상이 그랬다. 모두가 경력직을 원한다면 신입은 언제 경력을 쌓을 수 있는 걸까?

"듣다 보니 생각이 나는데, 나도 어릴 때 이상한 일을 겪은 적이 있어." 차오가 말했다. 대폿집 미닫이문이 열리면서 이미 다른 곳에서 한잔 걸치고 온 사람들이 서늘한 바람을 몰고 들어와서는 자리를 잡고 앉자마자 왁자지껄 떠들기 시작했다.

"처음 하는 얘긴데. 음, 지금도 사실 반은 꿈이라고 생각하긴 해."

차오가 한 지방도시의 이름을 대면서 가본 적이 있느냐고 물었다. 나는 처음 듣는 곳이라고 했다.

"고향이 거기야. 초등학교 1학년 때까지 거기서 살았어. 아버지는 사업을 하셨고. 그러다 이사를 가게 됐어. 부모님은 반 친구들에게 어디로 이사 가는지 말하지 말라고 신신당부를 하셨지. 근데 그럼 뻔한 거잖아. 애들이 더 잘 알지, 그런 건. 우리 집은 망했던 거야. 야반도주를 해야 했던 거지.

하지만 애들은 하면 안 된다는 걸 알면서도 해. 그러니까 애지. 어른도 그렇긴 하지만. 반에서 친하게 지내던 친구가 있었는데, 어떻게든 그 친구한테는 말을 하고 싶다는 생각이 들었어. 그래서 이사 전날 밤 만나기로 했지. 집에 뭐라고 뺑을 쳤는지는 기억이 안 나는데, 아무튼 빠져나왔어. 그 친구도 나왔고. 지금도 가끔 생각하는 게, 그때 내가 주소를 그 친구에게 알려주지만 않았어도 빚쟁이들이 우릴 그렇게 빨리 찾지는 못했을 거야. 진짜로 무서운 사람들이라서 잡히는 건 시간문제긴 했지만.

오래전이라 기억이 많진 않아. 봄치고는 쌀쌀했고, 보름은 아닌데 달이 밝았어. 친구가 집에 돌아간 뒤에 하천가에 철버덕 앉아서 이제 여기도 다시 못 보는구나, 뭐 그랬어. 동네 한가운데를 흐르던 복개 하천이 있었는데, 하천 건너편에는 조그만 숲이 있었고, 그 숲에 난 길을 따라가면 야트막한 산이 나왔어. 연립주택 단지에서 따뜻한 불빛이 새어 나오던 것도 생각나네. 왠지 그런 불빛을 보면 이유도 없이 서럽지. 내가 앉은 곳에서 조금 떨어진 곳에 복개공사를 할 때 같이 세운 다리가 있었는데 공사가 다 마무리되지 않아서 아직 난간이 서 있지 않았어.

난간이 있었으면 그 광경을 못 봤겠지.

더 늦었다가는 혼나겠다 싶어서 일어서는데 다리에서 뭔가 움직이는 게 보였어. 처음에는 그림자만 보였지. 잘 보니 사람이랑 동물이었어. 동물은 고양이치고는 너무 크고, 개라고 생각해봐도 너무 컸어. 게다가 그렇게 등의 곡선이 부드럽고, 꼬리가 굵고 긴 개는 없지.

순간 머릿속에서 동물 이름 하나가 맴도는데 입 밖으로는 안 나오는 거야. 지금 생각해보면 내가 보던 광경이 현실에서 일어날 수 없는 일이라는 생각이 들어서 그런 게 아니었을까 싶네. 동네 다리를 표범이 건너고 있고, 그 표범을 사람이 데리고 간다는 건 아무리 생각해봐도 말이 안 되는 일이니까."

차오가 소주 한 병을 더 시켰다. 방금 도착한 손님들은 정치 토론을 시작했고, 다른 사람들 역시 자기 얘기를 하느라 바빠 아무도 우리 대화에 귀를 기울이지 않았다. 주인이 냉장고에서 소주를 꺼내 왔고, 우리는 한 잔씩 나눠 마셨다.

차오가 계속 말했다.

"나는 얼이 빠져서 그걸 빤히 보고 있었어. 소리 같은 건 칠 생각도 못 했지. 표범 옆에 있는 사람은 그냥 걷고 있었어. 목줄도 안 잡고. 둘 다 천천히, 산책하듯, 어슬렁어슬렁, 달빛을 받으면서 걸었지. 꼭 제집 마당이나 정원이나, 그런 데를 돌아다니는 것처럼.

그림자가 다리 끝으로 왔을 때 가로등 불빛 아래 동물의 몸 전체가 보였어. 표범이 맞았어. 다리가 생각보다 훨씬 짧고 뭉툭해서 놀랐어. 머릿속에서 표범과 치타를 혼동하고 있던 거였겠지. 배가 하얬고, 몸에 난 털이 빛을 받아 반짝이는 게 멀리서도 손에 잡힐 듯 보였어. 표범 옆에 서 있는 사람은 잘 보이지 않았어. 가로등 불빛 바깥에 서 있었거든. 여자일 거라는 생각은 들었는데, 아마 몸매가 여자 같았거나 걸음걸이가 그랬거나, 둘 중 하나 때문이었을 거야.

다리를 건너면 길이 두 갈래로 갈라졌어. 하나는 주택가로, 다른 하나는 숲으로 들어가는 길이었지. 표범 주인은, 표범을 데리고 다니니 주인이겠지, 아무튼 어느 길로 갈지 고민하는 것 같았어. 그러니까 다리 끝에 잠깐 서 있었겠지. 그때 이유는 모르겠는데, 그 사람이 날 바라보고 있다는 느낌이 드는 거야. 네 생각은 어떠냐고 묻기라도 하는 것처럼. 별안간 정신이 번쩍 들었어. 뒤도 안 돌아보고 전속력으로 달아나기 시작했지. 집에 도착했을 때는 땀범벅이었어. 부모님께는 말 못 했어. 애초에 부모님을 속이고 나간 거니까. 우리 가족은 다음 날 새벽에 떠났어. 나는 다시 고향으로 돌아가지 못했지.

그 뒤는 뭐…… 그 일은 잊고 살았어. 아버지는 재기하기 위해 노력하셨지만 결국 잘되지 않았고, 세상을 원망하면서 돌아가셨어. 나는 어머니와 함께 살아남는 것 말고는 다른 걸 생각할 여유도 없었고. 한 명이 누워도 좁은 방에 두 명이 같이 살았지. 그때 처음으로 **틈새**라는 생각을 했던 것 같아. 나는 세상의 틈새에 있다. 여기는 아무도 들여다보지 않는다. 하지만 한편으로, 그래서 안전하다. 여기서 나는 세상으로 다시 나갈 준비를 하는 거다. 1인 돈까스라는 게 나한테는 그런 의미도 있는 거야. 세상의 풍랑에서 안전하다는 느낌. 자기 세계를 가질 수 있다는 느낌."

차오가 말을 마쳤다. 우리는 각자 한 잔씩 더 마셨다. 정치 토론을 하던 테이블에서 한 남자가 국민이 깨어나지 않으면 희망이 없다며 서럽게 울기 시작했다.

"아무리 그렇게 말해도," 내가 말했다. "체인 가입은 안 해."

"눈치가 빠른데. 빨라." 차오가 웃었다. "아무튼 이게 전부야. 속으로만 생각하고 있을 때는 엄청 별난 경험 같았는데 입 밖에 내고 나니 그렇게 희한한 일은 또 아닌 것 같네. 아무리 이상해도 상수도에 나타난 드래곤을 당하겠어?"

"디오니소스가 표범을 타고 다녔어."

"그게 누구야?"

"이걸 만드신 분이지." 나는 소주병을 가리켰다. "오래전에, 디오니소스를 믿는 사람들은 축제 때마다 가면을 쓰고 술에 취해서는 사람이나 짐승을 산 채로 잡아먹었어."

"오." 차오가 말했다. "그 표범도 누구를 산 채로 먹으러 가던 길이었던 건가?"

"그럴지도. 그나저나 그 친구 말이야."

"무슨 친구?"

"주소를 줬다는 친구. 남자였어, 여자였어?"

"이 사람 보게. 그렇게 안 봤는데, 예리하네? 여자였어, 여자. 하지만 걔 때문에 내가 지금까지 결혼을 안 한 건 아냐. 일단 사업이 성공을 해야지."

"그런 다음 첫사랑을 찾아가시겠다?"

"야, 당신 진짜 그런 말 하는 사람으로 안 봤는데."

차오가 웃었다.

몇 달 뒤 차오는 갑자기 체인 본부를 닫고 사라졌다. 억만금처럼 믿을 수 있는 형님을 만났다고 떠들고 다닌 지 얼마 안 돼 일어난 일이었다. 본부가 있던 자리에는 휴대폰 대리점이 들어섰다. 차오는 나를 포함하여 주변 누구에게도 자기가 떠난다는 걸 알리지 않았다. 조금 서운한 건 사실이었지만 누구에게나 나름의 사정은 있게 마련이다. 도시의 사람들은 도시의 혈관을 따라 흐른다. 한자리에 오래 머무는 일은 드물다. 쉴 새 없이 움직이며 사랑하고, 싸우고, 길게 소진되거나 빨리 낭비된다. 그러니 무슨 이유로 어디로 가든, 그래서 행복할 수만 있다면 인사 정도 빠뜨리는 거야 상관 없지 않겠는가.

차오를 다시 만난 건 은행에서였다. 정확히 말하면 은행에 공과금을 내러 갔을 때 본 TV에서였다. 차오는 경제 전문 케이블 방송에 나와 인터뷰를 하고 있었다. 양복을 입고 머리는 뒤로 깨끗이 넘긴 채 앉아 사회자의 질문에 대답하고 있었다. 볼륨을 낮게 조정해놓아서 무슨 말을 하는지는 들리지 않았다. 화면 밑에 '1인 식당의 신화, 돈까스에 이어 우동으로?'라는 자막이 붙어 있었다.

나는 인터넷으로 차오의 이름을 검색해보았다. 차오의 사업체가 어디어디의 투자를 받아 여기저기에 진출하고 있다는 기사들을 읽던 중 차오가 여성 잡지와 가진 인터뷰를 발견했다. 인터뷰 사진 속에서 차오는 베이지색 니트 위에 무릎까지 내려오는 회색 캐시미어 코트를 걸치고 있었고, 방금 막 강을 헤엄쳐 온 사람처럼 몸 전체에서 피로와 열정과 성취감을 동시에 내뿜고 있었다.

인터뷰에서 차오는 1인 식당의 의의에 대해 이렇게 말했다.

"핵심은 틈새입니다. 작고 아늑한, 자기 몸 하나만은 확실히 반길 것 같은 공간. 자기 틈새를 찾으면 아무리 험한 세상에서도 숨을 곳이 있는 겁니다. 개념으로서의 틈새가 아니라 실제적인 틈새요. 창업 비용을 최소화하고 임대료와 인건비 역시 최소한으로 지출하는 동시에 안정적인 이윤을 낼 수 있는 방식을 찾는 거죠. 그렇다고 완제품을 데워서 손님들께 낼 수는 없습니다. 결국 최종적으로 음식이 만들어지는 곳은 주방이어야 하니까요. 그런 점들을 감안해서 찾아낸 최적의 공간이 그 넓이인 겁니다. 1인 식당은 혼자서 조용히 돈까스와 우동을 먹는 곳일 뿐 아니라 혼자서 가게를 책임질 수 있는 곳이라는 뜻도 있는 겁니다."

그 대목을 제외하면 인터뷰의 비중은 젊고 매력적인 사업가가 어째서 지금까지 독신으로 지내고 있는가에 대폭 할애되어 있었지만, 어쨌거나 나는 꼼꼼히 그 인터뷰를 읽었다. 중요하지 않은 것이 중요하다는 협회의 신조 때문이라기보다는 당시는 그 외에 정신을 집중할 만한 일이 달리 없어서였다. 몸이 파랗게 빛나는 사이비교단 교주 건을 해결한 뒤로는 일이 들어오질 않았고, 교단 사람들도 내게 단단히 화가 나 있었기 때문에 잠시 숨죽여 지낼 필요도 있었다. 얼마 뒤 나는 피리를 불어서 아파트 단지의 쥐 떼를 처리해준다는 빨간 구두의 사내를 조사하기 시작했고, 차오에 대한 생각은 자연스레 저편으로 밀려났다.

그렇게 시간이 흘렀고, 다음 달 월세를 걱정하던 어느 겨울밤에 처음 보는 번호로 전화가 걸려왔다.

"오랜만이야."

차오가 말했다. 차오의 목소리 뒤로 누가 마이크에 대고 연설을 하듯 웅웅대는 말소리가 어렴풋이 들렸다. 나는 TV에서 차오를 본 적 있다고 말했고, 차오는 갑자기 연락도 없이 떠나서 미안하다고 했다. 나는 괜찮다고 했고, 그런 다음 우리는 잠시 어색하게 침묵했다.

"저기." 차오가 말했다. "네 이야기 들었어. 투자자 중 한 분이 널 알더라. 예전에 네가 자기 일을 좀 도와준 적 있다고. 뭐랬더라…… 노래 부르는 곰이 덫에 걸려 있는 걸 빼줬다던가 그러던데, 그것도 역시 요약이겠지?"

"요약이지." 내가 웃으면서 말했다. 수화기에서 박수 소리가 들렸다.

"저기, 만약에, 내가 너한테 이상한 일을 들고 가서 상담을 하면…… 예전에 했던 그 표범 얘기 기억해?"

"그럼."

"요즘 가끔 그 꿈을 꿔. 표범과 여자가 다리 위에 서 있는 꿈인데, 여자가 나한테 묻거든. 자기가 어느 길로 가야 하냐고. 그런데 표범은 숲을 좋아하고, 인간은 집을 좋아할 거잖아. 뭐라고 해야 하나 망설이다가 꿈에서 깨는데, 음…… 그러니까, 꿈이 나한테 넘어온다고 해야 하나. 아, 잠깐."

수화기 너머가 조용해졌다. 마치 손으로 송화기 부분을 막은 것처럼. 그제야 나는 차오가 눈치를 보면서 전화하고 있다는 사실을 깨달았다.

잠시 뒤 차오가 손을 떼고 말했다.

"아무튼 조만간 얘기 좀 하자고. 우리 자주 가던 대폿집에서. 어때?"

대폿집은 한참 전에 사라지고 없었지만 나는 좋다고 했다. 차오는 나중에 연락하겠다며 전화를 끊었다.

창밖에 눈이 내리고 있었다.

차오에게서는 그 뒤로 연락이 없었다. 내 전화기에 떴던 번호로 다시 전화를 걸자 없는 번호라는 안내음성이 나왔다.

나는 차오가 고향을 떠난 것으로 짐작되는 시기에 그 도시에서 표범과 관련된 뉴스가 있는지 검색해보았다. 인터넷으로는 신통한 결과가 나오질 않았고, 결국 도서관에 가서 지역신문을 직접 찾아봐야 했다. 표범이 여자 조련사와 서커스단에서 도망쳤다거나, 동물원을 탈출한 표범이 산에 숨어 살다 민가로 내려온 적이 있는지 알아보려고 몇 년치 신문을 훑어보았지만 그런 뉴스는 없었다. 그러던 중 일가족과 동반자살을 꾀하던 가장이 집에 불을 질렀는데 그게 산불로 번졌다는 기사가 눈에 띄었다. 기사에 따르면 산불은 산의 절반을 태운 다음 진화되었고, 다행히 어머니와 아들은 대피했지만 아버지는 연기에 질식해 숨졌다. 모자의 이름은 실려 있지 않았는데, 워낙 오래전 일이라 이름을 알아내려면 따로 수고를 들여야 할 것 같았지만 꼭 그래야 하는지 확신이 서지 않았다.

이듬해 봄에 사람들이 하나둘씩 천천히, 그러다 점점 빨리 사라지기 시작했다.

"조사팀을 꾸릴 예정이야."

회색 양복을 입은 뚱뚱한 총괄 매니저가 사무실로 찾아와 말했다.

"내일 아침까지 협회 회의실로 와."

나는 분명 지금 당장 해결해야 할 급한 일이 있을 거라고 확신하면서 달력을 뒤졌다. 달력은 방금 설거지한 접시처럼 깨끗했다.

"계속 꾸물대고 앉아 있으면 그 달력에 앞으로도 영원히 될 적을 일이 없게 해줄 수도 있어." 총괄 매니저가 말했다.

"또 이런 식으로 재능기부를 하라시면 곤란하죠. 열정페이 모르십니까?" 내가 항의했다. "협회란 게 뭡니까. 회원의 권익을 보호하는 게 목적 아닙니까. 툭하면 이렇게 사람을 막 불러대는 건 착취란 말입니다. 저도 먹고살아야죠."

나는 이번에야말로 이 문제를 확실히 매듭짓겠다고 마음먹고 매니저의 얼굴을 뚫어져라 쳐다보았다.

매니저가 단춧구멍만 한 눈으로 나를 가만히 바라보았다.

다음 날 아침, 나는 이 일이 재능기부나 열정페이가 아니라 공공봉사라고 되뇌면서 협회 본부 회의실에 앉아 있었다. 연예인이나 정치인이 겨울에 연탄을 나르는 것처럼 말이다. 사실 오랜만에 동료들을 만나는 것도 나쁘지 않았다. 각자 담당했던 사건에 대해 눈치볼 것 없이 편하게 터놓고 이야기할 수 있다는 점도 마음에 들었다. 한쪽 구석에서는 중절모를 쓴 동료가 사람들을 모아놓고는 토끼 인형이 저지른 연쇄살인을 어떻게 해결했는지 떠들고 있었고, 내 앞에 앉은 친구는 겨드랑이에 날개가 돋아난 신생아를 붙잡느라 이리저리 뛰어다녀야 했던 사연을 늘어놓았다. 그 친구가 날개를 떼어낼 목적으로 특별 제작한 인두를 마련하던 과정을 한창 얘기하는데 본부장이 회의실로 들어왔다.

본부장은 잔뜩 폼을 잡은 채 회의실에 마련된 화이트보드에 이런저런 내용을 적어가며 열변을 토했지만, 사실상 그가 하는 이야기는 나 역시 알고 있는 것, 즉 신문에 짧게 보도된 것과 인터넷에 떠도는 루머를 이리저리 엮은 횡설수설에 지나지 않았다.

사람들이 평균 통계에 비해 지나치게 많이 사라지고 있다는 사실을 경찰과 협회가 주목하기 시작한 건 약 한 달 전이었다. 그러니 실종 사건은 어쩌면 그 전부터 일어나고 있었을지도 몰랐다. 물론 사람들은 늘 이유 없이, 아니면 지나치게 많은 이유를 품고 사라진다. 하지만 이렇게 연쇄적으로, 그리고 이런 식으로 아무 흔적도 남기지 않은 채 사라진 적은 없다는 데 문제의 심각성이 있었다. 시체도 유서도 발견되지 않았다. 몸값을 요구하는 전화도 오지 않았으며 장기밀매나 인신매매 조직이 활발히 활동하는 징후도 감지되지 않았다. 그들은 회사에 갔다가, 학교에 갔다가, 일터에 나갔다가, 마트에서 장을 보거나 은행에서 돈을 찾고 돌아오다가 자취를 감췄다.

실종자들은 고등학생, 대학생, 가정주부, 웹디자이너, 뮤지션, 화가, 사회적 기업 경영자, 은퇴한 공무원, 자영업자, 유기농 농부 등으로 직업도 나이도 제각각이었으며, 실종자 사이에 유의미한 연관성도 없었다. 실종신고가 들어온 지역을 지도 위에 모두 점으로 찍어 살펴보았지만 거기서도 별다른 암시나 규칙을 찾아내지 못했다. 수사팀의 누군가가 집 거실에 누워 있다가 세 살짜리 딸이 종이에 낙서하는 모습을 보던 중 번쩍 떠오르는 게 있어 점을 이리저리 연결하고 보니 버섯 모양이 나오긴 했는데 아무도 그게 무엇을 의미하는지 알아내지 못했다.

"그래서 우리보고 뭘 하라는 겁니까?" 협회원 하나가 말했다.

"담당 지역을 검토하는 게 여러분이 할 일이다." 본부장이 말했다. "실종 사건에 대한 상세한 정보와 해당 지역 실종자들의 인적사항을 경찰에서 제공해줄 거다. 여러분은 그 정보를 바탕으로 해당 지역을 수색하면서 사건 해결에 도움이 될 만한 점들을 발견하면 된다."

"그러니까 뭘 수색하고 뭘 발견하면 되는 거냐니까요?" 다른 협회원이 말했다.

"우리 본부장님께서 그걸 발견하는 게 우리 할 일이라고 하시잖냐. 머리 좀 쓰고 사세요." 또 다른 협회원이 말했다.

"수맥이라도 찾아올까요?" 중절모를 쓴 협회원이 묻자 모두 웃음을 터뜨렸다. 본부장이 화이트보드를 손바닥으로 팡 쳤다.

"이 자리에서 너희 면허증 다 걷어 갈까?"

우리는 조용해졌고, 잠시 뒤 각자의 사무실이 위치한 지역을 중심으로 담당 구역을 배정받았다. 내 구역은 다른 사람들과 비교하면 넓지도 좁지도 않았다. 신생아의 날개를 인두로 자른 협회원은 선거구 배정을 잘못 받은 후보자처럼 도대체 혼자서 이 넓은 지역을 어떻게 감당하느냐며 본부장에게 격렬하게 항의했지만 소용이 없었다.

"중요하지 않은 것이 중요하다. 다들 잘 알겠지만."

본부장이 말했다.

나는 다음 날부터 담당 구역을 돌아다녔다. 사무실이 밀집한 동네와 주부들이 유모차를 밀고 다니는 아파트 단지와 매끄러운 바닥 위에서 카트와 카트가 엇갈리는 마트와 눅눅한 냄새가 나는 지하보도를 걷는 동안 해당 지역 실종자들에 대한 자료를 읽었다. 남중생의 부모는 아이가 특목고 진학 때문에 힘들어하더라고 했지만 왕따를 당하고 있는 것까지는 몰랐다. 회사원의 남편은 아내가 바람을 피우고 있다고 의심했지만 불륜 상대가 여자인 줄은 몰랐다. 여고생의 급우들은 자기 친구가 교감 선생에게 성폭행을 당했다는 사실을 눈치도 못 채고 있었다. 우유 대리점 점장은 재고를 떠넘기려는 본사를 대상으로 소송을 준비하던 중 협박에 시달리고 있었다. 여대생은 온라인 커뮤니티에서 지속적인 괴롭힘을 당하고 있었다. 주부가 사라지기 전날 시어머니는 또다시 혼수가 신통찮고 사돈댁 집안이 격 떨어진다고 불평했다.

어찌 보면 모두 세상에서 사라지고 싶을 만한 동기로는 충분해 보였다. 겉으로 보기에 정말 사소한 이유로도 사람들은 자살을 하고 타인을 칼로 찌른다. 하지만 다른 길이 있을 수도 있었다. 남중생의 부모는 만약 자기들에게 말을 했으면 특목고를 강요하지는 않았을 것이며 왕따에 대한 적절한 해결책을 찾기 위해 노력했을 거라고 했다. 회사원의 남편은 만약 아내가 누구와 사귀는지 솔직히 털어놓았다면 별말 없이 이혼해줬을 거라고 했다. 여고생의 급우들은 자기들이 사정을 알았다면 교감을 쫓아내기 위해 서명운동을 했을 거라고 했다. 여대생을 괴롭히는 데 앞장섰던 커뮤니티 운영자는 자기에게 따로 진심 어린 사과 메시지만 보냈어도 따돌림을 멈췄을 거라며, 처음 쓴 사과문에는 변명과 자기합리화 말고는 아무것도 없었다고 주장했다. 대리점 점장의 아내는 혼자 끙끙 앓지 말고 자기한테 말만 했어도 방송국에 제보하라고 권했을 거라고 했다. 시어머니는 내가 없는 말을 한 것도 아니라며 더 이상의 진술을 거부했다. 주부의 남편은 어째서 그동안 그런 얘길 자기에게 하지 않았느냐고 하다가 감정에 북받쳐 울었다.

물론 말로만 그러는 것일 수도 있었다. 대개 최선의 해결책은 늦게, 보통은 그 해결책이 소용없게 되는 시점이 되어서야 머리에 떠오르는 법이다.

실종자들은 냉장고 바깥에 내놓은 드라이아이스처럼 홀연히 사라졌다. 마치 길을 걷던 중 문득 사라지고 싶다는 생각이 떠오르자마자 그대로 자기에게 괄호를 쳐버린 것처럼 홀연히 종적을 감췄다. 보고서를 읽다가 고개를 들면 내 눈앞에서는 사람들이 바삐

거리를 지나갔고, 공원에서 자전거를 탔고, 개와 산책을 했으며, 맛있는 음식에 기뻐했고, 아이들과 웃음을 터뜨렸다. 사람이 사라져도 세상은 그대로였다. 그럴 때는 세상과 인간이 분리되어, 마치 수조에서 헤엄치는 두 마리 커다란 물고기처럼 서로에게 무심한 채 각자의 길을 가고 있는 것 같다는 생각이 들었다.

나는 눈을 크게 뜨고 귀를 활짝 열었다. 예전 사건에서 도움을 준 사람들과 접촉했고 밑바닥에서 도는 소문이 없는지 다시 한 번 확인했다.

아무 성과도 없었다.

사흘 뒤 회의실에서 다시 만난 협회원들은 모두 나처럼 풀이 죽어 있었다.

"애가 사라진 학교에 갔더니," 중절모를 쓴 협회원이 말했다. "학교에서 서약서를 받더래. 예고 없이 실종되면 모든 책임을 자기가 진다는 서약서. 그게 말이야 방구야?"

본부장은 실종 사건이 더 일어날 경우 언론을 지금처럼 통제하기가 어렵다면서 그간 새로 신고가 접수된 실종자 자료를 돌린 다음 윗분들 역시 이 상황을 주의 깊게 보고 있다고 했다. 그런 다음 잠깐 머뭇거리다가 수맥 탐사봉이 필요한 사람은 회의가 끝난 뒤 신청하라고 공지하고는 회의실을 나갔다.

나는 새로 추가된 실종자인 72세 할머니가 자주 얼굴을 비추던 노인센터로 갔다. 센터 밖 벤치에 할머니 서넛이 앉아 햇볕을 쬐고 있었다. 나는 편의점에서 산 요구르트를 나눠주면서 할머니들에게 말을 붙였다. 다들 72세 할머니가 딸에게 폭행을 당하고 있었다는 사실을 몰랐다고 했다. 용돈 삼아 폐지를 줍는 줄 알았지 그걸 딸에게 모두 뺏기는 줄도 몰랐다고 했다. 그러다가 화제가 자연스럽게 아들딸과 손자 손녀들 얘기로 빠졌고, 나는 차분히 앉아 대화의 흐름이 다시 72세 할머니로 돌아갈 때까지 기다렸다.

"밥 먹으러 갔다가 안 돌아왔어." 한 할머니가 말했다. "외식하러 간다고 했어."

"내가 돈이 어디서 나서 외식이냐고 했지." 다른 할머니가 말했다.

"종이 주워서 돈 벌었다고, 맛있는 거 먹는다고 했어. 요즘 혼자 먹는 우동집이 인기 있다고. 거기 간다고. 아이고, 이제 보니 그래서 그게 자기 돈이라고 그렇게 강조했나 보다. 맨날 딸이 가져가서. 이를 어째."

또 다른 할머니가 말했다.

그때 머리에 떠오르는 게 있었다.

할머니들과 헤어진 뒤 나는 다시 자료를 살펴보았다. 회사원의 직장 동료들은 그녀가 식사를 하러 나간 다음 돌아오지 않았다고 했다. 점심시간에 밀린 업무를 처리한 다음 오후에 혼자 밥을 먹으러 나갔다고 했다. 남중생의 친구들은 남중생이 편의점에서 컵라면에 삼각김밥까지 해치우고도 자긴 아직 배가 덜 찼다며 학원

가기 전에 뭣 좀 더 먹고 오겠다고 말한 뒤 무리와 헤어졌다고 했다. 시어머니는 며느리가 밥도 안 차려놓고 마트에 장을 보러 나가놓고 자기는 밥을 먹고 돌아오겠다고 전화를 하는 바람에 짜증이 났다고 했다.

문득 배가 고파졌다.

나는 스마트폰으로 노인센터에서 가장 가까운 1인 우동집을 찾았다. 주변에 몇 개의 가게가 표시되었다. 사업이 잘나가고 있다는 걸 실감할 수 있었다. 화면 왼쪽 맨 아래 있는 지점이 제일 가까운 것 같았다.

스마트폰 지도를 참고하며 5분 정도 걷자 우동집이 보였다. 연립주택과 다세대주택이 늘어선 골목에 위치한 4층 건물 구석에 자리를 잡고 있었다. 철물점과 문방구 사이에 난 작은 공간을 개조했고, 손바닥만 한 간판에 작고 빨간 등을 걸어놓았다. 낮이라서 등은 켜져 있지 않았고, 골목은 조용했으며, 이르게 핀 아카시아 향기가 은은히 났다.

어느 집인가에서 누가 큰 소리로 민요를 부르고 있었다.

포렴을 걷고 우동집으로 들어갔을 때 가게 안에서는 양복을 입은 남자가 우동을 먹고 있었다. 나는 기본 우동을 시킨 다음 가게를 살펴보았다. 딱 한 번 둘러보는 걸로 충분했다. 원목처럼 꾸민 합판으로 인테리어를 했고 벽에는 서너 가지 메뉴와 최우수 프랜차이즈 가맹점으로 뽑혔다는 광고 스티커를 붙여놓았다. 가게 안

쪽 벽에 나무로 틀을 짠 문이 하나 나 있었는데 건물 안으로 통하는 것 같았다. 주인 겸 직원이 우동 면이 든 체를 뜨거운 물에 넣어 위아래로 흔들었다.

양복을 입은 남자가 지갑에서 돈을 꺼내 다 먹은 우동 그릇 옆에 놓고는 나무문을 열고 나갔다. 문 너머로 침침한 오렌지 빛 조명과 위층으로 향하는 계단의 윤곽이 언뜻 보였다.

주인이 내 앞에 우동을 내려놓은 뒤 옆자리의 빈 그릇을 치웠다. 흔한 맛이었고, 가격에 비해서는 비싸다는 생각도 들었다. 주인은 말이 없었고, 나도 말이 없었으며, 가게 안에는 평온함이 감돌았다.

나는 우동을 다 먹은 다음 아까의 손님이 하던 대로 돈을 꺼내 그릇 옆에 놓고 일어선 뒤 나무문 쪽으로 갔다. 가게를 전부 파악하기 위해 들어올 때와는 다른 쪽으로 나가보고 싶었다.

"그건 장식인데요."

주인이 말했다. 나는 뒤를 돌아보았다. 주인이 다시 말했다.

"그 문 장식이라고요. 들어오신 쪽으로 나가시면 돼요."

나는 문으로 가 손잡이를 돌려보았다. 손잡이는 꿈쩍도 하지 않았다. 경첩은 접착제로 붙여놓았고 나무라고 생각했던 건 플라스틱 위에 붙인 시트지였다.

"그러네요, 진짜." 내가 말했다. "이런 거 왜 달아놓으셨어요? 헷갈리게."

주인이 어깨를 으쓱했다.

"계약이 그래요."

주인이 나를 보았다. 나도 주인을 보았다. 하얀 조리복을 입고 하얀 위생모를 쓴 중년 남자로, 눈은 웃고 있었지만 입 끝은 아래로 내려가 있었다. 가게 안은 조용했다. 예의 그 평온함이 흔들리는 기색은 느껴지지 않았다. 놀랄 일은 아니었다. 이곳이야말로 한 사람의 체온과 에너지만으로도 충분히 감당할 수 있는 장소일 테니.

"가게가 외진 데 있는데," 내가 말했다. "손님이 많이 오나요?"

"알음알음 오세요." 주인이 말했다. "손님도 이렇게 찾아오셨잖아요."

"그렇죠." 내가 말했다. "매상은 어때요? 실은 저도 이런 장사에 관심이 좀 있어서."

"이런 장사라 하시면?"

"음." 나는 헛기침을 했다. "인생의 틈새에 숨어 있는 것 같은 장사랄까요."

주인이 나를 빤히 바라보았다. 나도 주인을 빤히 보았다. 그렇게 시선을 교환하는 동안 나는 주인과 내가 불가지론적 주제를 가지고 침묵 속에서 토론을 하고 있는 것 같다는 느낌이 들었다. 마치 각자가 반씩만 알고 있는 비밀을 맞춰보려고 만난 사람들처럼.

마침내 주인이 입가에 미소를 띠며 입을 열었다.

"사장님이 원하시는 게 어떤 인생이냐에 따라 얘기가 달라지겠죠."

"어떤 인생을 원하느냐……." 내가 말했다. "사장님께서는 어떤 인생을 원하셨는데요?"

주인은 대답 대신 현금계산기 안쪽에서 명함 하나를 꺼내 내게 내밀었다. 명함에 아는 이름이 적혀 있었다. 고울 차, 깨달을 오.

"궁금하면 전화해보세요. 알게 되실 겁니다."

나는 명함을 받아 들었다. 수염이 덥수룩한 젊은 남자가 문을 열고 들어왔고, 나는 가게 밖으로 나갔다. 건물을 돌아 뒷문으로 들어간 다음 우동 가게에 달린 장식용 문이 맞은편에 있으리라 짐작되는 위치에 섰다. 하얀 형광등이 밋밋한 콘크리트 벽을 덤덤하게 비추고 있었다. 나는 화장실 문을 노크하듯 조심스럽게 벽을 두드렸다.

벽 너머는 조용했다.

본부장이 보고를 듣고 한숨을 쉬었다.

"안 그래도 그 체인점 이야기가 계속 들어오고 있어." 본부장이 수화기 저편에서 말했다. "그런데 정말 그런 거라면…… 아, 이거 골치 무지하게 아파지겠네."

나는 대답 없이 커피를 한 모금 마셨다. 운 좋게 카페 창가 자리가 비어 있었고, 나는 본부장이 다시 입을 열 때까지 도로 건너편

에서 사람들이 김밥 체인점 간판을 설치하는 광경을 멍하니 바라
보았다.

본부장이 계속 말했다.

"그 체인점에 투자를 한 데가…… 아, 이거 참 죽겠네. 정말인 거
지? 확실한 거지?"

나는 그렇게 못미더우면 직접 확인해보라고 대꾸했다. 본부장
이 그렇게 못 한다는 걸 알고 한 소리였다. 그만큼 자기 책임이 늘
기 때문이다.

"알았어. 수고했어."

전화가 끊어졌다. 나는 남은 커피를 천천히 마셨다. 내 옆자리
에서는 중년 여자 두 명이 대화 중이었는데, 머리에 왕관 모양의
머리핀을 꽂은 쪽이 집에서 기르는 개 이야기를 하며 인간과 짐승
의 차이에 대해 논하고 있었다. 상대방은 추임새를 넣어가며 장단
을 맞추다가 입시제도 이야기로 교묘하게 화제를 돌렸다.

가로수 주변에서 비둘기 두 마리가 보도블록 틈새를 콕콕 쪼아
대며 어슬렁거리고 있었다. 늘 그랬듯 이번 일 역시 지극히 평범
한 사연이었다. 사람이 문을 열고 밖으로 나간다는 것만큼 분명하
고 단순하며 조리 있는 이야기가 어디 있을까? 내 세계에서는 이
상한 일이 일어나지 않는다. 실종을 당할 경우 본인이 책임을 져
야 한다는 서약서 따위는 없다. 모든 과정은 물이 위에서 아래로
떨어지듯 응당 그래야 하는 방식으로 자연스럽게 움직이고, 떨어

진 물이 위로 솟아오르지 않듯 사라진 사람들도 돌아오지 않는다.

며칠 뒤 차오의 회사에서 대규모의 분식 회계 혐의가 포착되어 검찰이 수사에 착수했다는 기사가 신문에 실렸다. 기사는 짧았다. 마치 할 수 없이 말은 해야겠는데 남들이 주의 깊게 듣는 것은 원치 않아서 웅얼거리기라도 하듯. 1인 돈까스와 1인 우동 유행은 언제 있었는지도 모르게 사라졌고, 천연 유기농 색소를 넣은 팝콘이 새롭게 각광받기 시작했다.

사무실에 앉아 있는데 총괄 매니저에게 전화가 왔다.

"차오. 자네 친구라던데." 매니저가 말했다.

"그 사람이 그럽니까?"

"본인 말로는 막역하다던데. 자네를 무척 보고 싶어 하더라고." 매니저가 말했다. "도울 방법이 없다는 얘길 굳이 할 필요는 없지?"

"술 몇 번 마셨습니다. 옛날에."

"왜 진작 말 안 했지?"

"중요한 일인가요?"

"아니, 중요하지 않아." 매니저가 말했다. "그러니까 말했어야지. 우리는 중요하지 않은 일을 하는 사람들이니까. 중요하지 않은 일이야말로 정말로 중요하지."

"개가 밤중에 짖지 않았던 거랑 똑같은 거네요."

매니저는 그 말이 무슨 뜻인지 생각하는 눈치였지만, 별로 중요하지 않은 소리라고 생각했는지 그냥 전화를 끊었다. 나는 사무실

창문을 열고 바깥을 내려다보았다. 수박을 실은 과일 트럭이 도로를 지나갔다. 5월도 되지 않았는데 수박을 팔다니, 정말로 이상한 세상이다.

누가 문을 노크했다. 나는 들어오시라고 큰 소리로 말했다.

한 여자가 사무실로 들어왔다. 삼십대 중반이나 후반 정도로 보였고, 청바지와 블라우스 위에 수수한 감색 스웨터를 걸치고 있었으며, 쌍꺼풀이 없는 검고 깊은 눈에 수심이 가득했다.

"오기 전에 전화를 드렸는데요." 여자가 말했다.

"네, 압니다. 앉으세요."

여자가 주위를 둘러보다 낡은 접이식 의자에 앉았다.

"어디부터 얘기를 해야 할지 잘 모르겠는데," 여자가 말했다. "제 친구가 지금 정말로 안 좋은 상황에 처했거든요. 그러니까 정말로 안 좋은데……."

여자는 입술을 깨물고 머뭇거리다 결심을 한 듯 입을 열었다.

"좀 이상하게 생각하셔도 할 수 없는데, 표범 얘기부터 먼저 해야 할 것 같아요."

나는 고개를 끄덕이면서 여자의 말이 이어지길 기다렸다.

[반X]

사무실에서는 향수 냄새, 담배 냄새, 덜 마른 수건 냄새가 났다. 사람들은 정장에 넥타이 차림으로 빈둥거리며 홍 사장을 기다렸다. 누가 창을 열어 환기라도 시킨다면 좋겠지만 다들 누가 창을 열어 환기라도 시켰으면 좋겠다는 생각만 하며 계속 빈둥거렸다. 백 반장과 오 반장은 스마트폰에 고개를 파묻고 있었고 양 팀장은 소파 팔걸이에 다리를 걸고 누워 『삼총사』를 읽고 있었다.

나는 바닥에 깔린 양탄자의 보풀 개수를 세는 중이었다.

"대학생이."

양 팀장이 말했다. 그가 사극에 나오는 장군 같은 나직한 목소리로 아무 말이나 속삭이면 아줌마들은 물 밖으로 나온 뱀장어처럼 몸을 비틀며 깔깔거렸다.

"네."

나는 고개를 들었다.

"삼총사는 왜 삼총사일까."

나는 눈을 깜박였다.

"요즘 대학생 무식합니다. 그런 거 몰라요."

백 반장이 말했다. 다들 전문대건 방통대건 대학 졸업장을 받았는데도 홍 사장이 없을 때는 모두 나를 '대학생이'라고 불렀다. 표면적인 이유는 나만 졸업이 두 학기 남아서였다. 이면의 이유는 출근 첫날 알았다. 새 멤버를 환영한다며 갈빗집에서 회식을 했는데 화장실에서 홍 사장과 양 팀장이 말다툼을 하는 걸 우연히 들었다. 양 팀장이 말했다. 저런 애새끼를 뭐에 쓴다는 겁니까. 홍 사장이 말했다. 젊은 피가 필요할 때잖아. 그럼 누구 사람 있어? 양 팀장이 투덜거렸다. 한 달입니다, 사장님. 한 달만 지켜볼 겁니다. 홍 사장이 화를 냈다. 야, 이 새꺄. 사장은 나거든요? 나는 그들이 화장실에서 나오기 전에 얼른 갈빗집 앞 인도로 나가 담배를 피운 뒤 태연한 얼굴로 돌아왔다.

"생각해봐봐."

양 팀장이 말했다.

"『삼총사』 주인공은 넷이잖아. 달타냥, 아토스, 포르토스, 아라미스. 그런데 제목이 사총사가 아니고 삼총사란 말이지. 내가 이 문제로 고민을 했어. 그래서 내린 결론이 뭐냐. 『삼총사』는 촌에서 기어 올라온 달타냥이 삼총사한테 인정받으려고 좆나게 뺑이치는 이야기란 말야. 근데 결국 인정을 못 받은 거지. 그래서 사총사가 아니라 삼총사인 거야. 작가 머릿속에서 달타냥은 애초에 왕따였다 이거라니깐? 어떻게 생각하냐, 대학생이?"

오 반장이 스마트폰을 조용히 내려놓고 짧고 굵게 박수를 쳤다. 여기서 일한 지 어느덧 두 달이 다 돼갔고, 이제 양 팀장은 나를 갈구기 위해 세계명작을 파는 경지에 이르렀다.

"달타냥이 더 열심히 해야 했겠네요."

나는 신중하게 대답했다.

"그렇지. 근데 해도 안 된다는 느낌이 들면 어쩌냐? 넌 그럴 때 없냐?"

적당한 대답을 궁리하고 있는데 홍 사장이 개량 한복을 입은 남자와 함께 사무실로 들어왔다. 우리는 모두 자리에서 일어났다.

"아우, 창문 좀 열어라. 누가 바닥에 똥 쌌냐?"

오 반장이 얼른 창문을 열었다. 홍 사장은 군청색 체육복 위에 청록색 몽블랑 패딩을 겹쳐 입고 있었다. 평소에도 불그스레한 얼굴이 보색 효과 때문에 더 붉어 보였다.

"정 반장은?"

"오늘 못 온답니다. 고등학교 동창이 갑자기 죽어서 빈소 지켜야 한답니다."

양 팀장이 말했다.

"동창은 왜 죽었대?"

"자살이랩니다. 빚이 많았다고."

"그래서 지금 빈소에 있다고?"

"네."

"지금?"

"네."

"왜 나한테는 연락 안 하고?"

"모르겠습니다."

홍 사장이 주머니에서 휴대폰을 꺼내 전화를 걸었다.

"나다. 지금이…… 10시 9분이다. 니가 지금 어디 있건 뭘 하고 있건 여기까지 오는 데 딱 30분 준다. 이 새끼가. 니가 멋대로 빠지면 니 얼굴 보고 오는 고객들은 뭐가 되냐? 너한테 프로의식이란 게 있냐? 이게 날로 받아 처먹는 일 같지? ……됐고, 바로 튀어 오든가 내일부터 나오지 말든가!"

홍 사장이 전화를 끊었다. 보색 효과가 더 선명해졌다.

"아 진짜. 계속 이러면 또 뒤로 넘어가는데."

홍 사장이 두꺼운 목과 양손을 주물렀다.

"이쪽은 오늘 강연하실 권 박사님. 귀하게 모셨다."

개량 한복을 입은 남자가 고개를 끄덕였다. 통통한 뺨에 자상한 눈, 금테 안경. 영락없는 한의사였다. 아마 한의학 용어는 한의사보다 더 잘 알 것이다.

10시 30분에 정 반장이 사무실에 도착했다.

"죄송합니다."

그가 씨근거리며 홍 사장에게 말했다. 홍 사장이 정 반장의 뺨을 후려갈겼다. 정 반장이 뒷걸음질 치며 얼굴을 감싸 쥐었다. 사무실이 조용해졌다.

"택시 타고 왔냐?"

"모범 잡았습니다."

홍 사장이 지갑에서 지폐를 몇 장 꺼냈다.

"괜찮습니다."

"정 반장."

홍 사장이 말했다.

"네."

"고객은 소중하다. 알겠냐?"

"알겠습니다."

"이따 밥이나 사 먹어라."

정 반장이 돈을 받았다. 홍 사장이 우리를 돌아봤다.

"니들은 안 따라 하냐?"

우리는 대답했다.

"고객은 소중합니다!"

가슴이 살짝 두근거렸다. 무대에 나갈 시간이 됐다.

우리는 사무실에서 나와 좁은 복도를 지나 행사장 앞문으로 갔다. 닫힌 문 너머에서 트로트에 디스코 비트를 리믹스한 음악이 쿵쾅거렸다. 우리는 신발을 벗고 문 앞에 일렬로 섰다. 푸른 잔디를 눈앞에 둔 축구 선수들처럼 심호흡을 하고 목을 꺾고 어깨를 풀었다.

"자, 오늘도 열심히!"

홍 사장이 문을 확 밀어젖혔다. 우리는 양손을 머리 위로 올려 손뼉을 치면서 안으로 뛰어들어갔다. 두 시간 넘게 우리를 기다리며 앉아 있던 백 수십여 명의 여자들이 외치는 함성이 히터로 후끈하게 달궈놓은 실내 공기와 함께 얼굴에 훅 끼쳤다. 우리는 경품으로 마련된 양문형 냉장고와 드럼 세탁기, LED TV, 계란, 휴지가 늘어선 벽 앞에 서서 엉덩이에 총을 맞은 돼지들처럼 정신없이 뛰어다녔다. 흥분한 몇몇이 자리에서 일어나 덩실거렸다. 아줌마라 부르기에도 할머니로 모시기에도 애매한 작고 뚱뚱한 여자가 볼링공처럼 내 품으로 굴러왔다. 스트라이크! 나는 아이고 어머님 오셨어요! 라고 외치며 여자를 힘껏 안았다. 최소한 양 팀장의 눈에 그렇게 보이기 위해 최선을 다했다.

홍 사장을 처음 만났을 때 그의 입술에서는 새우 패티 맛이 났다.

나는 매장 2층 화장실에 대걸레를 놓고 나오던 참이었다. 젖은 손을 유니폼 앞치마에 닦으며 아래로 내려가려는데 갈색 섀미 점퍼를 입은 뚱뚱한 남자가 도끼로 마지막 일격을 당한 나무처럼 뻣뻣이 넘어갔다. 새우버거와 프렌치프라이가 공중으로 튀어 올랐고 옆 테이블의 불고기버거와 데리야끼버거 세트가 뒤집어졌다. 여고생들이 비명을 질렀다.

나는 남자에게 달려갔다. 남자는 눈을 감고 왼팔을 떨었다. 오십대 중후반 정도로 보였다. 입술은 먹빛이었다. 누군가 남자의 손목을 잡고 맥을 짚었다.

"그거 소용없거든요. 119에 전화하세요."

내가 말했다.

구급대원들이 도착하는 데는 9분이 걸렸다. 나는 남자의 기도를 확보한 뒤 깍지 낀 손으로 남자의 가슴팍을 갈비뼈가 부러져라 세게 누르면서 입으로 숨을 불어넣었다. 구급차 사이렌 소리가 아래층에서 들릴 때쯤 남자가 눈을 껌벅였다. 구급대원들이 남자를 들것에 싣고 계단을 내려갔다.

매장은 곧 정리되었다. 남자가 있었다는 흔적은 해변에 그린 낙서가 파도에 씻기듯 지워졌다. 점장이 내게 인공호흡법 같은 걸 어디서 배웠느냐고 물었다. 나는 예비군에서 배웠다며 얼버무렸다. 그는 오늘은 일찍 퇴근해도 좋다며 이 일은 본사에 보고하겠다고 했다. 본사에 보고하면 어떻게 되느냐고 했더니 이달의 크루에 오를 수 있다고 했다. 이달의 크루가 되면 어떻게 되느냐고 하니 점장은 본사에서 사장과 사진을 찍게 되고 홈페이지에 얼굴이 뜬다고 대답했다. 그럼 어떻게 되는 거냐고 물었다. 점장은 고등학교를 졸업하자마자 어른의 세계에 뛰어들었고, 나보다 어렸다. 그가 윗니를 드러내며 웃었다.

"내 인사고과 점수가 올라가."

집으로 돌아가는 내내 튀김 기름 맛이 입가를 떠나지 않았다. 붕어빵을 파는 노점 앞을 지나다가 붕어빵이 할머니 혈압에 좋을지 나쁠지 몰라 망설였다. 좋아하시는데. 조금 드시는 건 괜찮을 것 같아 한 봉지 사 들고 갔다.

할머니는 드라마 재방송을 보고 있었다. 매장에서 있었던 일을 이야기하자 잘했다고 칭찬하다가 갑자기 눈물을 훔쳤다.

"니 애비가 그렇게 가서 그런 기술을 배운 거냐?"

나는 아니라고, 예비군에서 배웠다고 대답했지만 할머니는 시무룩한 얼굴로 붕어빵을 방구석으로 치우더니 벽 쪽으로 돌아누워 어머니 욕을 했다.

며칠 뒤 구급차에 실려 갔던 남자가 매장으로 찾아왔다. 그날 마침 몰려든 중국인 단체 관광객들 때문에 매장은 몇 년 전 친구들과 놀러 갔던 광저우의 짝퉁시장처럼 북적였다. 남자는 기다리겠다고 했다. 나는 이달의 크루 후보에게 쏟아붓는 점장의 짜증을 견디며 냉동 패티를 나르고 프렌치프라이를 튀겼다.

"일 언제 끝나나? 생명의 은인에게 내가 밥이라도 사야지 않겠어요?"

남자가 말했다.

"그보다," 나는 내가 조금 전 남극의 눈폭풍처럼 소금을 뿌려댄 프렌치프라이를 심근경색으로 죽을 뻔한 남자가 한 움큼씩 집어 먹는 모습을 보며 말했다. "몸은 괜찮으세요?"

"몸? 괜찮아. 신경 안 써도 돼."

그가 웃었다. 나는 약속시간을 정하고 나서 다시 광저우의 시장으로 돌아갔고 남자는 프렌치프라이를 깨끗이 비운 뒤 자리를 떴다. 이제 와 생각해보면 면접은 그때부터였던 것 같다. 홍 사장은 쓸데없는 데 돈을 쓰지 않았다. 그게 생명의 은인이라도 말이다. 짐작일 뿐이지만 그날도 본인이 아깝지 않은 한에서 돈푼이나 쥐어주거나 머리나 쓰다듬고 갈 요량으로 왔을 것이다. 그러다 내 얼굴에서 다른 걸 읽은 것이다. 그게 정확히 뭔지는 지금도 잘 모르겠지만 적어도 그의 눈이 어둡지는 않다는 사실을 이제는 안다.

그날 저녁 홍 사장은 3층 전체를 다 쓰는 중국집에 나를 데려갔다. 그는 코스 요리에 술까지 먹이며 가족과 생활에 대해 이것저것 물어봤고, 나는 가능한 한 간단히 대답했다. 사업을 하던 아버지가 부도가 나면서 갑자기 쓰러지고 어머니는 집을 나갔으며 현재는 할머니와 반지하 셋방에 살고 있다. 등록금 때문에 학교는 휴학했다. 아르바이트를 세 개 뛰고 있다. 물론 더 자세하게 얘기할 수도 있었다. 아버지가 내 앞에서 가슴을 움켜쥐고 쓰러지던 순간을 설명할 수도 있었다. 천천히 엷은 막이 끼던 아버지의 눈과 그때 느꼈던 무력감에 대해서도 말할 수 있었다. 식당에서 일하던 어머니가 손님과 눈이 맞아 야반도주했을 때 곰국이 아니라 카레를 끓여놓고 갔던 일도 얘기할 수 있었다. 카레는 이틀 만에 다 쉬었다. 하지만 나는 자존심 때문인지 술이 덜 취했기 때문인지 입을 다물었다.

"학비 좀 벌 생각 없냐? 요즘 대학 학비 얼마 하냐? 내 딸내미는 필리핀에서 학교 다녀서 한국 사정은 몰라."

내가 액수를 말하자 홍 사장이 휘파람을 불었다.

"강도네. 근데 두 달만 뛰면 그 액수도 가능해. 너한테 달린 거지만. 어때?"

홍 사장은 후식으로 나온 코코넛 열매를 오물거리며 사업에 대해 이야기했다. 그의 설명에 따르면 홍 사장이 하는 일은 '유통 판매업'이었고, 마침 젊고 참신한 '고객 관리 매니저'가 필요한 상황이었다. 나는 그가 말을 마치자마자 자리에서 일어나 잘 부탁드린다며 허리를 90도로 숙였다.

이건 술 때문이었을 것이다.

점심시간, 우리는 사무실로 돌아왔다. 모두 땀에 젖어 있었다. 양 팀장은 약속이 따로 있다며 미리 준비해둔 새 와이셔츠로 갈아입고 자리를 떴다. 심각한 문제를 일으키지 않는 한 홍 사장은 부하 직원들이 업무 외 시간에 고객과 사적으로 만나는 데 관대한 편이었고, 그들은 우리가 장사를 접고 다른 곳으로 갈 때까지 쏠

쏠한 용돈벌이가 돼줬다. 이곳에 자리를 잡은 것이 내가 팀에 합류할 때였으니 다른 반장들에게는 아직 새끼를 칠 틈이 없었다.

앉아 있다 보니 땀이 식었다. 피부에 소름이 돋았다. 중국집 배달부가 짜장면, 짬뽕, 군만두, 탕수육을 놓고 갔다. 나는 그릇에 씌운 랩을 젓가락으로 문질러 벗겼다. 음식에서 김이 모락모락 피어올랐다.

한입 뜨려는데 누가 문을 두드렸다. 백 반장이 내 얼굴을 봤다. 나는 자리에서 일어나 문을 열었다. 시체를 묻어도 될 만큼 화장을 두껍게 한 중년 여자가 문틈으로 고개를 들이밀었다.

"어머, 사장님 안 계셔?"

"잠깐 나가셨는데요."

"그래?" 여자가 말했다. "그럼 새로 올 싸모가 내일부터 사람들 데리고 오기로 했다고 대신 말해줄래? 니가 그 신입이지? 잘 부탁한다. 응? 물건 많이 팔아줘."

여자가 손을 내밀었다. 그녀는 필요 이상으로 내 손을 오래 잡더니 엄지로 내 손등의 핏줄을 가볍게 쓰다듬고는 방긋 웃으며 문을 닫았다.

"거미가 너 마음에 드나 보다?"

오 반장이 말했다. 다른 데서는 뭐라고 부르는지 몰랐지만 여기서는 거미라고 했다. 거미의 역할은 고객 유치와 관리였다. 그들은 고객들의 연락처가 들어 있는 작은 수첩을 생명처럼 챙겼다. 몇

권씩 들고 다니는 사람도 있었다. 자기가 데려온 고객들이 상품을 많이 살수록 더 많은 수수료를 챙겼다.

"모르겠습니다."

"맞아. 몰라도 돼. 잘못 엮이면 좆 된다는 것만 알면 되지. 요즘은 거미들이 자기 업장에서 멀쩡하게 일 잘하는 애들을 스카우트해서 데려간다더라. 뭐하는 짓인가 모르겠다."

"네."

"근데 말이다." 백 반장이 말했다. "팀장님은 왜 그렇게 널 싫어하냐?"

"모르겠습니다."

"일을 못하는 것 같지는 않은데." 정 반장이 말했다.

"그 문제가 아닌 거지. 팀장님은 처음부터 애를 싫어했다고. 뭔가 맘에 안 드는 게 있는 건데, 그게 뭔지 말을 해야 얘도 고치지. 근데 말을 안 해. 덮어놓고 싫어하는 것 같단 말야. 네 생각엔 뭐가 문제 같냐?"

백 반장이 말했다. 나는 다시 모르겠다고 대답했고, 실제로 그랬다.

"내 생각에는," 정 반장이 말했다. "양 팀장이 위기의식을 느끼는 것일 수도 있어."

"무슨 위기의식."

"젊고 반반한 놈이 들어왔다 이거지."

"우린 늙어 쪼그라들었냐? 막 얼음물에 담근 불알이고 그래? 그래 봤자 팀장이랑 얘랑 다섯 살 차이다."

오 반장이 말했다.

"이 새끼 뭘 모르네. 봐라." 정 반장이 내 턱을 잡고 얼굴을 이리저리 돌렸다. "이 피부 좀 봐. 얘가 얼굴에 귀티도 좀 있잖아? 아줌마들이 애 허리 돌릴 때 질질 싸는 게 눈에 딱 보이는데. 룸살롱 애들이랑 똑같은 거야. 아직 좀 미숙하기야 하지. 근데 우린 처음에 안 그랬냐고. 내가 처음 일 시작했을 때도……."

화제는 자연스럽게 반장들이 만난 진상 고객과 아찔한 순간에 대한 무용담으로 넘어갔다. 반장들은 이야기하는 동안 은근히 자부심을 드러냈다. 대놓고 자랑스러워하지는 않았지만 부끄러워하지도 않았다.

이 일이 사기라는 사실을 깨닫는 데는 하루도 안 걸렸다. 출근 첫날은 앉아서 일이 어떻게 돌아가는 건지 구경만 했다. 오십대에서 육십대 사이의 여자들, 지하철 빈자리에 표범처럼 달려들고 길에서는 거북이처럼 뚱한 표정을 짓는 할머니들과 아줌마들이 젊은 남자들의 춤과 노래와 아양에 입을 벌리며 청춘이 돌아온 듯 즐거워하고 있었다. 점심시간에는 고객 몇 명이 사무실에 치킨을 들고 찾아왔다. 언제나 잘 대해줘서 미안하고 고맙다며 아들 삼았으면 좋겠다는 얘기를 되풀이하다 치킨을 놓고 돌아갔다. 그걸로 점심을 때웠다. 오 반장은 가슴살을 집으면서 이런 일이 드문 게 아니라고 했다.

"우리가 아들딸보다 나은 거라니까?"

그날의 강사는 미국에서 학위를 따고 온 대학교수였다. 강연 주
제는 피를 맑게 해서 혈압을 낮추고 마음을 가라앉혀주며 당뇨와
성인병에 특효라는 건강식품이었다. 구석에 앉아 강연을 듣던 도
중 그 식품이 할머니에게 절대로 필요하다는 확신이 들었다. 영업
이 끝난 뒤 홍 사장에게 오늘 판 건강식품을 하나 따로 사서 가져
가고 싶다고 말했다. 그러니까…… 직원가로.

나는 홍 사장이 웃다가 다시 발작을 일으키는 줄 알았다. 홍 사
장뿐 아니라 사무실의 모든 사람들이, 심지어는 대학교수까지 미
친 듯이 웃어댔다. 정 반장은 의자에서 굴러 책상 모서리에 머리를
부딪쳤는데도 웃음을 멈추지 않았다. 홍 사장은 부드럽게 내 어깨
를 감싸며 할머니가 드실 건강식품은 자기가 따로 알아보겠다고
했고, 그 와중에도 말처럼 입술을 푸르르 떨었다. 그 일이 있고 나
서 며칠 뒤 고객 한 명이 사무실로 찾아와 제품을 환불하겠다고 했
다. 건강식품을 복용하고 나서부터 계속 설사가 나온다고, 사위가
카드 결제 내역을 보고는 난리를 쳤다고 울먹였다. 홍 사장이 그녀
의 어깨를 부드럽게 감싸 안아 밖으로 데리고 나갔다. 일이 어떻게
해결되었는지는 모르지만 그 고객은 다시 오지 않았다.

그때 그만뒀어야 했을까? 나는 월급을 받은 다음 결정해도 늦
지 않을 거라고 생각했다. 한 달 뒤 통장에 들어온 액수를 확인했

을 때 나는 홍 사장이 했던 말이 거짓이 아님을 알았다. 반년만 일하면 반지하에서 벗어나는 것도 꿈은 아니었다. 할머니를 제대로 된 병원에 데려갈 수도 있었다. 그렇다면 반년 뒤 다시 생각해도 늦은 일은 아니었다. 선만 넘지 않는다면 더 오래 할 수도 있을 것이었다.

그 선이 어디 그어져 있는지는 모르지만.

양 팀장은 점심시간이 끝나기 직전에 들어왔다. 나는 양 팀장을 훔쳐보며 위기의식의 징후를 찾아봤지만 그의 얼굴에는 식곤증과는 다른 종류의 나른함만 떠 있을 뿐이었다.

"아무리 말해도 지나치지 않다." 양 팀장이 말했다. "점심 먹고 나서 한 시간 전후의 판매율이 제일 낮다. 밥 먹고 집중력이 떨어져서 우리가 하는 말을 안 듣는단 말이다. 고객들 정신을 바짝 차리게 하는 게 니들이 할 일이다. 알겠냐?"

"네!"

오후 일정은 잠을 깨는 체조로 시작되었다. 오전과 마찬가지로 오후에도 생수와 휴지로 교환할 수 있는 개근 쿠폰을 나눠줬다. 쿠폰 두 장을 한꺼번에 내놓으면 계란 한 판을 가져갈 수 있었다. 열 장이 될 때까지 쿠폰을 모으면 전자레인지를 줬다. 물론 열번째 쿠폰을 받아 들 때는 이미 전자레인지 열두어 개는 사고도 남을 돈을 쓰고 난 뒤였다. 양 팀장과 반장들은 고객들 사이를 돌아다니면서 체조를 도와주고 어깨도 주물러줬다. 오 반장이 어깨를 주물러주는 척하면서 한 고객의 쇄골을 만지작거렸다. 그녀는 모르는 척 다리를 뻗으며 체조 동작을 따라 했다. 오 반장은 몇 번 더 쇄골을 쓰다듬은 뒤 부드럽게 손을 뗐다. 그들은 요령을 알았다. 언제, 어느 정도, 어디까지 해야 하는지 알았다. 나는 그걸 몰랐다. 알아야 하는지도 확실하지 않았다.

쇄골을 쓰다듬는 건 선을 넘는 것일까, 아닐까?

연단에서는 권 박사가 강의에 열중하고 있었다. 오늘 그의 임무는 오메가3 캡슐을 파는 것과 동양화과 1학년 학생이 그렸을 법한 족자 그림을 부적이라고 믿게 만드는 것이었다. 그는 캡슐의 경우에는 실증적 전략을, 족자의 경우에는 공포 전략을 구사했다. 미리 입을 맞춰둔 바람잡이가 나와 이 약을 먹게 된 뒤로 구부러졌던 무릎을 다시 펼 수 있게 됐다며 앉았다 일어서다를 반복하더니 만세를 불렀다. 그러자 손님들 속에 앉아 있던 거미 한 명이 손을 번쩍 들고 물건 두 박스, 아니 세 박스를 현찰 박치기로 사겠다고 외쳤다. 그러고는 그 자리에서 돈을 꺼내 오 반장에게 건넸다. 오 반장이 박수를 치며 외쳤다. 여사님께서 210만 9천 원 결제하셨습니다! 반장들이 따라 했다. 210만 9천 원! 다른 사람들도 따라 했다. 210만 9천 원! 210만 9천 원! 최면적인 열광이 행사장을 휩쓸었다. 사람들은 210만 9천 원을 결제하지 않으면 멀쩡한 무릎이 구부러지기라도 할 것처럼 물건을 구입했다. 30분 뒤 양 팀장이 최종 스코어를 선언했다. 3872만 원! 오늘 3872만 원이 결제되었습니다! 반장들이 큰절을 올렸다. 손님들은 자기 일인 양 기뻐하며 박수를 쳤다.

잠시 뒤 분위기가 싹 바뀌었다. 권 박사는 부적을 펼쳐 들며 이건 안 사도 상관없다고 했다. 그러면 아무 일도 없다. 그냥 집에 가시면 된다. 하지만 이 부적은 정말 잘 듣는다. 취업과 입학에는 직방이다. 여러분 호랑이 연고 아시죠? 만병통치 호랑이 연고! 이게 팔자에 바르는 호랑이 연고라고! 그렇다면 왜 알려지지 않았느냐? 당연하지! 이건 나만 알아야 하는 건데! 누구 좋으라고 소문을 내! 하지만 부적을 일단 구입하면…… 이런 고객이 계셨어요. 부적을 샀는데 환불하겠다는 거야. 남편이 때려죽이려고 한대. 내가 잘 생각해보시라고 말렸어. 근데 환불을 해야겠대. 맞아 죽을 수 없대. 그러니 어째? 해줘야지. 그런데 3주 뒤에 나한테 오더니 다짜고짜 우는 거야. 아들이 교통사고가 나서 반신불수가 됐대. 뭔 말인지 알겠어요? 이해하죠? 이건 워낙 위험해서 제가 사라고 말을 못 해. 그 대신 효과는 진짜라니까! 이걸 사서 자식들이 취업 못 한 걸 본 적이 없어요! 손주가 인 서울 대학 못 간 걸 본 적이 없다니까!

사람들이 공포에 질려 있는 동안 반장들은 사람들 틈을 돌아다니며 부지런히 고객들을 안심시켰다. 저 선생님 오늘 말씀 독하게 하시네. 어깨. 오늘 다 털어놓으려고 작정하셨나 봐요. 팔뚝. 우리끼리 하는 말인데 실은 저도 한 장 샀어요. 허벅지. 손주한테 선물하시겠다고? 아이고 어머님, 제가 정말 감동받았습니다. 가슴. 아유 총각. 어머님. 제가 정말 어머님 같아서 그렇습니다. 가슴.

지금도 그때 내가 한 짓을 생각하면 자다가도 이불을 걷어차고 싶어진다. 어쩌면 행사장 안에 돌던 야릇한 긴장이 그때쯤에는 터질 듯 부풀어 올라서였을지도 모른다. 너는 왜 멀뚱히 서 있느냐는 듯 나를 흘끔거리는 양 팀장과 반장들의 눈길을 견딜 수 없어서였는지도 모르겠다. 이유가 무엇이건 중요한 건 내가 충동적으로 내 앞에 앉아 있던 고객을 뒤에서 끌어안았다는, 그것도 서툴게 그랬다는 사실이었다. 고객이 놀란 얼굴로 나를 돌아보았고, 나는 뭔가 잘못됐다는 걸 깨달았다. 놀람이 수치로, 수치가 분노로, 분노가 비명으로 바뀌는 것은 시간문제였다. 그녀가 입을 벌리는 순간 나는 머리의 피가 죄다 아래로 쏟아지는 것 같았다.

"아이고 어머님! 어젠 왜 안 오셨어요!"

양 팀장이 우리 둘 사이에 끼어들며 자연스럽게 내 팔을 그녀의 몸에서 풀었다.

"안 오긴 왜 안 와. 어제도 와서 얼마어치를 사 갔는데!"

"아…… 그랬나? 아! 맞다! 맞아요! 어제 진동 안마기 사 가셨지! 그렇다면!" 양 팀장이 재빨리 연단 쪽으로 달려가더니 쿠폰 한 장을 들고 왔다.

"말씀을 제대로 하셨어야지. 여사님 포인트가 이제 다 쌓였겠네? 이거 들고 카운터에 가셔서 직원한테 주면 저기 저 LED TV 챙겨줄 거예요. 테레비 바꿀 때 됐잖아요."

"우리 집은 작아서 저런 거 놓을 데도 없어. 줄 거면 세탁기가 낫지."

"아. 세탁기!" 양 팀장이 자리를 박차고 일어나 세탁기 쿠폰을 그녀에게 갖다 바쳤다. "아이고, 저 세탁기가 TV보다 싼 데 말이지요! 제가 오늘 여사님 은혜 단단히 입습니다!"

그녀는 쿠폰을 받았다. 주변에서 부럽다는 탄성이 터져 나왔다. 양 팀장이 일어나 이달의 첫번째 우수 고객이 탄생했다며 사람들의 박수를 유도하는 동안 그녀가 나를 보았다. 나는 그녀의 얼굴에 떠오른 표정을 보며 한마디도 할 수 없었다.

"쭉."

양 팀장이 말했다.

나는 맥주 캔을 들어 단숨에 들이켰다. 탄산 때문에 목 안이 따끔거렸다. 양 팀장과 나는 편의점 파라솔 의자에 앉아 있었다. 맞은 부분이 또 욱신거렸다. 영업이 끝난 뒤 나는 사무실에서 알렉상드르 뒤마의 얼굴이 그려진 책으로 정수리를 얻어맞고 주먹과 구둣발로 배와 엉덩이를 채였으며 한 시간 동안 사무실 바닥에 머리를 박았다. 마지막 기합은 다른 반장들도 같이 받았다. 홍 사장은 말없이 지켜보다 자리를 떴다.

"난 네가 싫다."

양 팀장이 말했다. 나는 고개를 끄덕였다.

"왜 싫은 것 같냐?"

"……모르겠습니다."

"너는 최선을 다 안 한다."

나는 양 팀장을 봤다.

"웃기냐? 사기꾼 새끼들이 최선을 다 안 한다고 하니까 웃기냐?"

"아닙니다."

"나라고 폐경기 여자들 좋아서 주무르는 것 같냐? 오 반장은 모르겠다. 걘 변태거든. 아무튼 난 싫다. 살덩어리 만질 때마다 돌아버리겠단 말이다."

양 팀장이 담배에 불을 붙였다.

"솔직히 따져보자. 너 여기서 일하는 동안 우리한테 제대로 말이나 붙여본 적 있냐? 형님 술 한잔 사주십쇼, 라고 입이라도 연적 있냐 이 말이다. 너 정 반장 어머니가 치매고 정 반장이 그거 때문에 사채 쓰는 건 아냐? 오 반장 동생이 이번에 폭행으로 감옥 들어간 건 아냐? 넌 말이지, 출근하는 첫날부터 퇴직하고 싶어 하는 게 눈에 보였다. 여기가 내가 있을 곳이 아니라는 티를 온몸으로 낸단 말이다. 곱게 잘 자라서 그런 거냐? 아버지 사업 망하기 전까진 잘살았다며? 사장님이 너한테 본 가능성이란 게 있어. 아, 이 새끼 잘 키우면 일 열심히 하겠구나. 왜냐? 상황이 절박하니까. 찬밥 더운밥 가릴 때가 아니니까. 아니, 그런데 이 새끼가 계속 밥을

가리고 앉아 있네? 얼굴 좀 반반하다고 아줌마들이 아들 같다 손
자 같다 하면서 귀여워하니까 그걸로 된 줄 알고 있단 말이다. 씨
발, 술집에 가도 얼굴만 반반한 년들은 얼마 못 가. 손님들이 짜증
낸단 말이다. 난 도대체 네가 뭘 믿고 있는 건지 모르겠다. 넌 뭘
믿는 거냐?"

나는 아무 말도 하지 못했다. 눅눅하고 무거운 감정이 꿈틀거렸
다. 눈물이 나올 것 같았지만 참았다. 지금의 내 얼굴을 상상할 수
있었다. 집에 지진이 난 게 아직도 꿈인 줄 아는 얼굴. 다시 눈물이
터지려 했다. 나는 얼른 고개를 숙였다.

"넌 오늘 비싼 교훈을 얻었다."

양 팀장이 말했다.

"그나마 내가 희망적으로 보는 건 네가 오늘 뭔가를 하려고 했
다는 거다. 난 네가 이 일로 배운 게 있다고 생각한다. 손해는 벌충
하면 그만이다. 문제는 네가 바뀌느냐 바뀌지 않느냐다. 난 좀 더
지켜보기로 했다. 사장님께는 따로 잘 말씀드릴 테니까 내일 제시
간에 다시 출근해라. 내일은 내일의 태양이 뜬다고 누가 그랬냐,
안 그랬냐? 응?"

양 팀장이 가고 난 다음에도 나는 한참을 앉아 있었다. 야근으
로 고단해진 몸을 알코올에 담갔다 빼서 돌아가는 직장인들, 가방
을 들고 가는 건지 가방에 들려 가는 건지 알 수 없는 학생들, 편
의점 카운터 앞에서 동전을 세며 담뱃값을 치르는 백수들을 봤다.

갑자기 점장의 얼굴이 떠올랐다. 이 시간이면 직원들을 모두 돌려보낸 뒤 식은 햄버거를 먹으며 매장을 정리하고 있을 것이다.

집에 왔을 때 할머니는 자고 있었다. 나는 할머니의 등을 어루만졌다.

별안간 어른이 된 것 같았다.

다음 날 나는 사무실에 한 시간 일찍 나왔다. 바닥과 창틀을 닦고 책상에 낀 먼지를 제거하고 창문을 열어 환기를 시켰다. 눅눅했던 수건을 다시 빨아 널었다. 오 반장과 백 반장이 들어오다가 내가 큰 소리로 인사를 하자 깜짝 놀랐다. 정 반장이 그다음에 왔고, 마지막으로 들어온 양 팀장은 소파에 눕자마자 잠이 들었다.

"대학생이, 정신 좀 차렸냐?"

잠이 들기 전 그가 말했다.

어제와 같은 시간에 홍 사장이 권 박사와 함께 들어왔다. 그는 별말 없이 사무실을 둘러보더니 손가락으로 창틀을 슥 닦아보고는 고개를 끄덕였다.

"어제는 손해를 좀 봤다."

홍 사장이 말했다.

"우린 이걸 전화위복의 계기로 삼아야 한다. 뭔 말인지 알겠냐?"

"네!"

"고객은 뭐라고?"

"소중합니다!"

"오늘 목표는 5천이다. 얼마라고?"

"5천입니다!"

"목소리가 작다!"

"5천입니다!"

"그럼 가서 돈 벌어 와!"

우리는 사기가 충천한 채 행사장으로 뛰어들어갔다. 전날보다 더 큰 환호성이 우리를 맞이했다. 경품으로 세탁기를 받아 가는 모습을 보고 가슴에 불이 붙은 고객들이 늘어난 것이었다. 비정상적인 열기가 행사장에 퍼져 있었다. 나는 더 열심히 춤을 추고 더 크게 웃고 더 빨리 움직였다.

어머니를 보기 전까지는.

어머니는 처음 보는 사람들과 둥글게 원을 그린 채 앉아 박수를 치며 웃고 있었다. 나는 양 팀장이 볼까 이를 악물고 밝은 표정을 지으며 일을 계속했다. 어머니가 앉아 있는 쪽으로는 고개를 돌릴 엄두도 못 냈다. 느낌표와 물음표가 자이로드롭처럼 치솟아 올랐다가 곤두박질쳤다. 나를 못 봤을 리는 없다. 봤다면 나가겠지. 나는 슬쩍 어머니가 있는 쪽을 곁눈질했다. 어머니는 여전히 웃고 떠들며 사람들에게 오메가3 캡슐 샘플을 나눠주고 있었다.

어머니가 오늘 온다던 거미였다.

일을 시작한 지 한 시간도 안 돼서 행사장은 양은 냄비 안의 물처럼 끓어올랐다. 반장들은 바삐 돌아다니며 아줌마들의 몸과 마음과 지갑을 주물럭거렸다. 정 반장이 두 팔을 양쪽으로 쫙 뻗고 다리를 기마자세로 벌린 다음 트로트 리믹스에 맞춰 나무를 쪼는 딱따구리마냥 사타구니를 털었다. 오 반장과 백 반장이 돌아가며 그걸 따라 했다. 마지막으로 내가 가랑이를 쩍 벌리자 고객들 사이에서 귀엽다는 탄성이 터져 나왔다.

터져 나왔다고요, 엄마.

우리는 조금씩 위치를 바꾸며 손님들을 상대했고, 처음에 어머니와 가장 멀리 떨어져 있던 나는 이제 어머니가 데리고 온 사람들 바로 옆에서 아양을 떨고 물건을 팔았다. 어머니, 이거 정말 물건 좋아요. 손. 우리 할머니도 이거 쓰세요. 허벅지. 할머니가 무릎이 안 좋으셨는데 이거 복용하시고 딱 두 달 만에 일어서서 밥을 짓기 시작하시더라니까! 어깨. 그래서 제 피부 봐요. 할머니 해주신 밥 먹고 이렇게 뽀송뽀송해졌다고요! 목. 자, 일단 한 달만 써보시고, 지금 사시면 보너스로 한 달치를 같이 드리거든요? 가슴. 아, 진짜라니까 그러네. 속고만 사셨나. 가슴.

이제 어머니 쪽 그룹으로 자리를 옮겨야 했다. 어머니를 보았다. 나를 외면하고 있었다.

누가 어머니를 만졌을까? 양 팀장? 오 반장? 백 반장? 정 반장?

방송국 카메라와 경찰이 행사장으로 들이닥쳤을 때 나는 구원

받은 기분이 들었다.

우리는 나란히 앉아 취조를 받았다. 양 팀장과 반장들은 고객들을 성희롱했다는 혐의를 완강히 부인했다. 가족 같은 분위기였다니까요. 성희롱이었으면 그 자리에서 누가 항의를 했겠지. 요즘 세상에 그런 거 말 안 하고 넘어가는 게 말이나 돼요? 아니 형사님. 그러니까 내가 잘못한 건 잘못했다고 인정을 하는데 그 부분에 있어서만큼은 잘못한 게 없다니까요? 그럼 다른 건 잘못했냐고? 이거 왜 이러세요, 진짜로. 진짜 솔직히, 장난처럼 그런 건 있어요. 근데 다들 아들 같다고, 손자 같다고 예뻐하시는데, 아들 손자가 어머니, 할머니한테 칠 수 있는 수준의 장난이라니까? 형사님은 어릴 때 엄마 젖 안 만져봤어요?

고객들이 우리의 진술을 뒷받침했다. 누가 제안한 건지는 모르겠지만 탄원서를 써 들고 경찰서로 찾아왔던 것이다. 이 행사장에서 정말로 가족처럼 즐거운 시간을 보냈다. 친자식과 친손자들에게서도 이런 대접은 받아본 적이 없었다. 아무 죄도 없는 사람들 가두는 법이 어느 나라 법이냐. 빨리 풀어주라고. 여기 책임자 누구야? 서장 나오라 그래. 우리 힘없는 서민이라고 무시해? 이런 세상이 민주주의야? 고객들은 취조실 앞까지 몰려와 거세게 항의했다. 형사들은 쩔쩔매면서 혀를 찼다. 정 반장은 몰래 눈물을 훔쳤다.

홍 사장은 우리가 불구속 입건 처분을 받고 경찰서를 나올 때

까지도 다른 책상에서 취조를 받고 있었다. 방송국 카메라가 옆에
딱 달라붙어 그를 찍고 있었다.

우리는 경찰서 앞 버스정류장에서 담배를 피우며 버스를 기다
렸다.

"누가 찔렀을까요?"

어색한 분위기를 견디지 못하고 내가 입을 열었다. 모두들 생각
에 잠겼다. 정 반장이 뭔가 짚이는 게 있는 듯 손가락으로 딱 소리
를 내며 말을 꺼내려 했다.

"닥쳐라. 나중에 말하자."

양 팀장이 말했다. 딱딱하게 굳은 그의 얼굴을 보면서 나는 여
기서 일할 수 없으리라는 걸 알았다. 내 탓이 아니라는 건 그들도
알고 나도 알았다. 그러나 폭풍이 불어닥쳤을 때 선원들이 밀항자
를 찾아내 바다로 던져버리듯 누군가는 이 일에 대한 책임을 져야
했다. 나는 시험을 통과하지 못했다. 거기서 내가 망친 게 아니라
는 사실은 중요하지 않았다. 내가 있을 때 일이 좆 됐다는 게 중요
했다.

잠시 뒤 파란색 버스가 왔다. 모두 버스를 타고 사라졌다. 나만
시골로 돌아가야 하는 달타냥처럼 자리에 남았다.

어머니를 본 건 그때였다. 어머니는 정류장 옆 편의점 입구에서
나를 바라보며 서 있었다. 어깨에 검정 에나멜 백을 메고 손에는
캔커피 두 개를 들고 있었다. 나는 천천히 그쪽으로 걸어갔다. 어

머니는 나를 바라보기만 할 뿐 앞으로 나서지 못했다.

나는 어머니 앞에 우뚝 섰다. 어머니가 나를 보았다. 어떻게 해야 할까. 뺨이라도 때릴까. 어디 할 게 없어서 거미 짓이냐고 지랄을 할까. 같이 도망간 잘난 개새끼는 어따 두고 왔느냐고 소리라도 지를까. 아무 말이나 해도 상관없었지만 생각해보면 무슨 말을 한다 해도 달라질 게 없었다. 우리는 유리벽에 부딪힌 곤충들처럼 더듬이만 까딱거리며 마주 서 있었다.

에나멜 백 안에서 〈백만 송이 장미〉가 흘러나왔다.

"잠깐만."

어머니는 내게 캔커피를 넘기고 백에서 스마트폰을 꺼냈다. 서두르는 바람에 가방에서 파란색 수첩이 떨어졌다.

"어머나, 사모님. 지금 어디 계세요? 아유 놀라셨겠어. 그지? 아, 안 그래도 지금 제가 그리로 가려던……. 어머나, 이리로 오신다고? 그래요, 그럼 우리 브런치나 할까? 지금 어디세요? 아. 거의 다 오셨네. 응. 부동산 앞에서 꺾으면……."

나는 아직 새것의 기운이 가시지 않은 수첩을 집어 들었다. 실로 꿰맨 중간 부분이 자연스럽게 펼쳐졌다. 왼쪽에는 이름과 전화번호, 숫자가 빼곡히 적혀 있었다. 오른쪽은 아기 피부처럼 깨끗했다. 나는 열심히 길을 설명하는 어머니의 옆얼굴을 보았다. 명치와 심장 사이가 짜르르 흔들렸다. 그건 이 수첩을 채우는 동안 어머니가 겪었을지도 모를 이런저런 풍파에 대한 연민일 수도, 동종업

계 종사자로서 갖는 공감일 수도, 아니면 태어나서 처음 경찰서에
다녀온 충격의 여파일 수도 있었다.

역류성 식도염일 수도 있었겠지만.

어머니가 전화를 끊는 것과 거의 동시에 편의점 옆 골목에서 아
줌마 대여섯 명이 몰려나왔다. 어머니가 호들갑스럽게 무리 쪽으
로 다가갔다. 나는 고삐를 꽉 죄는 기분으로 크게 심호흡을 한 뒤
어깨를 펴고 고개를 들었다. 그리고 어머니 뒤를 따르며 환하게
웃었다.

고객은 소중하다.

머리검은토끼

덕진은 토요일에 J시의 오페라 홀에서 열리는 가을맞이 시민 노래자랑에 초대 가수로 나가 자신의 히트곡 〈마음먹은 대로 가는 인생〉을 부르게 되었다. 되었는데…… 오페라 홀? 그는 섭외 전화를 건 지역 연예인협회 직원에게 오페라 홀이 뭐냐고 물었다. 목소리로 봐서는 덕진과 비슷한 연배로 짐작되는 여자가 걸걸하게 대답했다.

"오페라 홀이 오페라 홀이죠. 그거 묻는 사람이 많긴 한데 설명하기 복잡해요. 와보면 아세요."

덕진은 인터넷에서 J시의 오페라 홀에 대해 찾아봤지만 시 경계에 인접한 호수를 관광지로 육성하려 한다는 시장의 인터뷰 기사와 시내에 맛있는 생고깃집이 있다는 블로그 게시물 말고는 딱히 쓸 만한 정보를 못 건졌다. 컴퓨터 앞에 앉아 마우스를 딸각거리다 보니 J시에는 가본 적이 없다는 생각이 들었고, 그렇다면 여행 삼아 행사 하루 전에 가서 머리라도 식힐까 싶기도 했는데, 정확히 말하자면 일단은 집을 나가고 보자는 심정에 가까웠다. 현숙이 민경을 데리고 병원에 가야 해서 차는 쓸 수 없었다. 덕진은 장이 약했기 때문에 고속버스를 타기가 무서웠다. KTX는 J시를 지나지 않았다. 그는 주어진 상황에서 최고의 사치를 누리기로 하고 1800원 더 비싼 무궁화호 특실 표를 샀다.

특실은 일반실보다 좌석 사이의 간격이 주먹 하나 정도 더 널찍한 것 같았다. 덕진은 창가 좌석에 앉아 서울역에서 산 도시락을 받침대에 올려놓았다. 민경이 준 구식 휴대용 시디플레이어를 꺼내 이어폰을 귀에 꽂아보기까지는 했지만 틀까 말까 하다 그만두었다. 그는 평소에도 기계로 음악을 듣지 않았다. 나이 때문은 아니었다. 그에게 음악이란 혼자 듣는 게 아니라 잡담과 술주정과 탁한 공기 사이를 아무렇게 돌아다니는 강아지 같은 것이었다. 누가 쓰다듬어주면 컹컹하며 꼬리를 흔드는 것.

차창 밖에는 추수가 끝난 논이 풍년의 잔상처럼 펼쳐져 있었다. 지평선에 병풍처럼 늘어선 대규모 아파트 단지를 배경으로 무채색 슬레이트 지붕을 이고 있는 납작한 집과 무뚝뚝한 콘크리트 건물이 드문드문 떨어져 있었다. 단풍은 아직 제철이 아니었다. 눈치 없이 저 혼자 빨개진 이파리가 녹색 산등성이에 점점이 박혀 있었다.

덕진의 눈은 지나가는 풍경을 평온하게 바라보고 있었지만 그의 머리는 갤리선의 노예처럼 혹사당하는 중이었다. 그 애송이를 만나고 싶지 않았다. 하지만 만나야겠지. 어디서? 한정식집? 너무 앞서 나가는 걸까? 그럼 카페? 그 애송이 부모는 나오겠지? 나오면 어떻게 인사를 해야 하나? 악수? 아내가 챙겨 보는 일일드라마에서는 이런 일이 생기면 사람들이 자존심으로 갈고 체면으로 기름 친 대화를 잽처럼 주고받다 결정적인 순간에 스트레이트를 날렸다. 아마 덕진도 마우스피스를 물고 가야 할 것이었다. 딸 가진 부모라면 더.

통로 건너편 자리에는 서너 살쯤 된 남자애와 젊은 엄마가 있었다. 아이는 신발도 벗지 않고 좌석에 올라 부산하게 움직이며 알아들을 수 없는 소리로 깍깍거렸다. 엄마는 자기가 낳은 작고 산만한 생명체가 균형을 잃으려 할 때마다 흠칫흠칫 놀라며 손을 뻗었다. 그 모습이 마치 점쟁이의 수정 구슬에 비친 민경의 미래 같았다.

민경은 두번째 아내인 현숙의 딸이었다. 둘이 처음 만났을 때 민경이 미래의 새아빠를 때맞춰 생긴 용돈 주머니처럼 대하는 모습에 상처를 받았던 기억이 덕진에게 아직까지도 남아 있었다. 한 집에 살게 되면서부터 덕진은 의붓딸의 비위를 맞춰야 하는 건지 아버지의 권위를 내세우며 밀고 나가야 하는 건지 매 순간 고민했는데, 결국 혼란스럽고 심각한 상황을 몇 번 겪고 나서 둘은 서로 적당한 거리를 두는 편이 더 따사로운 관계를 유지할 수 있다는 데 암묵적으로 합의했다. 그 뒤로 덕진은 민경의 일에 가능한 한 개입하지 않았다. 사춘기의 바다를 항해하는 딸에게 돛을 달고 닻을 내리는 건 아내에게 일임하는 게 낫다고 봤다. 어쨌든 친모 아닌가. 현숙은 흥분하면 잔소리가 좀 길어지기는 했지만 대체로 차분하고 분별 있는 여자였다. 전처와 결정적으로 다른 점이 그것이었다. 책을 많이 읽기 때문이리라. 중학교 졸업이 최종 학력이었지만 '애플'을 '애뽈' 비슷하게 발음할 줄도 알았다.

그런 어머니라면 안심해도 될 거라 믿었던 게 잘못이었을까? 덕진은 낙지볶음과 우엉조림을 깨작거리면서 자식 문제를 아내에게만 맡겼던 게 실수였는지 반성했다. 고등학생이 되고 나서는 신경을 썼어야 했는지도 몰랐다. 하지만 어떻게? 소녀와 여자의 중간을 통과하고 있는 예민한 생물과 입시제도에 대해 새아버지가 아는 게 얼마나 되겠나? 그리고 사실 그에 대한 완벽한 무지야말로 덕진이 집안일에 신경을 꺼도 되는 가장 좋은 핑계 아니었던가?

최근 몇 달간 민경은 부쩍 살이 찌고 창백해졌다. 덕진은 수험생이기 때문이려니 했다. 게다가 그즈음, 이건 사정을 알게 되고 나서 변명처럼 덧붙인 생각이긴 하지만, 그는 바빴다. 〈마음먹은 대로 가는 인생〉과 다른 가수들의 히트곡을 짜깁기한 메들리 음반을 취입하기로 되어 있었고, 중급 규모의 성인 나이트클럽에 고

정 출연 계약도 잡혔다. 클럽 지배인은 폭탄주가 세 순배쯤 돌았을 때 옆에 앉은 접대부의 가슴을 조물조물 만지면서 반응이 좋으면 출연 기간을 연장하는 것도 고려해보자고 말했다. 그는 그날 밤 정체를 알 수 없는 형님들, 생전 처음 본 동생들과 더불어 늦게까지 즐거운 시간을 보냈다.

다음 날 아침 덕진이 지끈거리는 머리를 떼어버리고 싶은 기분으로 거실에 나와 현숙에게 꿀물, 꿀물, 하려는데 학교에 갔어야할 민경이 소파에 기대 고개를 푹 숙이고 앉아 있었다. 덕진은 바닥에 앉아 베란다의 화분을 감상하고 있는 아내를 봤고, 죽은 뱀처럼 늘어진 압박붕대가 국경선처럼 모녀 사이를 가르고 있는 걸봤고, 마지막으로 비밀과 속박에서 풀려난 의붓딸의 볼록한 배를 봤다.

"저걸 내내 감고 있었대요." 현숙이 말했다. 그녀는 덕진이 자기가 조만간 할아버지가 될 거라는 사실을 깨달을 수 있도록 여유를 두고 나서 담담하게 덧붙였다. "애가 얼마나 답답했겠어요."

덕진은 아내가 말하는 '애'가 딸꾹질을 하며 눈물을 삼키고 있는 민경인지 그녀의 배 속에서 엄마의 눈물을 받아먹고 있을 태아인지 알 수 없었다. 만약 후자라면…… 아니, 전자건 후자건, 이 모든 게 교묘한 연극이 아닐까 하는 생각이 번득 들었다. 어쩌면 모녀는 벌써 얘기를 다 끝낸 건지도 모른다. 지금 자신이 보고 있는 광경은 덕진의 입을 다물게 하고자 꾸민 무대일 수도 있다. 그는 새벽에 집에 돌아왔을 때 자기를 맞이하던 아내의 표정이 어땠는지, 딸이 뭘 하고 있었는지 떠올려보려고 열심히 머리를 굴렸다. 말도 안 되는 농담에 입을 크게 벌리고 열심히 웃어주던 접대부에게 치석 치료는 젊을 때 받는 게 좋다고 충고했던 것이 기억났다.

가족회의가 시작되었다. 드라마였다면 고성과 한탄과 밥그릇이 오가고도 남을 상황이었지만 다들 맥이 풀린 표정으로 앉아 각자 자기 할 말만 했다. 민경은 애를 지우지 않겠다고 했고 현숙은 딸 편을 들었다. 민경은 일단 혼인신고만이라도 했으면 좋겠고, 형편이 닿는 대로 독립하겠다고 말했다. 그렇게 '애 아빠'와 합의를 봤다고 했다. 하지만 과연 그놈의 형편이란 게 언제 어디에 닿게 될까? 대학은? 민경은 어차피 4년제를 갈 생각이 없었다며 전문대 안경광학과에 진학할 거라고 대답했다. 그 정도 성적은 된다는 것이었다. 그럼 남자는? 그러니까…… '애 아빠'는? 같은 학교에 다니는 놈인가? 아니면 대학생 오빠? 그럼 군대는? 그도 아니면 회사원 아저씨? 애도 낳고 결혼도 하자는 걸 보니 유부남은 아닐 거고. 아니, 미친 유부남인가?

"뮤지션이에요." 상황이 뜻대로 돌아가고 있다는 걸 감지한 민경이 기운을 차리고 말했다. '뮤지션'이라는 단어를 발음할 때 말 사이에서 배어 나온 촉촉한 애정과 신뢰가 덕진을 놀라게 했다. 민경이 서둘러 말을 이었다.

"아빠와도 잘 통할 거예요. 저번에 한번 얘기했는데 뵙고 싶대요."

"가수냐? 데뷔는 했고?"

아내와 딸이 눈빛을 교환했다. 의심은 확신으로 바뀌었다. 아내는 다 알고 있었다. 그는 진짜로 자기 머리를 떼서 구석에 치워놓고 싶었다. 도로 안 붙어도 상관없었다.

민경이 자기 방에서 시디 한 장을 들고 나와 덕진에게 내밀었다. 턱을 쑥 내민 양아치처럼 건방진 글씨체로 큼지막하게 쓰인 'BLACKOUT'이라는 영어 단어가 먼저 눈에 들어왔다. 그 밑에 '머리검은토끼'라는 단어가 좀 덜 건방져 보이는 글씨체로 작게 적혀 있었다. 티셔츠 아니면 체크무늬 남방에 청바지와 스니커즈 차림의 남자애 셋이 노을이 막 떨어진 어둑한 저녁에 반쯤 무너진 벽 앞에서 두 다리를 양옆으로 쭉 뻗으며 뛰어오르고 있었다. 하나같이 고개를 푹 숙인 채였다. 얼굴을 가릴 거면 커버는 대체 뭐 하러 찍지? 덕진은 음반을 들고 이리저리 살펴보다 말했다.

"뭐가 노래 제목이고 뭐가 가수 이름인 거냐?"

무궁화호는 두 시간 반 뒤 J시에 도착했다. 덕진은 중간부터 깜박 졸았고, 기차가 역에 도착했다는 방송에 정신이 번쩍 들어 왼손에 먹다 남은 도시락과 시디플레이어를, 오른손에 무대 의상과 반주 시디가 들어 있는 캐리어를 챙겨 황급히 기차에서 내렸다. 그는 대합실 쓰레기통에 먹다 남은 도시락을 버리고 역 건물 밖으로 나왔다.

역 광장은 한산했다. 국수와 어묵을 파는 간이 천막 안에서 TV를 보고 있는 뚱뚱한 여주인도, 작은 트럭 앞에 누가 사 갈까 싶은 잡동사니를 좌르륵 깔아놓은 중년 남자도, 그 옆에 앉아 담배를 피우는 또 다른 남자도, 길쭘한 튤립나무 그늘 아래 앉아 국물만 남은 국수 그릇과 술병을 쳐다보는 노숙자도, 다들 무언가를 간절히 기다리며 조용히 앉아 있었다. 이를테면 주말의 북적거림 같은 것을. 하지만 주말이 된다 해도 간이 천막이 손님으로 미어터지거나 광장 한쪽에 늘어선 택시의 줄이 줄어들 것 같지는 않았다. J시의 첫인상은 그랬다. 그릇에 담긴 물 같은 도시.

담배를 피우려는데 손이 모자랐다. 덕진은 캐리어를 열고 시디플레이어를 집어넣었다. 귀찮은 물건이었다. 일단 가져가보시라며 초보 나이트 삐끼처럼 기계를 챙겨주던 민경의 모습이 떠올랐다. 덕진이 요즘 누가 이런 걸로 음악을 듣느냐고 하자 민경은 음악이란 시디로 들어야 제맛이라고, 엠피쓰리는 필요악이라고 대답했다. 오빠 말로는 그렇단다.

가족회의 후 눈에 띄게 표정이 밝아진 민경의 방에 앉아 컴퓨터 모니터에 뜬 알록달록한 팬카페 대문을 보면서 덕진은 이 일이 어떻게 시작된 건지 대충 감이 왔다. 〈불나방 사랑〉을 불렀던 김보성에게도 비슷한 일이 일어났더랬다. 김보성의 아내는 회원이 열두명이던 팬클럽 회장에서 시작해 스토커를 거친 뒤 만삭의 신부로 탈바꿈하여 식장에서 활짝 웃었다. 뷔페 음식이 맛있다는 칭찬에

울적한 얼굴로 많이 드시라 인사하던 김보성이 지금은 어디서 뭘 하고 있는지 궁금했다.

밴드 이름은 머리검은토끼였다. 원래는 '머리 검은 짐승'이라는 표현에서 따온 건데 밴드 리더가 토끼띠라서 머리검은토끼로 낙찰을 봤다고 했다.

"머리 검은 짐승이 뭔데?"

"사람이요. 속담에 머리 검은 짐승은 거두지 말라 그랬대요. 배신한다면서."

덕진은 처음 들어보는 소리였다. 펑크록 밴드라는 설명도 마찬가지였다. 덕진은 펑크록이 뭔지 몰랐다.

"노브레인이나 크라잉넛 같은 애들요. 모르세요?"

민경은 인터넷에서 찾아낸 동영상을 보여줬다. 아아, 이거. 광고나 쇼프로에 많이 나오던 음악이었다. 행사장에서도 한두 번 들은 기억이 났다. 우악스러운 외침, 이상한 발음, 귀걸이, 문신, 염색한 머리. 반주가 엄청 시끄러워서 보컬이 다 묻혔다. 노래에서 보컬이 안 들리면 그게 무슨 노래란 말인가? 민경은 머리검은토끼의 공연 동영상도 틀어주고 싶었던 모양이었지만 아직은 때가 아니라고 생각한 것 같았다. 좋은 판단이었다.

머리검은토끼는 결성 당시부터 그럴싸한 외모와 화끈한 공연으로 소문이 자자했고 팬클럽도 일찍 생겨났다. 덕진의 표정이 조금만 더 온화했다면 민경은 자기가 그 팬클럽의 초대 회장이었다는 이야기도 했을 것이다. 독립 레이블에서 발매한 데뷔 음반의 타이틀곡 〈반칙의 제왕〉은 인디 음악 전문 차트에서 1위를 차지했다. 록 밴드 오디션 프로그램에도 참가해서 준결승까지 올랐다("피디가 감이 떨어져서 방송을 재미없게 만들었어요. 시청률 낮은 게 진짜 아까웠다는." 민경이 한탄했다). 콘텐츠진흥원에서 선정한 이달의 신인에 뽑혀 토요일 오후 가요 순위 프로그램과 일요일 밤 음악 전문 프로그램 무대에도 섰다. 그러던 중 제법 이름 있는 기획사에서 스카우트 제의가 들어왔다. 밴드는 숙고 끝에 레이블과 우호적으로 계약을 해지하고 회사를 갈아탔다. 때마침 한 케이블 방송에서 기획사 측에 프로그램을 제안했다. 제목은 '머리검은토끼의 와일드 래빗 어택'. 전국을 돌아다니며 게릴라 콘서트를 열고 그 과정을 리얼리티쇼 형식으로 찍자는 것이었다. 기획사에서는 밴드를 아이돌 콘셉트로 재정비할 심산이었지만 그런 프로그램을 통해 실력파라는 이미지를 확실히 심어둬도 괜찮을 거라고 봤다. 밴드는 한 달간의 대장정에 돌입했다.

그게 덕진이 당장은 민경의 남자 친구, 즉 머리검은토끼의 베이시스트를 만날 수 없는 이유였다.

"어디 있는지도 모른다고?"

"당일 오전에 촬영 장소를 알려준대요. 미리 알면 긴장감이 안 산다고."

"연락할 시간도 없다는 거냐?"

"카톡은 틈나는 대로 주고받아요. 트위터나 페이스북은 밴드 공식 계정밖에 없어요. 기획사에서 멤버 개별 SNS는 아직 안 된다고 그랬대요."

덕진은 트위터와 페이스북과 SNS에 대해서는 그냥 아는 척하기로 했다. 사실 아예 모르지도 않았다. 뉴스에 툭하면 나오는 그거 아닌가. 말실수하는 거. 민경은 그 프로그램이 다음 주부터 황금 시간대에 방영된다고 했다.

"이 방송 나가면 진짜 뜰 거예요."

창호지처럼 푸석하고 희멀건 의붓딸의 뺨 위로 미래에 대한 기대가 녹아 있는 불그스름한 물이 똑똑 떨어졌다.

덕진은 담배를 피우며 생각에 잠겼다. 그가 보고 있는 것은 자기가 출연하게 될 행사의 홍보 플래카드였다. 플래카드는 역 광장 한쪽에 있는 단풍나무 두 그루 사이에 솜씨 좋게 매어 있었다. 자매도시 방문단과 함께하는 제2회 시민 노래자랑. 16일 오전 11시 반. 호숫가 야외 오페라 홀.

덕진의 얼굴은 지역 연예인협회 회장과 간부들, 사회를 맡은 무명 코미디언의 사진을 제외한 총 일곱 명의 출연자와 심사위원 중 오른쪽 맨 아래에 있었다. 신장염 치료 전에 찍은 사진이었다. 매력적인 미소를 띠며 살짝 곁눈질을 하는, 가지런하게 가르마를 타 넘긴 머리와 짧은 눈썹이 두드러지는 각진 얼굴. 짧고 빳빳한 줄

무늬 칼라가 달린 셔츠 위에 하얀 양복을 걸친 어깨. 자기 얼굴을 본인이 품평하는 게 우습긴 했지만, 덕진의 눈엔 따로따로 뜯어 보면 그럭저럭 부드러운 호남형인데 각진 턱 때문인지 전체적으로는 사내다운 고집이 있어 보였다.

아는 사람들이 있었다. 이런저런 곳에서 이래저래 마주치는 사람도, 간만에 보는 얼굴도 눈에 띄었다. 〈지나간 청춘의 계절〉의 김창건. 넓은 이마 아래 희미하게 그어진 눈썹을 찌푸린 채 마이크를 들고 열창 중이었다. 6년인가 7년 전, 덕진이 이혼남과 재혼남 사이에 놓인 회색지대를 술과 주먹질로 돌파하던 시절 자주 어울렸다. 술자리에서 탁자가 울릴 정도로 크게 웃곤 했는데 폭주족 아들 때문에 맘고생을 꽤 했다. 〈밀라노 아가씨〉의 금순향. 노래와 뚜쟁이 노릇 둘 다 솜씨가 좋았던 능구렁이 할망구. 투자했던 땅이 개발 지역으로 지정된 덕에 빌딩을 장만한 뒤부터는 자아실현을 위해 노래를 부른다고 말하곤 했다. 자아실현이 잘되지 않는 날에는 가사를 잊어버렸다.

정말로 오랜만에 보는 얼굴도 있었다. 덕진의 사진 바로 위에 있는, 〈사랑만을 위한 사랑〉의 김민희.

스티커 사진 같은 데 쓰는 눈속임 효과 덕에 많이 잡아도 삼십대 후반처럼 보였지만 그녀는 사실 덕진보다 겨우 네 살 아래였다. 서글서글하게 웃는 반달 모양 눈 속의 검은 눈동자가 시선이 미치는 곳에 있는 모든 사내들을 보고 있었다. 그 눈동자가 그의 옆에 바짝 붙어 있을 때 덕진의 인생도 다시없을 열기로 후끈거렸다. 헛된 꿈에 젖은 새로운 얼굴들이 매일같이 나타났다 사라졌고, 의리와 사랑을 빙자한 협잡과 불륜, 폭력이 용암 거품처럼 펑펑 터졌다. 소문이 저녁마다 비둘기처럼 퍼드덕 치솟아 오르면서 운 나쁜 사람들의 머리 위에 똥을 싸갈겼다.

여자들은 쉽게 넘어왔다. 놀랄 정도였다. 약간의 성공을 손에 넣기 전까지, 덕진은 자기에게 여자를 꼬시는 능력이 있을 거라고는 생각도 못 했다. 친밀함과 욕정의 경계가 손짓 하나로, 단순한 시선만으로도 흐려졌다. 그가 여자들을 번쩍 들어 올리면 여자들은 힘자랑하지 말라며 까르르 웃었다. 덕진은 그렇게 들어 올린 여자 중 한 명, 통통한 몸집에 예쁘장한 얼굴을 하고 사랑과 호의를 구분하지 못하던 감정적인 여자와 결혼을 했다. 결혼이 잘못이었다는 건 곧 드러났다. 그러나 그들은 서로에게 염증을 내면서도 그런 염증을 내고 있는 자기 모습에 대한 환상에서 벗어나지 못했다. 간단히 말해 그들은 각자 불행한 결혼 생활이라는 비극의 주인공을 연기했다. 바람을 피우기에 그보다 좋은 구실이 어디 있는가? 둘 사이에 아이가 없다는 것이 그 비극에 깃든 싸구려 정조를 증폭시켰다.

덕진과 민희는 그때 만났다. 본래 나이보다 예닐곱 살은 어려 보이던 그녀는 화장을 지우면 열 살 아래까지도 나이를 속일 수 있었다. 민희와의 관계가 깊어지면서 덕진은 자기의 결혼 생활에 대한 환상에서 차츰 벗어났다. 보다 정확히 말하자면 민희와 결혼하고 싶다는 욕망이 비극적 결혼 생활에 대한 환상을 무가치한 것으로 만들었다. 물론 그건 어디까지나 덕진의 입장일 뿐이었다. 어쨌든 둘 중에 결혼을 한 쪽은 덕진이었으니까.

"난 떠야지."

민희가 말했다.

"어디로?"

"더 높은 곳으로."

"여기도 충분히 높다."

"당연하지. 바보 아냐?" 민희가 웃었다. 그들은 남산 팔각정 돌계단에 앉아 있었다. 비가 막 갠 축축한 공기에서 나무껍질과 젖은 흙냄새가 났다. 사람들은 작은 목소리로 대화를 나누며 산책을 했다. 꺼지지 않는 도시의 빛 때문에 밤에도 쉬지 못하는 신갈나무와 아카시아가 불어오는 산들바람에 맞춰 이제는 정말로 지쳤다는 듯 고개를 설레설레 흔들었다. 연두색 이파리에 묻어 있는 밤이슬마다 귤빛 가로등이 올올이 박혀 반짝였다.

"욕심 많아 봤자 그거 다 쓸데없다." 덕진이 말했다. "인생은 노래랑 똑같은 거라. 인생에 기회가 세 번이라지만 그거 말짱 거짓말이다. 싸비*는 두 번밖에 없는 거다. 1절에 한 번, 2절에 한 번."

* 후렴구.

"난 아직 1절도 안 불렀어."

"내 보기에 넌 지금 간주다."

"그래서? 두번째 싸비는 언젠데?"

"곧 온다. 나랑 있으면."

그녀는 고개를 갸웃하게 숙인 채 두 눈을 크게 뜨고 그를 보았다. 그녀는 자기가 그럴 때 가장 예뻐 보인다는 걸 알았다.

"그럴까? 정말? 뭘로? 노래로? 주먹으로?"

민희가 말했다. 덕진은 그 말을 자기 의견에 동의하는 뜻으로 받아들였다.

몇 달 뒤 덕진은 텔레비전에서 노래하는 민희를 봤다. 남자 성우가 무대 밖에서 느끼한 목소리로 그녀를 소개했다. "감미로운 목소리로 겨울을 녹이는 발라드의 신성! 은하의 〈사랑만을 위한 사랑〉입니다. 큰 박수 부탁드립니다." 그녀는 허리와 가슴을 조이고 아랫부분을 부풀린 아이보리 드레스를 입고 있었다. 그녀의 배 속에 이제는 덕진의 아이가 없다는 증거인 잘록한 허리. 한때 민희였던 은하가 다 듣기도 전에 다 들은 느낌이 드는 진부한 발라드를 부르기 시작했다. 그녀의 뒤에서 맨발의 여자 무용수가 무리에서 떨어진 오리처럼 펄럭거리며 무대에 퍼진 드라이아이스 위를 돌아다녔다.

민희와 방송국을 연결해준 사람이 금순향이라는 사실을 안 것은 분노도, 상실감도, 아내도 모두 떠나고 난 뒤였다. 그러나 미련은 남아 있어서 민희에 관련된 건 빠짐없이 챙겨 보려 했지만……
챙길 게 없었다. 두어 번 남짓한 방송 출연과 스포츠신문에 난 기
사 몇 개가 전부였다. 그중 한 기사에서 여전히 은하라는 이름을
쓰던 민희는 '치명적인 섹시한 매력'으로 가요계를 정복하겠다는
포부를 밝혔다. 사진 속에서 그녀는 고개를 갸웃하게 숙이고 눈을
크게 치뜨며 카메라 너머의 잠재 고객들에게 교태를 부리고 있었
다. 덕진은 신문의 인쇄 수준이 심각하다고 생각했다. 그렇지 않다
면 이 얼굴이 이렇게 거북해 보일 리가 없었다.

　덕진은 현숙에게 민희 얘기는 입도 벙긋하지 않았다. 그는 고백
이 여자보다는 남자에게 더 치명적이라는 걸 알 정도로는 눈치가
있었다.

　"오랜만에 만나니 술맛도 좋아."

　김창건이 덕진의 잔을 채우며 말했다.

　창건과 덕진은 시내의 생고깃집에 앉아 있었다. 나름 중심가인
모양이었지만 금요일 밤인데도 9시 반이 넘자 사람이 눈에 띄게
줄었다. 새벽 2시까지 영업한다는 종이를 입구에 붙여놓은 사장과
종업원도 피곤한 기색을 감추지 않았다.

　창건에게는 충동적으로 연락했다. 어차피 다음 날 만나겠지만
안부 인사라도 건네고 싶어서 전화했다는 건 본인이 창건에게 말
하면서도 믿지 않았던 핑계였다. 창건과 민희가 제법 잘 아는 사

이였다는 게 진짜 이유였다. 뜻밖에도 창건은 J시에서 좀 떨어진 작은 마을에 살고 있었다. 부업으로 양계장을 경영한다고 했다. 그러다가 말이 좋아 부업이지 지금에 와서는 그게 본업이라는 걸 인정하면서, 예의 그 호탕한 웃음을 터뜨렸다.

"아드님은 어떻게, 잘 지냅니까?"

"이젠 정신 차렸지. 그래도 서울에 올라가서 뭔가 좀 했으면 좋았는데, 워낙 배알도 없는 놈이라 결국 양계장 일이나 도우라고 다시 불러들였어. 그런 배짱으로 어떻게 오토바이는 타고 다녔는지 몰라."

그는 사진보다 훨씬 벗겨진 정수리를 손바닥으로 쓸어 넘겼다.

"근데, 결혼은 시키려고?" 창건이 말했다.

"둘이 하겠다니까요."

"후회하지 않을까?"

"모르겠습니다. 그래도 남자 쪽에서 도망가지 않겠다고 한다니 그게 어디냐 싶기도 합니다. 요즘 애들이 어떤지는 말해봐야 입만 아프고요."

"그게 그냥 자네 딸만의 생각이면 어쩌려고?"

덕진은 대답하지 않았다. 그가 내내 하던 걱정도 그것이었다.

"뭐, 남의 집 일에 간섭할 이유는 없지만."

창건은 종업원을 손짓으로 불러 상추를 더 달라고 주문했다.

"혹시 그동안 민희 소식은 들은 게 있습니까? 내일 오는 모양이던데."

덕진이 본론을 슬쩍 꺼냈다.

"몰라, 난. 내가 아나. 난 닭들 치느라 바빴어. 다시 이 바닥으로 돌아왔다는 거 말고는 뭐." 창건이 말했다. "다만."

"다만?"

"성형 부작용이 생겼다는 소문은 들었지. 필러인가 뭔가 잘못 넣었대."

둘은 말없이 술잔을 비웠다.

"나도 원래는 로크를 하고 싶었어."

"뭐라고 하셨습니까?" 덕진이 말했다.

"로크. 로크 음악. 기억 안 나나? 옛날엔 록 음악을 그렇게 불렀단 말이지." 그는 이상할 만큼 엄숙하게 옛날 일들을 이야기했다. 김홍탁,[*] 송홍섭,[**] 윤수일과의 인연, '오비스 캐빈'에서 벌어졌던 희한하고 경악스런 일화들, 스치듯 만났던 송창식과의 술자리 등.

"그러신 줄은 몰랐습니다."

"자네는 안 그랬나? 음악 좋아하는 사람들은 다들 로크에 대한 낭만이 있지."

"저는." 덕진이 말했다. "저는 뭐, 노래만 부르면 좋았지요."

"그래서 자네가 이걸 오래 하고 있는 거야. 난 이상한 욕심을 부

---

[*] 기타리스트. 그룹 '키보이스'의 리더.
[**] 그룹 '사랑과 평화'의 베이시스트. 프로듀서.

84

렸거든. 자꾸 딴 동네를 기웃기웃했지. 이제 와서 생각해보면 아무도 반기지 않았는데. 뭐든 하나만 열심히 했어야 했어. 결국엔 둘 다 놓쳤지. 이젠 다 꿈이야."

창건이 말했다. 그는 어느새 자기만의 세계에 빠져 있었다. 술기운에 붉어진 눈에 감기 걸린 개처럼 눈물이 괴어 있었다.

"그땐 대마를 해도 잡혀가지 않았어. 법이 없었거든. 그게 뭔질 몰랐으니까. 풀때기를 돌돌 말아 피우면서 서울시민회관, 불난 다음에는 세종문화회관이 됐는데, 아무튼 거기 바닥에 앉아 신중현 선생이 하던 걸 들었어. 인아가다 어쩌구* 하는 거였는데, 어, 제목이 뭐 그랬어. 그때는 말이지, 나만 그렇게 생각했는지 몰라도 끼리끼리 다들 친했어. 로크를 하려면 다 친해야 돼. 가끔 그때 듣던 음악들이 꿈에 나와. 그걸 꿈에서 듣다가 잠에서 깨면 멍청한 아들놈이 닭똥을 치우고 있지. 그럼 화가 나. 자식새끼한테도 화가 나고 닭한테도 화가 나고."

그들은 10시 반쯤 자리를 파했다. 창건은 자기 집으로 가자고 했지만 목소리에 열의는 없었고 덕진은 방을 잡았다며 정중히 사양했다. 과거의 꿈에서 내린 비에 젖어 어깨가 무거워진 트로트 가수가 내일 보자며 인사한 다음 택시를 타고 사라졌다. 덕진은 모텔로 돌아왔다. 좀 늦지 않았나 싶었지만 집에 전화했다. 현숙은

---

* 신중현과 퀘션스, 〈인아가다다비다(In-A-Gadda-Da-Vida)〉.

깨 있었다. 민경은 병원에 다녀온 뒤 내내 잔다고 했다.

"남자 친구란 놈한테는 연락이 없고?"

"바쁜가 봐요."

대화가 잠깐 끊겼다. 덕진의 눈이 씀벅였다. 몸이 아무래도 예전 같지 않았다. 모텔 이불에서 나는 세제와 소독제 냄새는 아무리 맡아도 익숙해지지 않았다.

"저기, 너무 걱정 마요." 현숙이 말했다.

"걱정 안 해."

"저기, 나도 그 전날에 들었어요. 당신한테 말하기 전날에."

"그게 중요한가, 이제 와서."

수화기 너머로 훌쩍거리는 소리가 들렸다.

"우는 거야?"

"아니에요."

"우는구먼."

"아니에요. 아닌데, 저기, 그냥 좀 미안한 게 많아요. 당신한테는."

"미안할 게 뭐가 있나. 가족끼리."

"여보."

"왜."

"민경이가 아빠한테 잘하겠대요."

"그런 얘긴 애 배기 전에 했어야지. 못된 년."

현숙이 웃었다. 그녀는 그 뒤로도 출석 일수나 교사 면담에 대해 이야기했지만 덕진은 졸음이 쏟아지기 시작했다. 어질어질한 머릿속에서 민희의 얼굴과 현숙의 목소리가 뒤섞였다. 마치 민희가 지금 자기 아내로, 다른 남자와 낳은 딸과 함께 언제든지 조곤조곤한 말투로 자신을 속일 준비가 되어 있는 현명하고 머리 검은 아내로 둔갑해 지금 자신과 이야기하고 있기라도 하듯.

"졸리네. 올라가서 다시 얘기합시다."

전화를 끊고 나자 덕진은 갑자기 머리검은토끼의 음악이 듣고 싶어졌다. 이어폰을 귀에 꽂고 플레이어를 재생했다. 지글거리는 백색소음이 쌀쌀맞게 흐르다가 기타와 드럼과 보컬이 동시에 꽥 소리를 지르며 첫 소절이 터져 나왔다. 드럼이 땅을 다지듯 쾅쾅거렸고 기타는 쇳소리를 냈으며 보컬은 빚을 받으러 온 사람처럼 화를 냈다. 베이스는 잘 안 들렸다. 군대 시절 타던 장갑차에 다시 들어간 기분이었다. 그래도 멜로디가 막 나쁜 것 같진 않은데. 예비 사위의 음악 세계를 이해하려 애쓰던 중에, 덕진은 현숙에게 깜박하고 못 물어본 질문이 생각났다.

아들이래, 딸이래?

그는 두 곡이 채 끝나기도 전에 잠이 들었다.

덕진은 모텔에서 체크아웃을 하고 나서 택시를 타고 오페라 홀에 도착했다.

호숫가 잔디밭에 지은 그 야외 공연장은 호주 시드니 오페라 하우스의 외관과 흡사했다. 조개 모양 지붕 위에 우아한 필기체 대문자로 'OPERA HALL'이라 쓴 간판이 도도하게 걸려 있었다. 공연장 뒤편 높은 지대에 관광 산업 진흥의 대의를 위해 새로 지은 호텔과 펜션 단지들이 보였다. 한창 공사 중인 건물도 아직 있었다.

무대 뒤에 쳐놓은 파란 천막이 출연자 대기실이었다. 덕진은 먼저 와 있던 창건과 간단히 인사를 나눈 뒤 떨어진 자리에 앉았다. 안면이 있는 가수들 몇이 담소를 나누고 있는데 빨간 저고리에 분홍색 치마를 입은 금순향이 천막으로 들어와 그 무리에 끼어들었다. 교실을 시찰 나온 교감 선생처럼 주변을 둘러보던 금순향이 덕진을 봤다. 그녀는 헛기침을 한 뒤 고개를 돌리고 하던 얘기를 계속했다.

"자아실현이라니깐요, 나는. 근데 사회자가 그러는데, 김민희 걔, 늦을지도 모른다고 자기 순서를 맨 뒤로 빼달랬다면서요? 미친 거지. 단단히 미친 거야. 마지막 순서에 장국환 선생님 나오시게 돼 있는데 주제도 모르고 자기가 스타 노릇 하려 그래. 아직도 테레비 할 때 먹은 물이 안 빠진 거지. 은혜도 모르는 년이 건방은 또 짱짱해요."

노래자랑이 시작되었다. 좋은 추억을 갖고 싶어 나온 아주머니, 개량 한복의 우수성을 널리 알리고 싶은 아저씨, 양봉장을 빠져나온 할아버지, 자습을 빼먹고 온 여고생이 호수의 물고기들을 괴롭혔다. 그 사이에 초대 가수들이 무대에 섰다. 덕진은 좋지 않은 목

상태에도 불구하고 최선을 다해 〈마음먹은 대로 가는 인생〉을 불렀다. 무대 바로 앞까지 나와 덩실거리는 아주머니와 할머니에게 날렵한 손짓과 함께 매력적인 눈웃음을 치는 것도 잊지 않았다.

덕진은 간이 탈의실에서 옷을 갈아입고 나서 짐을 꾸리고 출발할 준비를 했다. 민희가 올 때까지 기다려야 하는지 생각해봤다. 하지만 만나서 뭘 할 것인가? 둘 사이에 무엇이 남아 있나?

그때 대기실 천막 밖에서 웅성거리는 소리가 들렸다. 출연자들이 무슨 일인가 싶어 천막 밖으로 구경을 나갔다. 덕진도 그들을 따라갔다.

대형 트레일러 트럭 한 대가 오페라 홀 부근에 주차되어 있었다. 트럭에 붙어 있는 금박으로 치장한 글자가 눈에 잘 띄었다. 머리검은토끼의 와일드 래빗 어택.

트레일러에서 청년 세 명이 뛰어내리더니 경쾌한 발걸음으로 오페라 홀 쪽으로 걸어왔다. 한 명은 기타를, 다른 한 명은 베이스를, 또 다른 한 명은 드럼 스틱을 들고 있었다. 그 뒤를 카메라맨이 졸졸 따라왔다. 다른 쪽에서는 매니저와 방송 관계자로 보이는 사람들이 지역 연예인협회 회장과 이야기를 하고 있었다. 회장은 라이방을 낀 얼굴을 이리저리 흔들면서 이야기를 듣다가 손짓으로 사회자를 불렀다. 잠시 뒤 사회자가 무대에 올라 급하게 적은 원고를 흘끔거리며 말했다.

"에, 잠시 특별한 시간을 가져보기로 하겠습니다. 야, 이거 서프라이즈예요, 서프라이즈. 파릇파릇한 신인 록 밴드, 대박 예감! 전국을 돌며 게리-일라 콘서트를 열고 있는 차세대 유망주! 검은머리…… 아니, 머리검은토끼의 특별 무대가 있사오니 우레와 같은 박수를 부탁드리겠습니다. 나와주세요!"

밴드가 공연을 시작했다. 덕진이 어젯밤 들었던 음악이 트로트와 댄스 비트가 평온하게 덩실거리던 호숫가 잔디밭을 흔들었다. 음악이 나오자마자 뛰어나와 춤을 추던 할머니들(이 장면은 다음주에 '세대를 가리지 않는 열광적 반응!'이라는 자막과 함께 방송될 것이었다)도 밴드가 두번째 곡을 연주할 때쯤에는 자리로 돌아가 손부채를 부쳤다.

덕진은 베이스를 든 멤버를 유심히 보았다. 길쭉하고 파리한 얼굴에 조각칼로 한 번 쭉 그은 것 같은 눈을 가진, 아무리 빨리 잡아도 오늘 아침에야 코흘리개 꼬맹이 신세에서 간신히 빠져나온 게 분명한 놈이었다.

베이스는 연주하는 동안 거의 고개를 들지 않았다. 출연자 하나가 덕진의 뒤에서 중얼거렸다.

"베이스 저거 저렇게 자꾸 박자를 절어서 어떡하누. 파이다, 파이."

〈반칙의 제왕〉을 비롯한 자작곡 세 곡을 연주한 머리검은토끼는 누가 시키지도 않았는데 앙코르를 하겠다며 크라잉넛의 〈말달리자〉를 연주하고 퇴장했다. 형식적인 박수가 관객석 쪽에서 나

비처럼 팔랑팔랑 날아왔다. 여전히 고개를 푹 숙이고 있는 베이시스트의 어깨를 기타 겸 보컬이 팔로 다정하게 감쌌다. 카메라맨이 그 광경을 찍고 있었다.

덕진은 그들의 뒤를 몰래 따라갔다. 카메라맨과 헤어진 머리검은토끼의 멤버들은 트레일러에 오르지 않고 트럭 뒤로 돌아 들어갔다. 덕진이 트럭 쪽으로 다가가는데 쿵 하는 소리가 들렸다. 무대 위에서 고맙다고 연신 밝게 인사하던 보컬이 독이 바짝 오른 새된 목소리로 말했다.

"너 이 새끼. 미친 거지? 그렇지? 진짜 모가지 잘리려고 작정한 거지? 어? 애 아빠가 되니까 막 코드가 안 잡히고 박자 놓쳐도 기쁘고 그러냐? 내가 애 떼랬어, 안 떼랬어? 사장님이 이거 알면 어떻게 될 거라는 거 알아 몰라? 모르지. 알면 못 이러지. 너가 아는 게 대체 뭐냐? 아, 나 빡 돌아서. 야, 이 개새끼야. 도대체 몇 번째냐, 이게. 아무 데나 좆 방망이 놀릴 거면 연주라도 똑바로 하던가. 방송 말아먹으려고 작정한 거냐? 말로 하면 진짜로 못 알아듣겠냐?"

베이스가 뭐라고 웅얼거렸다.

"똑바로 말 안 할래, 씹새끼가."

다시 쿵. 덕진이 트럭 뒤로 돌아 들어갔을 때 보컬은 베이스의 머리를 한 번 더 트레일러에 갖다 박으려던 참이었다. 드럼은 짝 다리를 짚고 서서 지켜보고 있었다.

덕진을 보고 놀란 보컬이 저도 모르게 베이스의 머리를 놓았다.

덕진은 망설이지 않았다. 공중으로 풀쩍 뛰어올라 보컬의 가슴팍을 발로 걷어찼다. 보컬은 비명도 못 지르고 나동그라졌다. 덕진은 재빨리 달려가서 보컬의 머리채를 붙잡고 턱에 주먹을 날렸다. 보컬은 헉 소리를 내더니 그대로 넘어갔다.

덕진은 고개를 돌렸다. 드럼은 바짝 얼어서 차렷 자세로 서 있었다. 덕진이 드럼에게 다가갔다.

"로크를 하려면 친해야 한단 말이다, 새끼들아."

덕진이 드럼의 뺨을 후려쳤다. 드럼은 얼굴을 감싸 쥐고 비틀거렸다. 얼굴을 가린 손가락 틈으로 코피가 주르륵 나왔다.

"움직이면 죽는다."

덕진이 경고했다. 드럼은 손을 내리고 다시 차렷 자세로 섰다.

베이스는 주저앉은 채 이 광경을 멍하니 바라보고 있다가 덕진이 다가가자 움찔하며 일어섰다. 마주 서 있자니 덕진보다 키가 컸다. 베이스는 감사의 인사를 해야 할지 겁을 내야 할지 잘 모르겠다는 얼굴로 그를 내려다보았다.

덕진의 얼굴에 슬쩍 웃음이 떠올랐다. 베이스의 얼굴에도 어리벙벙한 미소가 피었다.

덕진이 갑자기 베이스의 옆머리를 손바닥으로 갈겼다. 베이스가 머리를 감싸며 허리를 숙였다. 그는 베이스의 뒤통수를 한 대 친 다음 등짝을 짝 소리 나게 내리쳤다. 베이스는 뜨거운 물에 덴 것처럼 머리와 등을 손으로 바삐 짚으며 방아깨비가 뛰듯 폴짝폴짝 그에게서 떨어졌다. 덕진은 한숨을 푹 쉬고는 말없이 자리를 떴다.

대기실로 돌아간 덕진은 천막 구석에서 허둥지둥 화장을 고치는 여자의 뒷모습을 발견하고 그쪽으로 걸어갔다.

발소리에 여자가 고개를 갸웃하게 숙이며 돌아보았다.

한 시간 뒤, 덕진은 관객석에 앉아 민희가 〈사랑만을 위한 사랑〉을 트로트 버전으로 간드러지게 부르는 모습을 지켜보았다. 트럭은 떠나고 없었다.

노래가 끝나자 그는 캐리어를 끌고 역으로 가 집으로 향하는 기차를 탔다.

이베리아의 전갈

블랙은 분수쇼의 순서라면 훤히 꿰고 있었다.

왈츠에 맞춰 물줄기들이 솟아올랐다. 복합쇼핑몰과 비즈니스호텔 사이의 공터에 조성된 인공연못의 바닥에서 조명이 알록달록하게 반짝였다.

블랙은 쇼핑몰 난간에 기대 쇼를 지켜봤다. 솟아오르다 떨어지는 물을 따라 고개를 올리고 숙였다. 옐로는 연못 앞 벤치에 앉아 있었다. 용이 승천하듯 날아오른 굵은 물줄기 세 개가 쇼핑몰 옥상과 호텔의 발코니를 연결한 붉은 천을 사정없이 두드렸다. 폭죽이 팡팡 터지고 불꽃이 환하게 피어올랐다. 쇼를 구경하던 사람들이 박수를 쳤다. 옐로도 그들과 함께 손을 팔랑거렸다.

쇼가 끝나고 가로등에 설치된 스피커에서 달콤한 라운지 음악이 흘러나왔다. 옐로가 자리를 털고 일어났다. 블랙은 거리를 두고 그를 따라갔다. 호텔 앞 버스정류장에서 서성이던 옐로는 잠시 뒤 도착한 노란색 버스에 올라탔다. 블랙은 그가 어디서 내릴지, 내린 다음 어디로 갈지, 밤에는 무엇을 할지 모두 알고 있었다. 그런 건 문제가 아니었다.

진짜 문제는 더 이상 그걸 알아야 하는지 확실치 않다는 데 있었다.

모두들 옐로가 명예롭게 은퇴할 자격이 충분하다고 생각했다. 그는 평생 회사에 헌신했고 현장에서 몇 번의 중요한 작전을 성공적으로 이끌었다. 그중 하나로 비공식적인 장관 표창을 받기도 했다. 일선에서 사무실로 자리를 옮긴 뒤에는 복잡하게 엉킨 서류를 정리하고 부서 간의 이해관계를 조정하며 세월을 보냈다. 부인과는 사별했으며 딸은 스위스 남자와 결혼해 뉴질랜드에서 살았는데, 부녀 사이는 좋지 않은 걸로 알려졌다. 사내에서는 무던한 상관이자 큰 야심은 없는 부하로 평가받았다.

관례대로라면 해외지부 부임은 공직 생활을 마감하는 포상이어야 했다. 출장 오는 외교부 관리들과 갈 만한 온천을 확보하고 대사관 리셉션에서 연어샐러드를 집어 먹는 게 업무의 전부여야 했다. 그렇게 쉬다 귀국하면 적당한 수준의 노후대책이 회사 마크가 찍힌 금시계와 함께 깔끔하게 포장되어 그를 기다릴 것이었다.

연금이 모자라다 싶으면 택시 운전대라도 잡고 소일하면 될 일이었다.

피곤한 마무리는 아무도 원하지 않았다.

시작은 돌이켜보면 어이없을 정도로 사소했다. 신임 지부장을 환영하는 만찬이 열렸고, 기분 좋게 취한 사람들이 민들레 홀씨처럼 만찬장을 여유롭게 돌아다녔다. 전임 지부장과 옐로도 서로의 업적을 칭찬하며 즐거운 시간을 보냈다. 그러다 칭찬할 업적이 떨어졌을 때쯤 전임 지부장이 옐로가 받은 표창에 대해 가벼운 농담을 던졌는데, 옐로는 그 농담을 당시 작전에 문제가 있었다는 뜻으로 받아들였다. 말하기 좋아하는 사람들은 그때 전임 지부장이 제대로 사과를 해야 했다고 떠들어댔지만 그가 사과를 할 줄 아는 사람이었다면 그 자리까지 올라가기나 했을까? 인수인계 과정에서 자잘한 의견 충돌이 겹치면서 분위기가 점점 험악해졌고, 급기야 옐로는 전임 지부장이 공금을 횡령했다고 회사에 보고하기에 이르렀다. 다시 한 번, 말하기 좋아하는 사람들은 회사가 좋은 게 좋은 거라는 식으로 적당히 넘어가면 안 되는 거였다고 재잘거렸지만 은퇴가 눈앞인 고위 공무원에게 얼마나 엄격한 잣대를 들이댈 수 있었을까? 회사는 적절한 조치를 취하겠다고 답변해놓고는 옐로가 감찰기관에 독단으로 감사를 청구할 때까지 그 건에 대해 까맣게 잊고 있었다. 일이 터지고 나서야 회사는 옐로에게 청구를 철회할지 품위 유지 규정 위반으로 정직 처분을 받아 연금을 날릴지 둘 중 하나를 고르라고 엄격하게 요구했다. 옐로는 세번째, 그러니까 언론에 이 사실을 폭로하는 길을 선택했고, 내친김에 지부의 다른 부패까지 다 터뜨렸다. 문제가 커지자 회사는 옐로를 강제 귀국시키려고 했지만 그는 범죄인 인도협정이 체결되지 않은 나라로 몸을 피했다.

"그래 놓고선 책을 쓴대."

국장이 블랙을 따로 호출해서 말했다.

"그쪽에 있는 우리 참사관이 설득하러 갔는데 팔을 뒤로 쫙 비틀면서 그러더래. 책. 웹사이트 이딴 것도 아니고, 책. 뭐 어쩌라는 건지 모르겠어. 예전 작전들을 몽땅 불 생각인가 봐. 미친 거지. 기밀 해제가 안 된 게 거의 다야. 이 엄중한 시국에! 이 새끼는……."

국장이 입버릇인 '엄중한 시국'을 들먹이며 욕을 퍼붓기 시작했다. 블랙은 책상 위에 진열된 각종 감사패에 시선을 둔 채 상관의 분노가 가라앉길 기다렸다. 국장은 전날 비공개로 진행됐던 회의에서 골프채를 휘두르며 공포 분위기를 조성했다. 다들 레고 블록처럼 허리를 뻣뻣이 세운 채 앉아 있어야 했다.

숨을 돌린 국장이 전자담배를 한 모금 빨았다.

"일단 목표는 귀국을 시키는 거야. 그런데 반드시 귀국을 시킬 필요는 없어. 현장에는 변수가 많잖아. 반항할 수도 있고, 또 뭐냐…… 강하게 반항할 수도 있지. 현장에서 독자적으로 잘 판단을 내리면 돼. 데리고 올 수 있느냐 없느냐, 없다면 어떻게 하느냐, 그런 판단들. 무슨 말인지 알지?"

블랙은 그 말의 속뜻을 곱씹었다.

"알겠습니다."

"질문 있나?"

"지부장이 말년에 갑자기 왜 폭주하는지 혹시 짐작 가는 바라도?"

"내가 어제 너희들한테 물어본 게 그거잖아. 근데 아무도 대답을 안 했지? 내 생각엔 같은 밥만 수십 년을 먹어서 돌아버린 것 같아. 구내식당 밥이 좀 그렇잖아. 그리고 그 인간, 지부장이라 부르지 마. 듣는 국장 기분 나빠."

구내식당 밥은 먹지도 않는 국장이 지쳤다는 듯 의자에 몸을 파묻으며 눈을 감았다.

공항에 밴을 몰고 블랙을 마중 나온 사람은 브라운이라는 해외 주재원이었다. 얇은 청록색 니트에 감색 바지를 입고 있었는데, 시내까지 가는 내내 틈만 나면 옷에 달린 보풀을 뜯어댔고 블랙과 통 눈을 마주치려 들지 않았다. 그러면서도 입은 쉴 줄을 몰랐다. 블랙에 대해 많이 들었다면서 늘 존경해왔다는 입에 발린 말을 되풀이했다. 카오디오에서는 소닉 유스의 로큰롤이 징징거렸고, 블랙은 음악 소리 때문에 신경을 바짝 곤두세운 채 브라운이 작성한 보고서를 글로브박스에서 꺼내 읽었다.

보고서에 따르면 옐로는 잔디처럼 단조로운 일상을 보내는 중이었다. 그는 시내 중심가의 오피스텔에 방을 얻어 살았다. 새벽에 일어나 강변을 산책한 다음 오전 내내 시립도서관에서 신문을 탐독했다. 가끔 뭔가를 복사하거나 출력해서 들고 나오기도 했다. 오후에는 커피숍에서 카페 주인이 기르는 삼색 털 고양이와 노닥거리거나 집에서 TV를 봤고 저녁에는 가끔 근처 쇼핑몰에 버스를 타고 가 지역 명물인 분수쇼를 구경했다. 브라운은 오피스텔 건물 앞에서 옐로에게 팔이 비틀린 참사관이 그물에 걸린 고기마냥 파닥거리며 발을 구르는 걸 봤지만 개입하지 말라는 지시를 받았기 때문에 보기만 했다고 설명했다.

"영감 정정하던데요."

"그럴 거야."

블랙이 대답했다. 입사 초기에 블랙은 옐로의 팀에서 일한 적이 있었다. 당시 옐로는 현장에서 관리직으로 막 발령을 받은 참이었고, 거리의 먼지와 손끝에서 뚝뚝 듣는 고문실의 비명과 강철 같은 호승심을 완전히 씻어내지 못한 상태였다. 블랙은 그와 스쿼시를 같이 쳤다가 까무러칠 뻔했던 기억이 지금도 생생했다. 그는 성공적인 적응을 위해 포르티시모밖에 모르는 피아니스트처럼 컴퓨터 자판을 두드리고 엑셀과 파워포인트를 IED* 제조법처럼 공

---

* Improvised Explosive Device. 급조폭발물.

부했었다.

"그분 메이저는 뭐였더랍니까? 혹시 아세요? 선배라고 불러도 되지요?"

시내로 진입하는 인터체인지에서 차가 밀리는 동안 브라운이 말했다.

"파괴공작. 좋도록 해."

"알겠습니다, 선배. 뭘 파괴했는데요?"

"부술 수 있는 조직은 몽땅."

"이젠 자기가 파괴당할 차례인 거네요."

브라운이 신경질적으로 웃었다. 블랙은 그 웃음소리를 듣자 좀 걱정이 됐다. 결정적인 순간에 헛손질을 하면 곤란했다.

그날 저녁 그들은 브라운이 은신처로 임대한 작은 맨션에서 종이그릇에 포장해 온 중국음식을 먹었다. 브라운은 혼자 파견된 해외 주재원들이 종종 그렇듯 향수병과 스트레스에 시달리고 있었다. 곁에 사람이 생기자 응석을 부렸고 맥주 한 잔에 얼굴이 빨개지더니 고향에 있는 딸 사진도 보여줬다. 버섯 모양의 커다란 느티나무를 배경으로 아빠와는 전혀 닮지 않은 통통한 여자애가 아들을 빼다 박은 할머니 옆에서 심통 어린 표정으로 서 있었다.

두 잔째에는 급격히 우울해지면서 칭얼거렸다.

"제가 잘할 수 있을까요?"

"종교랑 똑같은 거다. 세상 사람들이 아무리 뭐라 그래도 나는 떳떳해야 돼. 그게 안 될 거 같으면 지금 짐 싸서 돌아가."

"종교." 브라운이 입맛을 다셨다. "뭘 믿는 종교입니까?"

"뭘 믿느냐가 중요한 게 아냐. 믿는 게 중요한 거지. 뭐든 믿어. 나라. 민족. 이념. 가족. 돈. 나 자신. 하다못해 하느님이라도. 많잖아. 그걸 위해서 일한다고 생각하라고."

"연수원에서는 국가에 충성하라고 그러던데요."

"처음엔 그걸로 시작해도 괜찮고."

"그럼 전 가족을 믿겠습니다." 브라운이 젓가락으로 그릇 안에 든 볶음면을 휘저었다. "선배는 뭘 믿습니까? 물어봐도 됩니까?"

"나는……," 블랙이 말했다. "이게 내 일이라는 걸 믿지."

세 잔째가 되자 브라운은 기분이 좋아졌다.

"이런 일 자주 하세요? 사람 많이 죽여보셨어요? 형님이라 불러도 되죠? 저 형님이 왜 이리 맘에 드나 모르겠습니다."

"누구 맘대로 형님이래."

"이런 일 말입니다, 몇 번 하면 익숙해지나요?"

"계속 싼다고 변비가 익숙해지는 거 봤냐."

브라운이 다시 신경질적으로 웃었다.

"그거 좀 재미없네요, 형님."

다음 날 블랙은 옐로와 함께 강변에 나갔다. 보고서에 첨부된 사진으로 확인하긴 했지만 막상 망원렌즈를 통해 산책 중인 옐로를 실제로 보자 블랙은 조금 충격을 받았다. 샛노랗게 떨어지는 아침 햇살이 찰랑이는 물결 위에서 바스라지고 공기 속 희미한 열기가 더운 하루를 예고하는 가운데, 초라한 매무새의 가무잡잡한 노인이 우레탄 재질로 된 벽돌색 산책로 위를 구부정한 자세로 걷고 있었다. 자전거를 탄 날렵한 남자들과 고무공처럼 통통 튀며 조깅을 하는 날씬한 여자들 사이에서 그는 마치 다른 시공간의 물결을 거슬러 올라가는 사람마냥 꾸물대다가 슬며시 산책로를 벗어났다. 그러고는 잔디에 앉아 울적한 표정으로 텀블러에 든 음료수를 빨대로 마시며 강물을 바라보았다.

"저럴 때 보면 알아서 죽어줄 것 같은데 말이지요……."

브라운이 말했다.

블랙은 옐로의 동선을 조그만 화이트보드 위에 그렸다. 그는 해가 떴을 때 사방이 트인 장소만을 다녔고 밤에도 조명이 환한 곳만 찾았다. 음식점이나 카페에서는 출입구가 잘 보이는 자리에 벽을 등지고 앉았다. 경찰이나 경비원의 도움을 언제든 요청할 수 있도록 호루라기를 목에 걸고 다녔다. 배달 식료품이나 세탁물은 오피스텔 입구 경비실에 놓아두도록 한 다음 경비원이 보는 앞에서 찾아갔다.

그들은 몇 가지 계획을 세웠지만 모두 만족스럽지 않았다. 무엇보다 현지 사법당국, 특히 오피스텔에서 한 블록 떨어진 곳에 위치한 경찰서와 마찰을 일으키는 일을 피해야 했는데 그러기가 쉽지 않았다. 결국 새벽에 화재경보기를 오작동시켜 놀란 사람들이 밖으로 나왔을 때 브라운이 준비해둔 다른 은신처로 데려가 마무리를 짓는다는 그림을 그렸다. 실행은 이틀 뒤 새벽으로 잡았다.

"선배, 돌아갈 때 이거 애 선물로 괜찮을까요?"

면세점 사이트에 뜬 인형 사진을 보여주며 브라운이 말했다.

다음 날, 블랙의 고국에서 쿠데타가 발발했다.

블랙은 계속 TV 뉴스를 켜두고 틈나는 대로 인터넷 브라우저의 새로고침 아이콘을 눌렀다. 정확히 무슨 일이 벌어지고 있는지 아무도 몰랐다. 어순과 단어만 다르게 배치한 헤드라인이 TV 화면 아래를 계속 지나갔다. 앵커는 쿠데타군이 제공한 영상을 반복해서 내보내며 새로운 소식이 들어오는 대로 보도하겠다는 말만 되풀이했다. 블랙은 꿈에서도 그 영상을 볼 정도였다. 수도의 광장에 사람들이 모여 있었다. 그들을 가로막듯 늘어선 탱크와 군용 지프의 벽 뒤에서 선글라스를 쓰고 목에 쌍안경을 건 군복 차림의 키 크고 여윈 남자가 나타났다. 남자는 사람들 앞으로 당당히 혼자 나아갔다. 블랙은 화면 밖에 배치된 저격수들과 경호원들이 눈에 선했다. 광장의 사람들이 팔을 추켜올리고 박수를 치고 국기를 흔들었다. 블랙은 그 선글라스 낀 군인을 요주의 인물만 따로 모아놓은 스크랩에서 본 기억이 있었다. 그 사진에선 선글라스를 끼고 있지 않아서 알아보는 데 시간이 걸리긴 했다. 아무튼 지금으로서는 그 영상만이 블랙이 알던 세상이 바뀌었다는 증거였다. 깨진 유리창도, 우왕좌왕하는 사람들도, 엉망진창이 된 거리도 보이지 않았다. 당연했다. 정보 통제는 기본 중의 기본이었다. 누군지는 모르겠지만 일 하나는 제대로 하고 있었다.

쿠데타군과 정부군 사이에 교전이 벌어졌다는 루머가 트위터와 페이스북을 통해 전파되었다. 다수의 사상자가 발생했다는 소리도 있었고 민간인 피해가 상상 이상으로 심각하다는 말도 있었지만 확인할 길이 없었다. 계엄 상황에서 '일시적 전산상의 오류'가 일어나 인터넷이 차단됐기 때문이었다.

"해저 케이블을 아예 끊어버린 건지도 몰라요. 정말 그러면 미친 건데."

브라운이 식은땀을 흘리며 말했다. 그는 정신없이 노트북을 두드리며 본국 인터넷에 접속할 수 있는 우회 가능한 서버를 필사적으로 찾아다녔다. 교전이 벌어졌다고 추정되는 곳은 브라운의 고향이었다.

블랙은 대사관에 가 사정을 알아보려 했지만 그쪽도 넋이 나가 뒤숭숭하긴 마찬가지였다. 휴교령이 내린 학교에 간 기분이었다. 겨우 만난 참사관은 동요하지 말고 평소처럼 각자의 자리에서 맡은 바 임무를 다하라는 메시지를 받은 게 전부라고 블랙에게 말했다.

"근데 그게 어느 쪽에서 온 메시지인지 알 수가 없더란 말이지."

참사관이 여전히 불편한 오른쪽 어깨를 주무르며 입맛을 다셨다.

"임무는 어떻게 되는 겁니까?"

브라운이 말했다. 눈가는 까맣게 가라앉았고 입술에 물집이 돋아 있었다.

"지시가 있을 때까지 대기한다."

"현장 판단이 중요하다고 국장님이 그러지 않았습니까."

블랙이 브라운의 얼굴을 후려쳤다.

"이게 현장 판단이다. 정신 바짝 차려. 지금 정신줄 놓으면 죽도 밥도 안 돼."

브라운이 블랙을 노려보았다.

"알겠습니다. 선배님은 일을 믿지요. 저는 인간을 믿어서 그렇게 냉정하질 못하겠네요."

다음 날 아침 브라운은 사라졌다. 그들이 계획했던 내용이 적힌 화이트보드와 옐로의 오피스텔 청사진, 방 평면도, 배선 관련 장비 몇 가지가 책상 위에 가지런히 정리된 채 놓여 있었다. 청사진에 붙어 있는 건 화재경보기 조작법에 대한 알기 쉽고 자세한 설명이 적힌 노란 포스트잇이었다. 그래도 정신줄은 놓지 않았다는 무언의 항변이 빈 방을 뱅글뱅글 돌고 있었다.

국장과 전화 연결이 되었을 때 블랙은 소리를 지를 뻔했다.

"상황이 좋지 않아. 그러니까……."

"엄중한 시국인 거죠."

"그렇지. 엄중한 시국."

국장이 말했다. 통화 상태가 나빠 말이 띄엄띄엄 이어졌다.

"다 엉망이야. 사방이 적이라고. 교전? 국지성 충돌이 있었던 건 맞아. 정확한 피해는 아직 집계되지 않았고. 분명한 게 없어……."

블랙은 기가 찼다. 어떻게 회사가 이걸 모를 수 있단 말인가? 어떤 사전징후도 없었나? 보고체계는 어찌 된 건가? 정기적으로 받는 정보보고만 주의 깊게 검토했어도 알 수 있는 일 아니었나? 이렇게 무력하게 당한다는 게 말이 되나?

"임무는 어떻게 되는 겁니까?"

"임무? 그렇지. 임무가 있었지."

국장의 목소리가 수평선 너머의 뱃고동처럼 희미하게 울렸다.

"임무에는 변동사항이 없어. 목표를 시야에서 놓치지 말고 대기하도록 해. 임무를 속행할 때가 되면 알려줄……."

전화가 끊겼다. 블랙은 전화기를 손에 들고 침대에 걸터앉았다. 어딘가의 통신센터가 파괴된 모양이었다.

아니면 통화 자체가 꿈이었을지도 몰랐다.

쿠데타 소식은 뉴스 상단에서 하단으로 미끄러져 내려갔다. 다른 나라에서 벌어진, 국내 정세에 영향을 미치지 않는 정변에 계속 신경을 쓰기에는 더 중요한 일들이 많았다. 물가가 계속 올랐다. 제조업의 둔화가 뚜렷해졌다. 시골 마을에서 머리 없는 시체가 발견되었다. 유명 여배우가 시사회장에서 노브라로 레드카펫을

밟았다. 아프리카에서는 아이들이 굶어 죽어갔다.

세상의 관심이 줄어들수록 정보는 늘어났다. 쿠데타 정부는 비상위원회를 설치한 뒤 구태와 부패의 청산을 제일의 목표로 삼아 혁명적 개혁을 통해 내부의 적을 축출하고 외부의 위협에 맞서 민주적 체제를 유지하겠다는 로드맵을 공표했다. 공해상을 벗어난 비행기가 급작스런 기류 변화로 추락했는데, 거기에 전 정부의 주요 인사들이 타고 있었다는 루머가 돌았다. 비상위원회에서는 루머를 부인했다. 외신 특파원들이 강제 출국당하기 전에 찍은 것으로 짐작되는 교전 동영상 몇 개가 유투브에 올랐다. 화질은 좋은 편이 아니었지만 AK소총의 딱딱한 폭발음은 또렷이 들렸다. 작은 공장으로 보이는 건물이 굉음과 함께 터졌다. 길쭉한 잿빛 연기가 솟아올랐다. 흔들리는 화면 속에서 사람들이 이리저리 뛰어다녔다. 캐터필러에 짓눌린 시체가 길가에 방치되어 있었다. 블랙은 동영상 중 하나에서 버섯 모양으로 넓게 그늘을 드리운 커다란 느티나무 아래 죽은 사람들이 천에 덮여 누워 있는 광경을 봤다. 여자들이 나무 아래에서 통곡하고 있었다. 동영상들은 현재 접속하고 있는 지역에서는 볼 수 없다는 공지와 함께 삭제되었다. 비상위원회에서는 민간인 사상자는 없다고 밝혔다.

국장에게서는 그날 이후 연락이 없었다. 블랙은 규정을 어길 각오를 하고 회사 간부들이 사용하는 직통 라인으로 전화를 걸었다. 라인 담당자는 그가 하는 모든 질문에 현재는 확인할 수 없으니

현 위치에서 대기하라는 말만 되풀이했다. 개인번호를 아는 몇 안 되는 회사 동료들의 전화기는 꺼져 있거나 메시지를 남기라는 안내음성만 떴다.

그는 아주 잠깐, 세상의 종말이란 모두가 죽어버리는 게 아니라 이런 식으로 홀로 잊히는 게 아닌가, 하는 생각을 했다.

마침내 연락이 온 건 블랙이 예비 여권을 만지작거리며 귀국 루트로 육로가 좋을까 해로가 좋을까 가늠하던 어느 밤이었다.

"현재 상황을 보고해봐."

전화기 너머에서 자기 억양 같은 것에는 조금도 관심이 없는 딱딱하고 단호한 목소리가 말했다. 블랙은 짧고 간결하게 보고했다. 감시는 계속 이루어지고 있으며 옐로의 일상은 크게 변한 건 없다. 강변. 도서관. 고양이. 분수쇼. 다만 현재의 인력과 상황에서 애초의 임무를 실현하는 건 어려울 수도 있다. 지시를 기다리고 있다.

"임무가 바뀌었다. 예전에 내려온 지시가 뭐였건 간에 잊는다. 이제 목표를 경호한다. 사흘 안에 추가 지원인력이 갈 예정이다. 지원이 도착하면 목표를 귀국시킨다. 자네도 같이 온다. 할 일이 많아."

"목표는 이 사실을 알고 있습니까? 국장님과도 얘기가 된 겁니까? 임무가 이렇게 바뀌는 건…….'

"말이라고 하나. 원래 이렇게 말이 많았나?"

"하나만 더 묻겠습니다. 이 회선은 국장님밖에는 모릅니다. 정식으로 인수인계가 이뤄진 상황입니까? 저는 여전히 비선입니까?"

"하나가 아니라 두 개군."

그러더니 갑자기 전화가 끊겼다. 블랙은 잠시 생각에 잠겼다. 정확히 설명할 수 없는 불안감이 목탁을 치듯 가슴 한구석을 톡톡 때렸다. 그는 재빨리 필요한 짐만 챙겨 브라운의 방을 빠져나왔다. 맨션 주변에 아무도 없다는 걸 확인한 뒤에야 그는 자기가 과민반응을 했다는 걸 알았다.

물론 그러는 게 넋 놓고 앉아 있는 것보다는 현명했다.

다음 날 오전 블랙은 옐로의 오피스텔을 찾아갔다. 며칠 동안 훔쳐보기만 했던 건물에 당당히 들어가자니 기분이 이상했다. 문 앞에서 초인종을 누르고 기다렸다. 반응이 없었다. 다시 누르려는데 누군가 그의 팔을 비틀더니 벽에 몸을 짓눌렀다. 딱딱한 뭔가가 오른쪽 옆구리 바로 위쪽 갈비뼈 틈을 쑤셨다.

"대낮부터 간이 부었구나. 누구냐. 누가 보냈어?"

옐로가 말했다. 블랙의 목 뒤에서 노인의 쉰내가 훅 끼쳐왔다. 블랙은 자기 몸을 누르고 있는 물건의 정체를 파악하려고 애썼다. 총? 잭나이프? 길에서 주운 막대기?

"무기는 없습니다."

"그건 내가 판단할 문제고."

옐로가 블랙의 몸을 수색하며 말했다. 그는 마지막으로 블랙의 사타구니를 힘주어 쥐고 나서는 팔을 다시 세게 비틀면서 갖고 있던 물건으로 블랙의 등을 쿡 찔렀다.

"누구냐고 했다."

"연락 못 받으셨습니까?"

"연락 같은 소리 하고 있네."

"빌뉴스.* 프놈펜. 방첩 스크랩에서 사진을 잘못 보내는 바람에 엉뚱한 사람을 잡을 뻔했잖습니까. 스쿼시는 포핸드보다 백핸드가 더 나았지요. 커트라인 바로 위를 맞춰서 코너를 찌르는 게 장기 아니었습니까."

블랙의 팔목을 억세게 잡았던 손이 조심스럽게 힘을 뺐다.

"두 손 들어. 뒤로 돌아. 천천히."

블랙은 몸을 돌렸다. 옐로를 이렇게 가까이에서 본 건 임무를 시작하고 나서 처음이었다. 그는 멀리서 지켜봤던 것보다 훨씬 더 늙어 보였다. 그러나 블랙은 그의 얼굴에 그간 없던 활기가 넘쳐 흐른다는 걸 충분히 알아볼 수 있었다. 불만스럽게 축 처졌던 입술은 각진 아래턱과 평행을 이루고 있었고 눈은 반짝였다. 키도 갑자기 반 뼘쯤 커진 것 같았다.

"온다는 사람이 자네였어?"

옐로의 입가에 큼지막한 미소가 떠올랐다. 그는 오른손에 들고 있던 립밤 뚜껑을 따 입술에 바른 뒤 주머니에 집어넣고는 입술을

---

* 리투아니아의 수도.

안으로 오므렸다 쭉 폈다.

"바나나 맛이야."

옐로는 그렇게 말하며 혀로 입술을 슬쩍 핥았다.

"생각보다 빨리 나타나서 난 또 나한테 원한이라도 품은 놈인
줄 알았지. 세상이 이렇다 보니까⋯⋯."

옐로가 말했다. 블랙은 어깨를 주무르면서 오피스텔 내부를 둘
러보았다. 현관문을 지나 싱크대, 전자레인지, 냉장고가 욕실을 마
주 보는 좁고 짧은 공간을 지나면 방이 나왔다. 벽을 면한 곳에 속
이 빈 커다란 상자 모양 공간이 있었고, 그 상자 위에 놓인 매트리
스와 베개가 침구였다. 상자 안에는 작은 옷장과 붙박이 책상이
있었다. 창문 바로 옆에 작은 원형 테이블과 구식 브라운관 TV가
놓여 있었고 에어컨은 침대 바로 위에 설치되어 있었다. 오래 지
내기보다는 출장 온 비즈니스맨들이 잠시 머물렀다 가기 알맞았
다. 평면도를 통해 내부구조는 파악하고 있었지만 막상 들어와보
니 생각보다 좁았다.

어딘가에서 여자의 신음 소리가 들렸다. 옐로가 벽을 부술 듯
두드렸다. 잠시 조용해졌다가 아까보다는 눈치를 보는 듯 조심스
런 신음 소리가 다시 들렸다.

"이 시간에, 쯧." 옐로가 말했다. 그는 전기주전자에 물을 부으
며 블랙을 흘끗 봤다. "그런데 진짜 어떻게 이리 일찍 왔어? 그쪽

에선 며칠은 더 걸릴 거라던데?"

블랙은 미리 생각해뒀던 대답을 했다. 대사관 보안 문제로 출장을 왔다가 쿠데타가 일어나 발이 묶였다. 옐로 얘기는 들어 알았지만 여기 있는 줄은 몰랐다. 신변을 보호하라는 지시를 받고 방문한 것이다. 그 이상은 아직 모른다. 옐로는 고개를 끄덕이면서 전기주전자에서 끓어오른 물을 커피잔에 부었다.

"내 얘기는 알고 있다는 거지?"

"모를 리가 없지 않겠습니까."

블랙은 그렇게 말하며 붙박이 책상으로 다가갔다. 뉴스를 쭉 체크하고 있었는지 신문기사 스크랩과 인터넷 홈페이지에서 출력한 인쇄물들이 널려 있었다. 비상위원회의 멤버들이 새 정부의 요직에 올랐다는 소식이 맨 위에 놓여 있었다. '되찾은 질서'라는 헤드라인이 달린 기사 사진에서는 활기찬 얼굴의 사람들이 깨끗한 거리 위를 누비면서 안심하고 생업에 종사하는 중이었다. 새 정부가 대규모 집회를 강경하게 진압했다는 외신 기사도 보였다. 기사 사진 속 인적 없는 아스팔트에는 핏자국이 뿌려져 있었다. 노트북 화면에 떠 있는 건 해적방송 DJ의 블로그였다. DJ의 주장에 따르면 군부는 시위 진압에 실탄을 사용하고 있었으며 이에 맞서는 광범위한 저항의 불길은 꺼질 기미를 보이지 않고 있었다. 그리고 무엇보다, 작은 책상의 대부분을 차지하고 있는 색색의 파일들과 포스트잇이 마구 붙어 있는 종이가……

"맞아. 자료야." 블랙의 뒤에서 옐로가 말했다. 블랙은 그가 건네주는 커피잔을 잡았다.

"무슨 자료입니까?"

"알면서."

블랙은 어떻게 대답해야 할지 망설였다. 전날의 불안감이 희미하게 되살아났다. 어쩌면 이 대화는 블랙을 테스트하기 위한 함정일지도 몰랐다. 지난밤과 마찬가지로 그런 생각이 과잉반응이라는 건 알았다. 하지만 그것이 그의 삶이었고, 옐로의 삶이기도 했다.

옐로가 계속 말했다.

"모르는 척하긴. 책을 쓰려고 했어. 책. 인터넷에 올리는 건 가짜 같잖아. 책으로 나와야 진짜지. 본때를 보여주고 싶었거든. 자랑은 아니지만 평생 국가에 충성했어. 우리 같은 사람들한테는 당연한 거지. 안 그래? 분수에 안 맞게 출세하려는 욕심도 없었고. 현장에서 구르던 주제에 사무실에 들어왔다고 뒤에서 수군거릴 때도 가만히 있었어. 그런데 날이 갈수록 부패는 심해지고, 다들 잿밥에만 눈을 돌리고. 그것도 좋다 쳐. 그래도 마지막만큼은 날 대우해줘야 하는 거 아냐? 당당히 일해서 떳떳이 받은 표창이야. 그걸 무시해? 그 지부장 새끼, 시험 쳐서 들어와서 평생 펜대만 굴렸던 주제에 뭐랬는지 알아? 나보고 예민하대. 생리하냐고. 날 계집년 취급을 했단 말이야. 믿겨져? 그럼 난 어떡하나? 치마라도 걷어 올려줘야 하나? 결심을 했지. 오냐. 치마를 걷어주마. 다 까주지. 그 안에 있는 내 좆이나 빨아라. 응? 안 그래?"

블랙은 고개를 끄덕이며 커피를 홀짝였다.

"그러다 세상이 이렇게 바뀌었단 말이야. 회사도 사람이 다 갈렸어. 내 군대 동기가 부장으로 부임한대. 복직이 가능하다고 하네? 횡령 사건에 대해서도 책임자를 처벌하겠다고 약속했고. 지금 사람이 부족하대. 혼란기잖아. 경험 많은 인재가 필요한 거지."

"그럴 때지요."

"그런데 그냥은 안 된대. 그래서 내가, 아니 내 능력과 머리가 있으면 됐지 뭐가 더 필요하냐, 그렇게 말을 했지. 그러니까 내가 뭘 하나 좀 해줘야겠대."

옐로가 장난스러운 미소를 지었다.

"그게 뭡니까?"

"이제 그걸 하러 가는 거야. 마침 딱 맞춰 왔어. 가자고."

옐로가 말했다.

블랙에게는 낯이 익은 삼색 털 고양이가 그의 얼굴을 빤히 바라보았다. 그러다 입을 싹 벌리고 하품을 하더니 기지개를 쭉 켜고는 카페 카운터 뒤로 우아하게 돌아가 숨었다.

블랙은 다른 테이블에 있었다. 벽을 등지고 앉았을 때 출입구가 잘 보이는 위치였다. 옐로는 기자와 얘기 중이었다. 오래전에 블랙의 선배 중 하나는 누군가의 직업이란 외모와 행동을 통해 어떻게

든 드러나게 마련이라고 했다. 그걸 모르는 건 그저 우리가 그 직업에 대한 지식이 없기 때문일 뿐이라며. 블랙은 기자를 보았다. 뿔테안경 너머의 냉소적인 눈매, 웃지 않는 입매, 담배 냄새, 구부정한 등, 방어적인 자세.

나는 저 기자에게 어떻게 보일까?

옐로는 기자 앞에서 몇 시간에 걸쳐 노래를 불렀다. 처음 마주하자마자 옐로는 기자의 직업의식과 언론인으로서의 객관성, 정치적 성향이 궁금하다며 면접 반 심문 반으로 질문을 마구 던졌다. 출신학교, 고향, 아버지 직업, 현 재산 등등. 그리고 그와 관련된 개똥철학들. 기자의 자질을 확인했다는 판단이 어느 정도 서자 옐로는 지난 정부 시절 진행된 온갖 작전들을 흥얼거리기 시작했다. 기승전결이 뚜렷하고 코러스가 확실한 노래들. 그는 자신이 모은 자료들을 보여주면서 구체적인 작전 내용과 관련 인사들, 명령권자들의 이름을 읊었다. 운이 좋은 건지 옐로가 신명 나게 떠벌리는 작전들 중 블랙이 간여한 건 없었다. 그러나 작전이 하나하나 까발려질 때마다 블랙은 누군가 자신의 뺨을 때리며 옷을 하나씩 벗기는 것 같았다. 역정보, 프락치, 무고, 고문, 증거 조작, 은폐로 점철된 이야기들이 오후의 햇살 아래 천박한 기운을 내뿜었다. 현 정부가 옐로에게 제안한 것은 명확했다. 지난 정부의 작전들을 폭로하라. 그러면 귀국하여 새 정부의 보호 아래 살아가도록 해주겠다. 옐로는 거래를 받아들였고, 새 정부와 관계된 사항들을 교묘하게 건너뛰어가면서 자기가 아는 거의 모든 내용을 털어놓고 있었다. 기자가 이 이야기들이 사실임을 입증할 수 있느냐고 물었다. 옐로는 증거들을 보고도 그런 말이 나오느냐며 필요하다면 기자회견이건 무엇이건 할 거라고 핏대를 올렸다.

그는 자기가 지금껏 제일 잘해온 일을 정말로 잘하고 있었다.

옐로의 노래를 듣는 동안 블랙은 자신의 옛 상관이 살아남을 수 없으리라는 걸 확신했다. 곧 도착한다는 지원인력들은 공해상 밖에 있는 산호초 틈새에 그의 묏자리를 마련해놓았을 것이다. 어쩌면 사정을 대충 파악하고 있는 블랙 본인의 것도. 설사 지원인력들이 옐로를 귀국시킨다 하더라도 일이 이렇게 된 이상 전 정부의 사람들이 옐로를 가만 놔둘 리가 없었다. 하지만 누가 손에 피를 묻히건 그의 죽음은 부패한 전 정부의 복수로 비칠 것이다. 새정부에게는 어느 쪽이건 남는 장사였다. 블랙은 옐로가 이 간단한 계산을 못 한다는 걸 믿을 수 없었다. 귀국에 대한 갈망과 손상된 명예에 대한 집착이 경험 많은 베테랑의 눈을 가리고 있었다. 블랙이 봤다고 생각했던 빛은 그의 내면에서 나오던 게 아니라 그를 가리고 있던 희망의 장막에서 반사된 것이었고 그를 감싸는 활기는 덫을 보지 못하고 먹이에 달려드는 짐승의 성급함에 불과했다. 블랙은 자신이 임무에서 완전히 해방되었음을 알았다. 이 일은 그를 떠난 것이었다.

하지만 그는 조금도 개운하지 않았다.

인터뷰가 끝난 뒤 옐로는 블랙을 근처 술집으로 데려갔다. 그는 한껏 흥이 올라 크게 웃고 신나게 떠들었다. 그러다 테이블 옆을 지나가던 종업원의 엉덩이를 툭툭 쳤다. 종업원이 기분 나쁜 표정을 짓자 옐로는 화를 냈고, 급기야 술집 주인과 드잡이까지 했다. 블랙은 겨우 옐로를 떼어 말렸다.

"돈 받고 장사하는 새끼들이 말이야."

옐로가 씩씩거렸다.

그들은 술집을 나와 편의점에 가 진열대를 털다시피 맥주를 샀다. 옐로가 이대로 끝낼 수 없다고 해서였다. 오피스텔로 돌아온 그들은 원형 테이블 위에 맥주캔들을 쌓아놓고 술을 마셨다. 옐로는 좋았던 옛 시절 얘기를 늘어놓았고, 블랙은 맥주를 찔끔거리면서 맞장구를 쳤다.

"내가 오늘 큰일을 했어. 내일이면 세상이 바뀐다고."

"축하드립니다."

블랙이 말했다.

"축하할 일이지. 더 마실 거지? 더 마셔야지!"

옐로가 화장실에 간 사이 블랙은 TV를 켰다. 색색의 비키니를 입은 여자들이 끈끈한 녹색 젤을 채운 고무풀장 안에서 육탄전을 벌이고 있었다. 방청석에 앉아 있는 남자들이 박장대소를 하며 뒤집어졌다.

"이 나라는 천박해." 옐로가 또 캔을 따며 말했다. "부끄러운 게 뭔지를 몰라."

블랙은 말없이 TV를 봤다. 프로그램이 끝나고 광고가 번쩍거렸다. 뉴스가 시작되었다. 유통기한이 지난 냉동 닭을 팔던 업자들이 검거되었다는 뉴스가 끝나자 국제뉴스로 넘어갔다. 블랙의 고국 소식이 첫 꼭지였다. 불안한 정국 상황 속에서 내전이 발발할 가능성이 여전히 높으며, 전 정부의 인사들이 호시탐탐 복귀를 노리고 있는 가운데 전 정부와 현 정부 양쪽 모두에 저항하는 민병대가 조직되었다는 내용이었다. 민병대의 부대장으로 짐작되는 복면을 쓴 남자가 자신들은 가족을 잃었다며 절대 복수를 포기하지 않을 거라는 인터뷰를 했다.

복면을 써도, 소총을 어깨에 메도, 브라운은 똑같았다. 말투에는 그동안의 고충을 짐작게 하는 무게가 실려 있었지만 손은 계속해서 복면의 실밥을 잡아 뜯고 있었고 말에는 조리가 없었으며 카메라와는 끝내 눈을 마주치지 못했다.

형님이라 불러도 되죠?

"배신자들. 거지새끼들." 옐로가 말했다. 이미 술기운이 꽤 올라 의자 등받이에 몸을 느슨하게 기대고 있었고 캔을 들지 않은 팔을 축 늘어뜨리고 있었다. "살려둬서는 안 되지. 저런 새끼들은 싹 쓸어버려야 돼."

"가족을 잃은 사람들입니다."

블랙은 겨우 입을 열었다.

"가족은 나도 잃었어. 누구나 가족을 잃어. 아, 자넨 가족이 없지? 없는 게 나아. 날 봐. 마누라는 암으로 뒈지고 딸년은 흰둥이와 눈이 맞아 달아났지. 딸년은 날 똥으로 봐. 코끼리 똥으로는 커피라도 만드는데 난 아무 쓸모가 없다 그러고…… 나쁜 년."

옐로가 TV를 턱짓으로 가리켰다.

"그거 알아? 돌아가면 저것들부터 처리할 거야. 어떻게 하는지 알려줄까? 진짜 쉬워. 뼈다귀 몇 개만 던져주면 알아서 물고 뜯다 자폭한다고. 근데 그러고 보니 자네는 왜 가족이 없어? 그 나이 먹도록. 혹시 자네…… 어라, 응? 그런 거야?"

옐로는 자기 농담을 미처 다 즐기지 못했고, 그럴 리도 없었겠지만, 사과할 시간도 갖지 못했다. 블랙이 순식간에 일어나 옐로의 가슴을 발로 찼기 때문이었다. 옐로는 의자에 앉은 채 그대로 넘어갔다. 반격할 틈을 주지 말아야 했다. 블랙은 TV의 볼륨을 잽싸게 끝까지 올린 다음 테이블을 들어 옐로를 내리쪽었다. 옐로는 막으려고 손을 치켜들었지만 술에 취해 반응이 느렸다. 테이블이 노인의 가슴과 목 사이를 강타했다. 옐로가 몸을 웅크리며 숨을 쉬려고 꺽꺽대는 사이 블랙은 베개 아래에 손을 넣었다. 이 방에 총이 있다면 거기뿐이었다. 없다면? 이 노인의 완력을 당할 수 있을까? 글록의 두툼한 손잡이가 착 달라붙듯 잡혔다. 블랙은 목에 걸린 호루라기를 불려고 애쓰던 옐로의 머리에 베개를 덮는 것과 동시에 숨을 멈추고 방아쇠를 재빨리 두 번 당겼다. 어깨를 때리는 반동과 함께 두개골이 깨지는 느낌이 손끝을 통해 전해졌다.

블랙은 옐로의 몸을 타고 앉아 숨을 몰아쉬며 바닥에 번지는 피를 바라보았다. 베개를 소음기로 썼지만 총소리를 완전히 가리진 못했다. 오전의 신음 소리를 고려해보면 이 건물의 벽은 무척 얇았다. 아래층 사람들은 천장을 강타한 충격 때문에 놀랐을 것이다. 누군가는 벌써 경찰에 전화를 걸었을지도 모른다.

장비 없이 가능할까?

몇 분 뒤 오피스텔 건물 전체에 화재경보가 울렸다. 놀란 사람들이 서둘러 옷을 챙겨 입고 방에서 뛰쳐나왔다. 몇몇은 속옷 바람으로 허둥댔다. 어차피 더운 밤이었다. 블랙은 사람들 틈에 섞여 건물을 빠져나온 뒤 조용히 그곳을 벗어났다.

그는 조금 들뜬 기분으로 밤거리를 배회했다. 그러다 가장 먼저 눈에 띈 공중전화로 들어가 간부용 직통 라인으로 전화를 걸었다. 졸음이 덜 가신 목소리로 전화를 받은 담당자에게 임무를 완수했다고 보고한 뒤 대답을 기다리지 않고 끊었다. 그런 다음 뒷일에 대한 걱정은 잠시 내려놓은 채 밤공기를 만끽하며 맨션까지 걸어갔다. 골목을 돌고 다리를 건넜다. 강변에 늘어선 포장마차에서 숯불에 구운 꼬치와 돼지 뼈를 고아 만든 국물 냄새가 솔솔 풍겼다. 유흥가의 불빛들이 강물 표면에서 반짝였다. 높은 빌딩들 사이에서 더운 바람이 불었다. 잎이 무성한 가로수가 싸리비를 쓸듯 부스스 소리를 내며 가지를 떨었다. 다리 끝에서 그는 뒤를 돌아보았다. 어딘가에서 불이 난 것 같았다. 하지만 불꽃도 연기도 보이지 않았다. 소방차의 사이렌 소리도 들리지 않았다.

---

* 이베리아 지역의 전설에는 전갈이 불길에 휩싸이면 꼬리에 있는 독침으로 자살한다는 이야기가 있다. 1883년에 영국에서 이루어진 한 실험에서 전갈을 유리병에 넣은 뒤 열을 가하고 전기충격을 주는 등의 자극을 가하자 전갈이 스스로를 찌르는 모습이 관찰되었다. 하지만 이후 프랑스 연구진이 같은 실험을 한 결과 전갈의 독은 자신에게는 듣지 않는다는 사실이 밝혀졌다.

달밤에 고백

딱 한 번만 얘기할 거야.

보석상을 털지 않았다면 지금쯤 어찌 됐을까 생각해보곤 했어. 많이는 아니고 가끔. 딱히 결론이 나진 않더라고. 세상일이 그렇지. 옳고 그른 게 딱 나뉘질 않잖아. 여섯 정도는 옳고 넷 정도는 그를 수도 있고, 반반일 수도 있고. 9대 1이나 8대 2정도쯤 되면 대충 많은 쪽으로 어림하고, 그런 거지. 우린 불확실한 상황에서 판단을 내리고 결정을 해야 해. 그에 대한 책임도 져야 하고. 남자라면 더.

하지만 보통 그렇게는 안 살지.

안 믿어도 상관없지만 보석상을 후려보자는 얘긴 내가 안 꺼냈어. 내 친구지. 이름이…… 미안. 까먹었네. 서로 이름 불러본 게 너

무 오래전이라. 피노야. 별명 말이야. 피노키오에서 키오를 뺀 게
아니라 필리피노에서 필리를 뺀 거야. 엄마가 필리핀 사람이었거
든. 일찍 죽은 걔네 엄마가 역시 일찍 죽은 우리 엄마랑 친했고, 그
러다 보니 자연스럽게 어울리고, 그렇게 됐던 거지. 물론 양쪽 엄
마 모두 당신들 살아생전에 서로의 자식새끼들을 그리 좋아하진
않았지만.

　피노는 겉으로는 티가 안 났어. 피부가 좀 가무잡잡하고 광대가
살짝 있고 입술이 약간 두꺼웠지만 그 정도는 수비 범위 안이잖
아? 무엇보다 엄마 혈통 같은 걸로 피노에게 집적댈 정도로 간이
부은 놈은 없었어. 피노를 봤으면 무슨 말인지 알 거야. 그 덩치,
그 인상. 다들 해도 해도 너무하다 그랬지. 말보다 주먹이 빠른 애
는 아니었어. 주먹보다 말이 엄청 느린 쪽이라고 하는 게 맞겠지.

　어딘가에서 뒈져 썩고 있을 내 친구 중에 2분의 1이 절반과 같
은 뜻이라는 걸 절대 이해 못 하는 놈이 있었어.

　피노는 최소한 걔만큼 멍청했지.

　그런데 그 피노가 나한테 와서 이렇게 말한 거야.

　"좋은 생각이 있어."

　난 입을 딱 벌리고 피노가 하는 말을 들었어. 왜냐하면 그게 정
말 그럴싸했거든.

　보석상은 옆 동네 사거리의 오래된 건물에 있었어. 그냥 동네
보석상이었지. 왜 있잖아. 벽에 낡은 시계들이 걸려 있고 소파에는

친구가 앉아 수다를 떨고.

하지만 그래도 꼴에 보석상이잖아. 경보도 달고 그랬어야 하는 거 아니냐고. 근데 거기 주인은 영업시간 끝나면 문 걸어 잠그고 셔터 내린 다음 퇴근하면 땡이었던 거지. 뒷문에는 머리핀 하나면 열리게 생긴 자물쇠만 달아놨고. 물론 나나 피노나 머리핀으로 자물쇠 여는 법은 몰랐어. 영화에서 그건 안 보여줬거든.

우리는 스패너랑 빠루를 하나씩 챙겨서 밤에 뒷문으로 갔어. 마스크도 썼지. 근데 스패너로 자물쇠가 안 끊어지는 거야. 무슨 특수합금이었나 봐. 결국 조용히 터는 건 포기하고 빠루로 걸고리를 후려쳤어. 소리가 생각보다 커서 깜짝 놀랐지.

소파에서 자고 있던 주인도 깜짝 놀랐고.

이제 와서 중요한 문제는 아니지만 주인한테 빠루를 휘두른 건 피노였어. 오징어처럼 얼굴이 길쭉한 영감이었는데 한 방에 갔지. 나중에 듣기로는 바람피우다가 마누라한테 걸려 쫓겨나는 바람에 거기서 자던 거였대. 운이 꼬이려면 그렇게 되는 거야. 달리 생각하면 못 볼 꼴 안 보고 좋을 때 간 거겠지만.

사람 머리 깨지는 소리를 그날 처음 들었어. 못 잊을 거야. 첫 경험이 그렇지.

피노와 나는 챙길 만한 건 다 챙기고 바로 토꼈어. 가능한 멀리.

더 멀리 토꼈어야 했다는 건 일을 저지르기 전에 알았어야 했고.

보석상 주인이 자기 가게를 공원 화장실처럼 방치해놔도 그동안 괜찮았던 이유가 있었던 거야. 머리가 달린 놈이면 제이미파 보스의 삼촌이 하는 가게에 금목걸이나 가짜 롤렉스 전당잡히는 거 말고는 들어갈 일이 없었겠지. 하지만 옆 동네 놈들이 그걸 어떻게 알았겠느냐고?

우리 도피 생활에 대해서는 길게 말 않을래. 중요한 얘기도 아니고 떠올려봤자 우울하니까. 우린 그 뭐냐, 헨젤과 그레텔. 과자 부스러기를 길에 뿌리며 돌아다닌 애들. 딱 그 꼴이었어. 장물을 요실금에 걸린 영감처럼 질질 흘리면서 도망 다녔지. 잠이 들면 제이미파 애들이 문을 박차고 뛰어들어오는 악몽을 꿨어.

국도변 모텔에 처박혀 있던 어느 날 밤 내가 말했지.

"좋은 생각이 있어."

피노는 입을 헤 벌리고 내 말을 들었어. 나는 설명했어. 시골에 외할아버지 집이 있다. 주변에 인가도 없다. 외할아버지가 죽어서 지금은 빈집이다. 일단 거기 있다가 분위기 가라앉으면 외국으로 튀자…… 까지 얘기하는데 제이미파 애들이 문을 박차고 뛰어들어왔지. 놀라긴 했지만 솔직히 올 게 왔다 싶었어. 장물을 너무 헐값에 넘겼거든. 장물아비 중 하나가 낌새를 잡고 찔렀을 거야.

피노가 맨 앞에 있던 놈의 머리를 농구공처럼 잡고 벽에 꽂았어. 사람 머리가 박살나는 소리를 두번째로 들었지. 뒤따르던 애들이 움찔하더니 일제히 연장을 꺼냈어. 혼자 쌍절곤을 잡고 있던 빡빡머리가 기억나. 그놈이 휘두르는 쌍절곤을 아슬아슬하게 피한 다음 모텔에서 빠져나갔으니까. 내가 거기서 마지막으로 본 건 조직원 다섯에게 둘러싸여 으르렁거리던 피노였어. 잠깐. 설교는 사양이야. 나라고 미안한 맘이 없었겠냐고. 하지만 생각해봐. 애초에 제일 중요한 걸 빼먹은 건 피노였어. 우리가 털어먹을 사람이 누군지 알아보는 것 말이야. 이 사달이 왜 났겠냐고.

나는 그 길로 외할아버지 집으로 내뺐어. 가보니 어릴 때 기억과는 달랐지. 마당도 없고. 훨씬 좁고. 맞아. 피노가 불면 끝이었지. 하지만 돈도 거의 다 모텔에 두고 왔고 더는 갈 곳도 없었어. 지쳐서 될 대로 되라는 심정이기도 했고.

감자칩과 물과 담배로 버텼어. 가스가 끊겨서 아무것도 못 해먹었지. 똥에서 카놀라유 냄새가 났어. 감자칩 포장에 적힌 말대로라면 불포화지방산이 풍부한 똥인 셈이었지. 바깥소식도 몰랐어. 아무에게도 연락을 못 했거든. 그 상황에서 누굴 믿겠어? 인터넷도 잘 안 터져서 몇 번 하다 말았고. 누가 산골 아니랄까 봐.

주머니칼로 열네번째 가위표를 벽에 후벼 파면서 밀항이라도 해야겠다고 생각하던 밤이었어. 문 두드리는 소리가 텅 빈 집에 메아리쳤지. 쾅. 쾅. 쾅. 너무 놀라 손에서 칼을 떨어뜨렸어. 올 것이 또 온 거야. 나는 바퀴벌레처럼 재빨리 싱크대 뒤로 숨었어. 숨을 죽이고 제이미파 애들이 문을 부수길 기다렸지.

하지만 문을 두드리는 소리가 점점 작아졌어. 방문을 노크하는 것처럼.

"나야."

피노가 말했어.

"나 혼자야."

헛소리. 고문으로 얼굴이 팅팅 불어 있는 피노의 등 뒤에 제이미파 애들이 서 있는 게 눈에 선했어. 날 환영할 준비를 하고 있겠지. 하지만 뒷문 하나 없는 집에서 무슨 수가 더 나겠어? 나는 콘크리트에 생매장당하는 기분이 어떨지 상상하며 조심스럽게 문을 열었어. 여차하면 닫기라도 해볼 생각으로.

피노는 정말 혼자 있었어. 그날이 보름이었을걸. 크고 둥근 달이 피노의 머리 위에 떠 있었거든. 진짜 밝았지. 얼굴과 옷에 묻은 피가 뚝뚝히 보였어. 음. 묻었다는 말은 부족하네. 꼭 누가 빨간 페인트 통을 정면에서 뿌린 것 같았는데, 뭐랄까, 큰 절간 정문에 서 있는 인왕(仁王) 같았어.

양손에 도끼까지 들고 있으니 더 그랬고.

"야. 너 도대체 이게……."

내가 말했어. 말을 했다고 해야 하나 입을 뻐끔댔다고 해야 하나.

피노가 도끼 하나를 내게 줬어.

"준비해."

나는 도끼를 받아 들었어. 맞아. 이왕 죽을 거면 싸우다 죽어야지. 피노에게선 피 냄새가 진동했어. 제이미파를 몇이나 골로 보내고 온 건지 짐작도 가지 않았지. 잘 보니까 피만 묻히고 온 것 같지도 않더라고. 가슴팍하고 어깻죽지에 묻은 저건…… 살점? 골수? 뇌?

"온다."

피노가 말했어. 집을 둘러싼 숲 사이로 난 오솔길에서 부스럭거리는 소리가 들렸어. 발소리만 들어도 한두 놈이 아니라는 게 분명했지.

피노에게 사과를 해야겠다는 생각이 든 게 그때야. 모텔에서 도망친 일 말이야. 하지만 입이 안 떨어졌지. 무슨 달밤에 고백하는 것도 아니고. 하지만 지금이 아니면 말할 기회가 없다는 것도 분명했어. 심호흡을 한 번 하고 얘길 꺼내려는데 말라붙은 나뭇가지들이 수많은 발에 밟혀 부서지는 소리가 들렸어. 오솔길과 관목 사이에서 사람 그림자들이 뿔이 솟아나듯 길고 뾰족하게 자라나며 우리 쪽으로 다가왔지. 내가 말했던가? 달빛이 무진장 밝았다고. 느릿느릿 오는 놈들을 가만히 보다가…….

씨발. 저것들이 다 뭐야?

"머리를 노려. 머릴 때리거나 잘라야 죽어. 내 뒤에 딱 붙어."

피노가 도끼를 꽉 쥐었어.

피노는 그동안에 무슨 일이 일어났던 건지 설명을 못 했어. 제이미파에 잡힌 것도 맞고 좀 두드려 맞은 것도 맞는데 그 뒤는…… 횡설수설. 애초에 제대로 된 말을 들을 거란 기대도 안 했지만. 걔가 확실히 알고 있는 건 '머릴 때리거나 잘라야 죽어'밖에 없었지.

나도 좀 알아보려고 했지만 파면 팔수록 헷갈리더라고. 당연하지. 신문이나 방송에서 진짜 큰일이 났을 때 제대로 얘기해주는 거 봤어? 보니까 상황이 진짜 최악이었을 때도 뉴스에서는 수상쇼에 나오는 돌고래를 풀어주느냐 마느냐 가지고 난리를 치고 있더라고. 죽었던 사람들이 사방에서 살아나 달려든다는 얘기는 요만큼, 진짜 요만큼 보도되고 있었고. 더 이상 소문을 막을 수 없을 때쯤엔 대통령이 나와서 유언비어를 퍼뜨리면 내란죄로 처벌하겠다고 으름장을 놓았던 모양이야.

뭐 이렇게 된 마당에 그게 중요한 문제는 아니었지만.

제이미파 보스를 해치운 건 진짜 우연이었어. 편의점에서 통조림을 챙긴 다음 카운터에 있던 주간지의 특집기사를 탐독하던 중이었지. 사람들이 잡지 읽을 때 다들 그러듯 중간에 있는 굵은 글씨만 봤어. 증상이 진행되는 속도에는 개인차가 있지만 결국에는 모두 발병하고, 질병통제센터에서 치료제와 백신 개발에 최선을 다하고 있다는 내용이었어. 최선을 다 안 했군, 하며 혀를 쯧쯧 차는데 직원 휴게실에서 뭐가 비척비척 걸어 나오더란 말이지. 먹다 남은 치킨 같은 꼬락서니였지만 누군지는 금방 알아봤어. 왼쪽 어깨에 베티붑 문신이 선명히 남아 있었거든. 취향하고는.

빠루로 후련하게 갈겨줬어. 그때쯤엔 사람 머리 깨는 일에는 이

골이 나 있었지.

세상이 망해가는 게 딱히 나쁘진 않았어. 당연히 힘든 점이 많지. 평소에는 생각도 못 해보던 문제가 생겨. 하지만 평소에 늘 부딪히던 골치 아픈 문제들도 사라지거든.

잃을 것밖에 없는 사람들한테 둘 중 어느 쪽이 나을 것 같아?

낡은 트럭을 하나 주워 타고 피노와 같이 여기저기를 돌아다녔어. 사람들을 많이 만났지. 나보다 훨씬 똑똑한 놈들도 만났어. 종말이다. 심판이다. 권력이다. 공백이다. 혁명이다. 전복이다. 봉기다. 이거다. 저거다. 유식한 소리를 많이 했지. 좀 건방지긴 해도 우리한테 알기 쉽게 설명해주느라고 애썼어. 배운 놈들은 역시 뭔가 달랐지. 가만히 듣고 있으면 모든 게 한 번에 꼬치 꿰듯 정리되는 느낌이 들더라고. 학교 다닐 때 그런 선생들을 만났으면 인생이 달라졌을지도 몰라. 그렇게 한참 '정세 분석'을 하고는 먹을 걸 내놓으라고 했어. 군자금이 필요하다고.

지금은 다 죽었지.

떼로 몰려다니는 놈들도 만났어. 쇠파이프로 산탄총 비슷한 것도 만들고 밤에는 오토바이로 방벽 같은 것도 만들고. 남자는 약탈한 다음 죽이고 여자는 강간한 다음 죽이고. 애와 노인은 그냥 죽이고. 밤에는 캠프파이어도 했어. 아파치 헤어를 한 놈들이 주유소에서 훔쳐 온 기름을 모닥불에 뿌려대면서 인디언처럼 아바바바, 하는 꼴이 볼만했지. 좋아 죽더군. 지금이야 상상도 못 할 일이지만 그때는 자원이 제법 남아 있었으니까. 그놈들은 나보다는 피노에게 더 관심을 보였어. 하긴 앉은 자리에서 괴물 예닐곱을 가뿐히 쌈 싸 먹는 인간이 흔하겠어? 그놈들도 우리보고 먹을 걸 내놓으라고 했어. 없으면 니네 엉덩이 살이라도 내놓으라고.

당연히 지금은 다 죽었지.

기도하는 놈들도 만났어. 강가에 있던 커다란 바위에 둘러앉아 그걸 문지르면서 종일 기도를 했지. 그 큰 돌덩이가 새 동전처럼 반짝반짝 빛나던 게 기억나. 재워준다고 하니 고마워서 먹을 걸 주려니까 싫대. 자기들은 자연에서 얻은 것만 먹는다고. 인공적인 걸 먹으면 그것들이 냄새를 맡고 몰려온다고. 사실 우리가 타고 온 트럭도 싫어했어. 우리를 파멸로 이끈 문명의 냄새가 난다나. 아마 휘발유 냄새를 가리키는 소리 같았는데, 어쨌든 아쉬운 쪽은 우리였으니까. 그렇구나, 알겠다, 문명이라서 죄송합니다, 하면서 하룻밤 신세를 졌지. 새벽에 하얀 옷을 입은 꼬맹이가 우리 배낭을 뒤적이더니 햄을 꺼내더라고. 내가 콱 잡았지. 바들바들 떨대. 손목을 자를까 하다가 짓궂은 생각이 떠올랐어. 햄을 조금 잘라준 다음 들키지 말고 절대로 혼자 먹으라면서 어깨를 토닥여줬지. 꼬맹이는 우릴 위해 감사의 기도를 올리겠다고 했어.

지금쯤은 다 죽었겠지.

여자도 만났어. 국도에서 좀 들어간 황무지에 난민촌 비슷한 게 있었는데 우리가 거기를 지나게 됐을 때는 마을이 반으로 쫙 갈려

사투를 벌이던 중이었지. 어느 텐트에선가 감염자를 숨겼던 거야. 승부는 거의 난 상황이었어. 당연히 사람 쪽이 졌지. 사람들은 오만 가지 생각을 하지만 그것들은 딱 하나만 생각하니까. 우린 여자를 도왔어. 강단이 있더라고. 오전까지 자기 남동생이었던 것의 모가지를 약재용 작두로 서슴지 않고 뎅겅 끊어버렸지.

우리가 서로를 별명으로 부른다고 하니까 자기도 그게 마음에 든대.

"그럼 난 페퍼 할래. 페퍼로니의 페퍼."

슈퍼 딜럭스 피자를 좋아한다고 덧붙였어.

우리는 페퍼와 같이 다니게 됐어. 우리 둘 사이에 들어와 피노와 내 팔을 자기 가슴 쪽으로 끌어당긴 다음 아이처럼 펄쩍 뛰어오르는 걸 좋아했지.

작진 않았어.

북쪽 사막을 건너면 사람들만 사는 도시가 있다는 얘길 해준 것도 페퍼였어. 사람들만 사는 도시라. 엄청 당연한 소린데 무지 신선하게 들렸지. 페퍼는 결국 우리도 거길 가야 하는 거 아니냐고 그랬지. 언제까지 떠돌아다닐 수는 없다고, 인류의 역사를 보라고도 했어. 인류의 역사란 말이 나오니까 피노가 이 미친년이 뭐라는 거야, 라는 표정으로 페퍼를 봤지. 둘은 사이가 좋진 않았어. 처음부터 그런 건 아니긴 했지만. 피노는 페퍼가 말이 많고 잘난 척한다고 생각했고 페퍼는 피노가 무식하다고 생각했지. 피노는 지금 생활이 좋다고 딱 잘라 말했어. 나는 뭐, 알다시피 피노 말을 거스를 수 없는 처지였지. 페퍼는 가끔 그 문제로 날 타박했어. 불알 두 쪽 뒀다 어디 쓰냐는 거였지. 그 대화를 나눌 때도 내게 그런 뜻을 담은 눈빛을 쏘아댔고.

"필요한 게 떨어지면 딴 데로 가면 돼."

피노가 말했어. '머리를 날리면 돼'에 이어 두번째로 숙지하는 원칙이었지.

"하지만 언제까지? 그러다 필요한 게 아무것도 안 남으면?"

"그런 날이 올 때까지 우리가 살아 있을까나?"

내가 말했어. 페퍼는 입이 비죽 나왔지만 우릴 떠날 용기는 없었지.

한번은 상한 치즈를 먹고 식중독에 걸렸어. 곰팡이 핀 부분만 자르면 괜찮을 거라고 생각했는데 아니었던 거지. 계란 썩는 냄새가 나는 녹색 물이 몸에 있는 구멍이란 구멍에서 갓 파낸 우물처럼 끝없이 나왔어. 피노가 먹을 걸 찾아오고 페퍼가 날 간호했어. 며칠을 시달리다 눈을 떴는데 빈 교회에 있었지. 옷이 홀랑 벗겨져 있었어. 피노는 먹을 걸 구하러 나갔고 페퍼는 토사물과 배설물 범벅인 내 몸을 닦을 물수건을 빨고 있었어. 쏟을 걸 다 쏟고 나니 속이 좀 개운해졌더라고.

페퍼가 수건으로 내 몸을 닦았어. 그러면서 날 봤지. 나도 페퍼를 봤고.

그럴 때 남자랑 여자랑 뭘 하겠어?

페퍼는 내 위에서 가슴과 허리를 흔들었어. 밀려왔다 밀려가는 파도처럼. 그러면서 사막을 건너자고 했지. 우리 둘만이라도. 나는 좀 애매하게, 그러니까 신음 소리와 알겠다는 대답의 중간쯤 되는 말투로 응응, 이라고 했어.

그 뒤로 몸이 빠르게 좋아졌어. 그 짓이 보약보다 나았던 거지.

며칠 뒤 완전히 회복된 것 같아서 이번에는 내가 먹을 걸 구해오겠다고 했어. 그렇게 자리를 비운 틈에 그것들이 교회를 습격했던 거야. 돌아왔을 때는 사방에 그것들이 널브러져 있었어. 비가 쏟아지던 날이었지. 전투가 끝난 다음에 나는 특유의 악취가 있어. 도살장 바닥에다 암모니아를 뿌린 것 같은 냄샌데, 그 냄새가 축축한 공기 아래 십자가와 싸구려 스테인드글라스를 배경으로 착 가라앉아 있었지. 피노가 시체의 산더미 위에 서 있었어. 월척을 낚은 낚시꾼이 사진 찍을 때 잡을 법한 폼으로.

페퍼는 보이지 않았어.

페퍼의 목을 먼저 찾았어. 깨끗하게 잘려서 설교단 아래 내동댕이쳐져 있었지. 눈과 입을 꽉 다물고 있었어. 입가는 심하게 뒤틀려 있었고. 울음이 터지려는 걸 참는 표정 같기도 했어. 몸을 찾는 데는 시간이 좀 걸렸어. 그것들의 시체를 다 헤집어봐야 했거든. 피노는 날 돕지 않았어. 벽에 기대서 내가 헛구역질하는 걸 지켜보기만 했지. 내가 눈이 뒤집혀서 도대체 왜 그랬냐고 소리를 지르니까 태연한 표정으로 대답했어.

"물렸거든."

난 믿을 수 없었어. 페퍼는 멍청한 애가 아니었다고. 그렇게 쉽게 물렸을 리가 없었어. 목과 몸통을 찾은 다음 살펴봤지. 다리에 새로 생긴 상처가 있었어. 하지만 확실치 않았어. 물린 건지 긁힌 건지. 좀 더 살펴본 다음에 결정해도 늦지 않았던 거지. 하지만 피노는 망설이지 않았던 거야. 다쳤다는 걸 알자마자 기다렸다는 듯 페퍼에게 도끼를 휘두른 거지. 나는 피노를 사정없이 추궁했어. 지금 생각해보면 어디서 그런 용기가 났는지 몰라. 피노는 날 가만히 보다가 한마디 했어.

"니들이 하는 짓 봤어."

그리고 덧붙였지.

"너 날 또 버리려고 했어. 그날 밤 모텔에서처럼."

피노는 악어처럼 축축하고 싸늘한 눈으로 날 봤어. 걔는 잊지도 용서하지도 않았던 거야. 예전에 내가 했던 짓을. 정작 잊고 있었던 건 나였어.

피노가 여자였다는 걸.

두 달 뒤에 팔 한쪽을 잃었어.

전투 막바지에 그것들 중 하나가 내 왼손을 물었어. 나는 비명을 질렀고 피노가 돌아봤어. 땅을 쿵쿵 울리며 달려와서는 1초도

망설이지 않고 내 팔꿈치를 도끼로 끊었어. 재빨리 지혈하고 그 자리를 벗어났지. 길에 반쯤 무너진 축사가 있어서 거기로 들어갔어. 피노는 응급상자에서 항생제를 꺼내 내게 먹인 다음 축사에 있던 짚을 모아 라이터로 불을 붙여 잘린 부위에 갖다 댔어. 난 내 살이 타는 냄새를 맡으며 까무러쳤지.

냄새가 고소했어. 고기 맛을 본 지 오래돼서 그랬겠지.

밤새 몸부림쳤어. 고통 때문에도, 공포 때문에도. 이런 짓까지 했는데도 늦었다면…… 생각해봐. 피노가 내 팔을 자른 도끼에 그것들의 피와 살점이 묻어 있잖아. 그런 식으로 바이러스가 침투하지 않을 거라는 보장이 없었던 거지. 그렇게 생각하니까 꼭 몸의 절반은 불타오르고 다른 절반은 얼어붙는 것 같았어. 아파서 정신을 잃었고 아파서 정신을 차렸지.

피노는 그동안 계속 내 곁을 지켰어.

아마도.

페퍼가 죽고 난 뒤 우리 사이가 어색해졌다는 얘긴 굳이 안 해도 되겠지. 뭐랄까. 친구들끼리 방에서 잘 놀고 있는데 별안간 구석에 쭈그려 앉아 있던 왕따를 발견한 기분이랄까. 아주 어릴 때를 제외하고는 피노를 여자로 생각해본 적이 없었어. 아무리 그래도 어떻게 여자한테 그러냐고 말하고 싶겠지. 하지만 너희들은 피노를 만난 적이 없잖아? 주먹보다 말이 엄청 느린 내…… 친구를 말야.

중요한 건 그 일 이후로 피노가 지금껏 내게 해왔던 행동들이, 그리고 지금까지의 우리 생활이 전혀 다른 관점으로 보이기 시작했다는 거야. 이제 와서 하는 소린데 피노가 내게 보석상을 털자고 했을 때 내 상황은 좋질 않았어. 빚이 좀 있었거든. 빌려서는 안 될 사람들에게 꾼 돈이었어. 그놈들이 못 갚은 이자 대신으로 이마에 박아 넣은 병 조각을 뽑는 내 꼴을 피노가 봤어. 난 다음번에는 시체안치소에서 보게 될 거라고 농반진반으로 말했지. 그다음 날 피노가 보석상 아이디어를 들고 온 거였어.

그런데 젠장, 생각해보면 우리 둘 사이는 언제나 그런 식이었던 거지. 난 새삼 그것 때문에 소름 끼쳤던 거고.

열에 들떠 피노한테 헛소리를 했던 것 같아. 아무리 그래도 페퍼를 그렇게 죽일 필요까지는 없었을 거라고 말했던 것도 같아. 살인자라고 비난했던 것 같기도 하고, 나까지 죽일 거냐고, 실은 내 목을 날리고 싶었는데 손이 미끄러진 거 아니었냐고 빈정댔던 것 같기도 해. 내 몸에 손대지 말라고 했던 것도 같고. 보석상을 턴 게 잘못이었다고, 나나 너나 이따위로 살 바에는 제이미파 개새끼들에게 죽는 게 나았을 거라고 한 것도 같아.

피노는 나중에도 그에 대해 한마디도 안 했어. 내가 정말 그런 말을 했는지 확신 못 하는 것도 그 때문이야.

페퍼를 좋아했냐고? 모르겠어. 사실 이젠 얼굴도 기억이 안 나. 그보다는 피노가 미웠던 거지. 지금까지 날 지켜준 사람이 밉다니,

말도 안 되는 소리 같지만 진짜로 그랬는데 어쩌겠어? 세상에 둘만 남아도 미운 건 미운 거야.

상처는 더 악화되지 않았어.

그 뒤 뭔가가 크게 변했어. 나는 피노에게 땍땍거리고 짜증을 냈지. 그래도 괜찮을 거라는 걸 눈치챘거든. 그즈음에는 생활도 팍팍했어. 먹을 게 귀해졌지. 기름도 그랬고. 사람을 만나는 것도 드물어졌어. 싸움도 힘들어졌어. 팔이 네 개에서 세 개로 줄었다고 전력이 4분의 3이 되는 건 아니니까. 2분의 1, 때론 그보다 더 못하지.

하마터면 둘 다 죽을 뻔했던 전투에서 살아남은 날 밤에 피노가 말했어.

"좋은 생각이 있어."

"좋지. 좋은 생각."

피노는 내 얼굴을 보지 않고 계속 얘기했어. 사막을 건너는 게 좋겠다. 이렇게 떠돌다가는 결국 죽을 거다. 도시에 간 다음 각자 갈 길을 가자. 피노는 마지막 말을 하는 게 힘들어 보였어. 나는 쏘아붙였지.

"너도 드디어 인류의 역사에 합류할 생각이 들었구나?"

우리는 트럭에 있는 대로 기름을 털어 넣은 다음 출발했어. 일단 사막까지만 가면 다른 방법이 있을 거라고 생각했지. 우리만 도시로 가겠다는 생각을 하진 않았을 테니까. 같이 갈 사람을 구할 수도 있을지 모르고 지름길을 알 수 있을지도 몰랐지.

둘 다 틀렸어. 사막에 도착했지만 사람이라곤 코빼기도 안 보였어. 갈 사람은 다 가고 뒤에 남아 있던 사람들은 다 죽었던 거야. 우리가 이 세계의 마지막이었던 거지.

그때만큼 외로움을 느꼈던 적은 없었던 것 같아.

기름이 다 떨어지는 바람에 사막 한가운데서부터는 걸어가야 했어. 사막이 밤에는 춥다는 걸 그때 알았지. 낮에는 미칠 듯이 더웠지만 긴팔 옷을 입고 장갑을 끼어야 했어. 무슨 동물과 벌레에 물릴지 알 수 없었으니까. 모래바람이 불고 나면 목표로 했던 언덕이 사라지고 없었어. 해가 뜨는 방향으로 걷는다고 생각했는데 가다 보면 석양이 지고.

사막을 건너는 동안 피노는 눈에 띄게 지쳐갔어. 더는 자기가 필요 없는 상황이란 걸 느끼기 시작했던 거지. 그것들이 따라오지 않았거든. 도끼를 휘두를 필요도 없었고 날 보호할 필요도 없었어. 삶의 방향을 잃어버린 거야. 반면 나는 이상할 정도로 힘이 나기 시작했어. 한참을 쑤시던 왼팔의 통증도 거의 사라졌지. 심지어 목도 그렇게 마르지 않을 정도였어. 생각 외로 견딜 만하더라 이거지. 하루라도 빨리 도시에 가야겠다는 의욕에 불타올랐어. 한번은 내가 사구(砂丘)에 빠져 가라앉던 피노를 구했어. 한 팔로 말야. 목표의식을 갖는 게 사람을 이렇게 바꿀 수 있다는 걸 실감했지.

그 뒤로 피노는 고분고분해졌어. 내 뒤만 졸졸 따라왔지.

밤에 모래를 파서 잘 준비를 하는데 피노가 말했어.

"도시에 가면 뭘 할 거야?"

"알아서 뭐하게."

나는 퉁명스럽게 대답했어. 모래 때문인지 입안이 까끌까끌해서 말하기도 귀찮았지.

"페퍼 생각나?"

"페퍼."

나는 멍하니 그 이름을 되풀이했어. 정말 오래전에 일어난 일 같았지. 그런 멍청한 년을 대체 뭐하러 데리고 다녔는지.

"페퍼는 진짜로 물렸어."

피노가 말했어.

"어련하시겠어."

"날 보고 죽여달라고 했어. 동생 따라가겠다고."

"그러시겠지."

"널 걱정했어."

"알았으니까. 자자."

나는 짜증스럽게 대답했어. 밤에 잠이 잘 안 와서 신경이 예민했거든. 그것도 모르는 주제에 쓸데없는 소리나 지껄이고. 그냥 확 버리고 갈까 보다.

"넌 잘하고 있어. 조금만 더 가면……."

"아, 알겠다니까!"

결국 못 참고 소리를 빽 질렀어. 어두운 공기를 뚫고 내 고함 소리가 멀리 퍼져 나갔지. 모래 속에 숨어 있던 도마뱀들이 놀라 사사삭 소리를 내며 자기 집으로 사라졌어.

다음 날 모래 위로 튀어나온 손을 발견했어. 더 깊이 파봤더니 빼빼마른 시체 한 구가 나왔지. 반 정도는 동물과 벌레들에게 뜯어 먹혀 있었고 가슴에는 엄청나게 큰 구멍이 뚫려 있었어. 그 구멍이 말해주는 건 두 가지였어. 하나는 도시가, 적어도 총을 든 사람들이 가까이에 있을 거라는 얘기였어. 그렇게 보면 이 시체는 마치 나뭇가지를 물고 있는 비둘기인가 갈매기인가…… 왜 그 새 있잖아. 바다에 사는. 가까운 곳에 육지가 있다고 알려주는. 아무튼 그런 셈이었지. 다른 하나는…… 다른 하나는, 총을 든 사람들이 그걸 우리한테도 쏠 가능성이 있다는 뜻이었어.

"걱정할 거 없어. 내가 얘기하면……."

피노가 내 생각을 읽었는지 등 뒤에서 말했어.

"됐고. 너나 챙기셔."

나는 피노의 말을 끊었어. 정말로 이젠 이 돼지와 말을 섞는 것 자체가 지겨웠어.

그 뒤로 하루 반을 더 갔지.

의욕은 넘쳐났지만 더는 체력이 받쳐주질 않았어. 걸음이 점점 느려졌지. 온몸에서 땀이 마구 났어. 피노에게서는 점점 더 불쾌한 체취가 풍겼어. 젖은 양말이 음식물 쓰레기 속에서 썩는 것 같은 냄새였지. 다시 한 번 결심했지. 도시에 도착하는 대로 안녕이라고.

그때 도시를 봤어. 정확히 말하면 높은 벽과 뾰족 솟은 망루를 봤지. 망루 위 오두막에서 뭔가 반짝였어. 망원경이나 뭐 그런 거였겠지. 우리는 계속 걸었어.

조금 뒤 우리 앞에서 먼지구름이 피어오르는 게 보였어. 엔진 소리도 들렸고.

"뒤로 가 있어."

피노가 말했어.

지랄하고 자빠졌네. 아직도 상황 판단을 못 하나? 대장은 나라고.

"너야말로 닥치고 이써."

내가 말했어. 흥분해서 말도 제대로 안 나왔지. 이써, 가 뭐야. 이써, 가.

군용 지프 두 대가 우리에게서 좀 떨어진 곳에 섰어. 다섯이 내렸지. 총을 들고 있는 건 둘이었어. 하나는 조준기가 달린 개조 엽총이었고 다른 하나는 권총이었어. 대장으로 보이는 뚱뚱한 남자가 확성기를 들고 아아, 목을 푼 다음 소리쳤어.

"경고한다. 더 이상 다가오지 마라. 다가오면 발포한다."

나는 발끈했지. 그딴 소리나 들으려고 여기까지 온 게 아니니까. 하지만 총 앞에서는 조심해야 했지. 나는 팔을 들어 저항하지 않겠다는 의사를 표시하려고 했어.

팔을…… 들어서.

팔이 올라가지 않았어. 피노가 어느새 날 묶었거든. 묶이지 않은 왼쪽 팔, 그러니까 반쪽밖에 없는 팔을 까딱까딱했지만 그게 씨알이나 먹히나. 나는 화가 나서 피노를 봤지. 이게 미쳤나. 당장 이거 풀지 못해?

라고 말하고 싶었어. 하지만 내 입에서 나온 건 신음 소리였지.

그르렁. 크르렁.

그것들이 내는 소리.

피노가 소리쳤어.

"치료법이 있다는 걸 알고 왔다!"

"그 새끼는 너무 늦었어! 거기다 두고 와! 마지막 경고다!"

뚱땡이가 말했지.

"내 친구다! 같이 아니면 안 가!"

"그럼 거기서 둘 다 뒈지던가!"

나는 밧줄을 풀려고 몸부림을 쳤어. 의미 없는 몸부림을. 그때 무슨 영화마냥 타이밍도 절묘하게 오른손에 꼈던 장갑이 떨어졌어. 그제야 내 손을 볼 수 있었지. 까맣게 썩어가는, 양말 쓰레기 냄새가 나는 내 손을. 냄새가 나는 건 피노가 아니라 나였던 거야.

모든 게 이해되기 시작했어. 천천히. 왜 도시로 가자는 얘길 할 때 피노가 내 얼굴을 보지 않았는지. 왜 내가 그렇게 힘이 나고 목도 마르지 않고 잠도 잘 안 왔던 건지. 왜 피노가 뒤에서 날 따라왔는지. 나보고 왜 잘하고 있다고 격려한 건지. 증상은 사람마다 속도가 달랐고 내 경우는 아주 천천히 진행됐던 거야. 감염됐던 거지. 물려서 그랬건 도끼에 묻은 오물들 때문에 그랬건. 예전에 읽었던 주간지의 개미 똥구멍만 한 글자들에 아마 그런 내용들이 다 적혀 있었겠지. 피노가 치료법 얘기를 언제 들었는지는 모르겠어. 아마도 내가 정신을 잃었을 때 알아 왔겠지.

"너만 가."

내가 말했어. 적어도 그렇게 말하려고 했어. 너르쿵. 가르쿵.

"고칠 수 있어. 치료법이 나왔어."

피노가 말했어. 늘 그렇듯 덤덤하게.

"저것들을 죽이고 차를 타고 도시로 갈 거야. 약만 구하면 돼."

그러면서 도끼를 단단히 쥐었어. 난 피노가 진심이라는 걸 알았지. 도대체 내 변해가는 얼굴을 그동안 어떻게 견뎠던 건지 상상이 안 갔어. 분명 내 얼굴이 내 손보다 더 낫지는 않았을 텐데.

세상일이 옳고 그른 걸로 딱 나뉘진 않아. 늘 불확실한 상황에서 판단하고 결정하지. 그래도 그에 대한 책임을 질 각오는 해야 해.

한 번이라도 제대로.

나는 입을 쫙 벌리고 내가 낼 수 있는 가장 괴상한 소리를 내면서 피노에게 달려들었어. 내 목을 안 날리고는 배길 수 없게. 피노가 도끼를 쥔 손을 저도 모르게 치켜 올렸어.

하지만 휘두르진 않았지.

우리 둘의 눈이 마주쳤어.

다음 순간 몸이 공중에 붕 떴고, 뒤이어 엄청나게 큰 소리가 났어. 사막의 투명하고 공허한 공기를 타고 세상 끝까지 날아갈 것 같은 소리가.

모래에 머리부터 처박혔어.

가슴에 구멍이 뻥 뚫렸는데 의식은 멀쩡했고 몸에서는 피가 한 방울도 나지 않았지.

피노가 날 내려다봤어. 원체 바보 같은 얼굴이긴 했지만 그렇게 얼빠진 표정은 처음 봤지. 어찌나 넋이 나갔던지 날 쏜 놈들이 와서 수갑을 채우는데도 가만히 있더라니까. 뚱땡이 대장이 내 목을 치려는데 피노가 발악을 했어. 안 된다고. 날 죽이면 다 죽이고 자기도 죽는다고. 피노는 끌려가면서 내게 약속했어. 치료약을 구해 돌아오겠다고.

하긴 그럴 생각으로 순순히 따라가는 거겠지.

끝까지 멍청하긴.

가슴에 이런 구멍이 뚫렸는데 진짜 인간으로 돌아오면 그다음은 어쩌라고.

밤이 깊어지니까 팔다리에 으스스한 기운이 싸하게 돌아.

아무래도 구멍 때문이지 싶어.

죽을 듯 말듯 하는데 죽질 않아. 정확히 말하면 그걸로 변하질 않는 거겠지. 입에 머금은 물을 못 삼켜서 쩔쩔매는 기분이야.

하지만 곧 다 끝날 거야. 느낌이 와.

머리 위에서 새가 몇 마리 빙빙 돌고 있네. 잘은 모르겠지만 까마귀 같아. 하지만 사막에 무슨 까마귀야. 기분 탓이겠지. 대머리 독수리가 사막에 살던가? 아무튼 날개 달린 녀석들이 기다리고 있어. 내 눈을 마음 놓고 쪼아 먹을 때를.

도마뱀이 다가오는 소리도 들려. 모래를 타면서 날듯이 몰려와. 사르륵. 사르륵. 혀를 날름거리고 눈을 깜박이고 있겠지. 이게 웬 횡재냐면서.

달이 밝아. 이지러진 주제에 그날 밤처럼 환하네. 눈이 아릴 정도로. 눈알이 문드러지기 시작해서 그러는지도 모르겠지만.

그래도 사과는 못 하겠어. 무슨 달밤에 고백하는 것도 아니고.

코끼리가 걷는 밤

나는 민영의 결혼식 전날부터 술을 마시기 시작해서 결혼식 다음 날까지 양동이와 변기를 닮은 거라면 뭐든 붙들고 토했기 때문에 준호가 그녀의 남편이라는 사실을 몰랐다. 적어도 1월의 어느 저녁 홍대 부근 일본식 주점에서 인사를 나눌 때는 그랬다. 불경기 탓에 신년 기분은 약에 쓰려 해도 없었고, 거리에서는 요란한 음악과 번쩍이는 네온사인이 호객에 안간힘을 썼다. 그날 준호는 멋스러운 인디 핑크색 코듀로이 셔츠에 폭신한 느낌을 주는 재질로 된 연두색 격자무늬 머플러를 두르고 있었다. 짧게 친 머리는 바짝 올렸고 갈색 뿔테안경 뒤에서 작은 눈을 깜박였다. 어떤 직업인지 맞추기가 쉽지는 않았지만 내가 생각한 답에 다큐멘터리 감독은 없었다. 사생활이 문란한 게이 인테리어 디자이너라면 모를까. 다시 한 번 말하지만 난 진짜로 그때 그가 누군지 몰랐다. 그냥 느낌이 그랬다는 것이다.

그 자리에 있던 사람들은 독립잡지 편집자, 문화평론가(자기 입으로 말하진 않았다), 생태주의자(자기 입으로 말했다), 고양이를 데리고 제주 이민을 고려 중인 시나리오 작가 등이었다. 잡지 편집자를 제외하면 모두 초면이었다. 나는 꿔다 놓은 보릿자루처럼 앉아 있었고, 준호는 팔짱을 낀 채 대화 중간 틈틈이 '흠, 흠' 하고 추임새를 넣었다. 추임새는 생태주의자가 넣었는지도 모르겠다. 그녀는 목소리가 굵었고, 대체의학의 열렬한 신봉자였다. 직장에 채식 도시락을 싸 들고 다녔으며 친구 아버지가 버섯으로 암을 고쳤다고 확신했다.

밤이 깊어지면서 술이 거나해진 문화평론가가 나를 붙들고 단편소설 원고료가 얼마인지 캐물었다. 말을 못 할 건 없었지만 질문하는 방식이 무례했고, 그래서인지 대답하고 나자 이유도 없이 중요한 걸 빼앗긴 기분이 들었다. 아무튼 그걸 계기로 사람들이 자신의 별 볼 일 없는 경제 상황을 앞다퉈 테이블 위로 내던지기 시작했다. 그러다 준호가 신도시 아파트를 올려놓았을 때는 테이블이 한쪽으로 기우뚱하는 게 실감이 날 정도였다. 그의 첫 직장은 케이블 방송국이었고, 당시는 학교 선배가 경영하는 외주제작사에서 다큐멘터리를 제작해 지상파 방송국에 납품하고 있었다. 아이 다섯을 혼자 키우는 호떡장사, 운영비가 없어 내일 모레 하

156

는 보육원, 리어카 한 대가 생계수단의 전부인 할머니 등이 그가 촬영 때문에 만나는 사람들이었다.

문화평론가가 그런 프로그램들의 진짜 역할은 사실 시청자들에게 상대적인 안도감을 주는 것 아니냐고 지적했다. "타인의 불행을 전시하면서 말이에요." 대체의학이 사기라는 문화평론가의 주장에 속이 상해 있던 생태주의자가 준호를 보았다. 준호는 그녀처럼 그럴 수도 있지요, 라며 착하게 항복하지 않았다. 한쪽 눈썹을 냉소적으로 치켜 올리며 남의 직업을 너무 쉽게 말한다고 정색했다. "방송 끝에 자막으로 후원 계좌가 나와요. 화면 왼쪽 위에 전화번호 뜨죠? 프로그램 가지고 뭐라 하기 전에 그거 한 번이라도 눌러본 적 있어요? 지금 여기서 자기 불행을 전시하는 거 말고?" 준호는 '전시'라는 단어를 발음할 때 양손 약지를 작은따옴표처럼 까딱였다. 나는 한편으로는 고소했지만 다른 한편으로는 아파트 소유자에게 가차 없이 면박을 당하는 문화평론가가 가엾기도 했다. 조금 전 그가 자기 두 달 고료를 합쳐도 단편 한 편 고료보다 적을지 모른다고 토로한 참이기 때문이었다.

물론 내 입장에서는 고소한 게 우선이었다.

그 모임이 있고 나서 두 달 뒤 나는 중남미 문학 세미나를 참관하러 경기도의 한 대학에 갔다. 중남미 문학에 대해서는 사자가 여물 앞에서 보이는 수준의 관심밖에는 없었지만 거기서 발표를 하는 대학 선배가 이번에 못 만나면 다음에는 자길 보러 스페인으로 와야 할 거라고 으름장을 놨던 것이다. 나는 타면 탈수록 차체가 바람에 닳아 얇아지는 파란색 경차를 몰고 가서 모데르니스모*에 대한 프랑스 교수의 난해한 주장을 경청했다. 질의응답 시간에 아무리 봐도 한국인으로 보이는 박사과정 학생이 통역과 청중은 아랑곳없이 프랑스 교수에게 에스파냐어로 질문을 하고 있는데 감색 정장을 입고 긴 머리를 단정하게 틀어 올린 여자가 세미나실 앞문으로 조용히 들어와 교수 옆에 생수병을 올려놓았다. 순간 가슴이 철렁 내려앉았다. 민영은 나와 사귀던 시절 자주 차던 바다색 팔찌를 팔목에 걸고 있었다. 전보다 좀 여위어 보였지만 그 때문에 늘 감탄하던 우아한 목선이 더 돋보였다. 옛 기억들이 물소떼가 평원을 질주하듯 심장 안쪽에서 쿵쾅거렸다.

나는 아옌데 정권 시절 문학의 현재적 의미를 뒤로하고 세미나실을 나왔다. 민영은 복도에서 팸플릿을 정리하고 있었다. 그녀는 어제 헤어진 친구를 만나듯 손을 가볍게 들어 인사했다. 나를 바라보는 검고 침착한 저 눈 뒤에 있는 뜨거움과 자만심을 나만 안다고 생각했던 게 언제 적 일이었던가? 그녀는 내가 세미나실에 들어가는 모습을 봤다면서 소설가는 소재 찾으러 이런 데도 오는 거냐고 물었다. 나는 늘 그런 건 아니라고 대답했다. 잘 지내냐고 묻자 그녀가 말했다.

---

* 1890년대 중남미에서 일어난 문학운동.

"나 이혼할지도 몰라."

세미나가 끝난 뒤 나는 선배에게 마드리드에서 꼭 만나자고 약속한 다음 민영이 행사 뒷정리를 끝낼 때까지 기다렸다. 그녀는 결혼 뒤부터 교직원으로 근무했다며 바지런히 책상과 의자를 옮겼다. "내 전공하고 대충 어울리지 않아? 하긴 교직원에 전공이 무슨 상관이야. 연극할 시간이 없게 된 건 좀 아쉽긴 해도." 민영은 내가 기다리는 데 대해서는 별말이 없었지만 도와줄 게 없느냐고 묻자 저기 남는 의자에 앉아 있으라고 했고 정리가 다 끝난 다음 어디 가서 차라도 마시자는 제안도 점잖게 물리쳤다. 그녀가 옳았다. 솔직히 그때 나는 여러 가지 의미로 좀 꼴사납게 흥분한 상태였으니까. 우리는 잠시 강당 로비에서 시시한 이야기를 하다 형식적인 안부 인사를 나누고 헤어졌다. 그녀는 이혼이라는 말을 다시 꺼내지 않았다. 하지만 그날의 대화에서 내 머리에 남은 건 그 단어뿐이었다.

그 뒤로 다시 볼 일이 없을 거라고 생각했는데 민영에게서 전화가 왔다. 단편소설 마감이 엿새 남았던지라 이야기의 시작을 결정하는 첫 문장을 막 멋지게 뽑아낸 참이었다. 우리는 불편했던 추억을 교묘하게 피해 가며 옛날이야기를 했다. 내가 쓴 소설을 한편 읽어봤다기에 어땠느냐고 물었다.

"음. 그냥 순문학 같았어."

대화를 나누던 도중 내가 그녀의 남편을 만난 적이 있다는 사실이 밝혀졌다. 그녀는 이런 게 진짜 우연인가 보다, 하며 듣기 좋은 목소리로 웃었다. 왜냐하면 그녀가 내게 하고팠던 게 남편 얘기였기 때문이다. "이런 식으로 연락하는 게 너 이용하는 거 맞지? 내가 나쁜 거겠지? 그런데 지금 떠오르는 사람이 정말 너밖에 없네. 바쁜 거 아니야?"

나는 괜찮다고 대답했다. 첫 문장만 쓰면 다 쓴 거나 다름없지.

민영은 준호가 다큐멘터리를 찍을 때 촬영 대상과 거리를 유지하려 노력한다고 했다. "자기가 찍는 사람들의 삶에 공감해야 하지만 그렇다고 그 사람들한테 말려들어가서는 안 된대. 결국 촬영이 끝나고 방송이 나가고 나면 남남인 거고, 그 거리를 유지하지 못하면 이 일도 못 한다는 거야. 의사와 환자의 관계랑 비슷하다나. 그러니 의사로서의 사명감 같은 게 있어야 한다고도 그랬고. 이건 딴 얘기긴 한데, 나한테 확실히 말은 안 했지만 그 사람도 소설을 쓰고 싶었나 봐. 왜 글 좀 읽을 줄 아는 남자들은 다 소설을 기웃거리는 거야? 아니면 내가 만나는 사람만 그런 건가?"

작년 겨울 준호는 여관을 전전하는 아버지와 딸에 관한 다큐멘터리를 찍었다. 아버지는 금형공장에서 일하고 있었는데 회사가 문을 닫았고, 새 일자리를 구하기는 여의치 않았다. 소녀는 아침에 여관방에서 컵라면을 먹고 등교하고 친구들의 눈을 피해 하교한 다음 구직에 실패한 아빠와 함께 여관방에서 컵라면을 먹었다. 여관 주인은 사정은 딱하지만 다음 주까지는 방세를 받아야겠다고 아버지를 재촉했다. 아버지는 이번 주 안에는 무슨 일이 있어도 일자리를 구하겠다며 굽실거렸다.

나는 나중에 방송국 홈페이지에서 다시보기 서비스를 이용해 그 프로그램을 봤다. 아버지는 볼링공 위에 찐빵을 얹은 것 같은 체격에 큰 귀와 선하게 처진 눈이 달린 마흔 중반의 남자였다. 관상만으로 인생이 결정된다면 어느 대기업 사무실의 사훈 옆에 회장님 사진으로 걸려 있을지도 모를 얼굴이었다. 이제 막 중2가 된 소녀는 가무잡잡한 피부에 손발이 크고 통통했다. 인스턴트만 먹어서 그런지 혈색이 나빴고 어깨를 축 늘어뜨린 채 걸었다. 가끔 각도가 제대로 잡힐 때는 이중으로 겹친 턱 속에 숨겨진 예쁘장한 얼굴이 언뜻 드러났다. 방송 말미에 아버지는 고깃집에서 초벌구이를 하는 일을 얻게 되고, 처음 근무를 끝낸 날 주인이 그에게 돼지갈비를 싸준다. 부녀는 여관방에서 돼지갈비를 컵라면에 곁들여 먹는다. 따뜻한 목소리의 성우가 감상적인 뉴에이지 피아노곡을 배경으로 세상에 아직 희망이 있다는 내레이션을 읊는다. 2주 분으로 편집된 그 프로그램 어디에도 어색한 점은 보이지 않았다.

하지만 준호는 촬영 첫날부터 이상한 분위기를 감지했다. 아버지와 딸은 따로 있을 때는 자연스럽게 행동하다가 같이 있으면 눈도 마주치지 않았다. 여관방은 좁았고 촬영 스텝까지 들어오면 더 좁아졌는데도 엄청나게 조심조심 움직인 탓에 몸을 부딪치는 일이 거의 없었다. 어쩌다 팔이라도 스치면 화들짝 놀랐다. 둘 다 그랬는데 특히 딸이 민감했다.

촬영 사흘째에 준호는 소녀의 아버지를 따로 불러내 무슨 일인지 솔직히 말하라고 했다. 그렇지 않으면 촬영을 더 할 수 없다고 경고했다(하지만 경고라니, 뭐에 대해?). 아버지는 애가 말을 안 들어 손찌검을 했다면서 딸이 그것 때문에 화가 나 있다고 털어놓았다. 그는 자기가 잘 달랠 테니 걱정 말라며 준호가 두르고 있는 연두색 목도리가 따뜻해 보인다고 말했다.

"우리 딸애도 연두색이 잘 어울릴 텐데 말이에요."

그러면서 선한 눈을 껌벅였다.

그 일이 있고 나서 분위기가 싹 바뀌었다. 둘은 여관방 침대에 나란히 앉아 일일드라마를 보고 돈 때문에 말다툼도 했으며, 그러다가 화해를 한 뒤 서로 컵라면을 끓여 오겠다며 다정하게 실랑이를 벌였다. 촬영이 막바지에 이르자 소녀는 친구들과 함께 떡볶이와 튀김을 사 먹으며 웃고 떠들었다. 마치 다큐멘터리에서 인물이 밝고 긍정적으로 변화하는 편이 시청자들에게 감동과 희망을 준다는 사실을 잘 알고 있다는 듯. 아버지도 촬영이 끝나갈수록 더 적극적으로 구직 활동을 벌였고, 결국 고깃집에 일자리를 구하는 데 성공했다. 마치 다큐멘터리에서 재활의 의지를 보이는 사람들에게 시청자들이 더 공감한다는 걸 잘 알고 있다는 듯. 신기한 것은 카메라를 의식하는 게 빤한 그런 행동들이 뷰파인더를 통해서는 지극히 자연스러운 모습으로 보인다는 사실이었다. 스텝으로 처음 합류한 새끼작가는 이 부녀가 무척 협조적인 사람들 같다고 말했다. 준호의 혀끝에서 맴돌던 단어가 바로 그거였다. 그들은 무척 협조적인 출연자였다.

촬영 마지막 날, 준호가 여관에 찾아가자 아버지가 당황하며 그를 맞았다. "다 끝난 거 아니었어요?" 준호는 몇 장면을 추가로 찍기로 했었는데 잊었느냐고 말했다. 그는 약속을 기억하지 못하는 모양이었다. 침대 옆에 빈 소주병들이 나뒹굴고 있었다. 오줌이 마려웠던 준호는 아무튼 실례 좀 하겠다며 화장실로 들어갔고, 일을 보고 나서 변기 레버를 내리다 쓰레기통에 버려져 있는 콘돔 두 개를 발견했다. 순간 그는 지난 열흘간 품었던 모든 의문에 대한 해답을 발견한 것 같은 기분이 들었다. 지린내가 나는 화장실과는 어울리지 않는 표현일 수 있었지만, 마치 진실의 빛이 망치로 벽을 부수고 들어와 어둠 속에 감춰져 있던 것들을 단숨에 비춰주는 듯했다. 하지만 정작 그 빛 아래 드러난 건 무엇인가? 의문이라면 무슨 의문이고 답이라면 무슨 답인가? 의문에는 근거가 없었고 답에는 증거가 없었다. 소녀의 아버지는 웃으며 준호를 대했지만 그의 검고 침착한 눈동자 뒤에서 더는 협조적이지 않은 감정이 핀볼 게임판 위의 공처럼 사방팔방으로 빠르게 튕기며 번쩍였다. 준호가 소녀와 같이 TV를 보는 장면을 한 번만 더 찍었으면 좋겠다고 하자 아버지는 딸이 오늘 아침에 고모 집에 갔다면서 당분간은 거기 있을 거라고 했다. "왜 진작 고모네 집에 보내지 않으셨어요?" "방학이라서 며칠 가 있는 겁니다. 오래 있으면 뭐라 그래요. 당연한 거 아닙니까." 준호는 좋은 그림이 필요해서 그러니 잠깐만이라도 딸을 불러달라고 설득했지만 아버지는 찍은 것 중에 고르면 되지 않느냐고 버텼다.

준호는 여관을 나오자마자 학교 선배에게 전화를 걸었다. "증거는 있어?" "아뇨." "다른 아이템은 있고?" "검토 중인 건 있어요." "당장은 없는 거네. 그리고 다 찍었잖아." "찝찝해서요." "애가 고모네 집에 가니까 아빠가 아가씨를 불렀을 수도 있지." "여관 주인 말로는 여자는 안 왔대요." "그럼 니가 방송국에 말해. 증거는 없는데 찝찝해서 안 되겠으니까 한 달만 기다려달라고. 회사 문 닫는 건 각오하겠다고."

결국 방송은 예정대로 나갔다. 준호는 자기가 두 시간 분량으로 깔끔하게 편집한 영상이 전국에 퍼지는 광경을 우울하게 지켜봤다. 그걸 기획한 사람도, 찍은 사람도, 편집한 사람도 준호였다. 하지만 준호는 방송을 보는 내내 맹인견 체험에 참가한 사람이 느낄 법한 무력감에 휩싸였다. 목적지에 가기 위해 그가 한 일이라곤 눈을 감고 끈을 잡은 것 말곤 없는 것 같았다.

더 심각한 문제는 그 개가 어쩌면 맹인견이 아닐지도 모른다는 점이었다.

"그 일로 그 사람, 완전히 자신감을 잃어버렸어." 민영이 말했다. 방송이 나가고 나서 몇 주 뒤 준호가 여관을 다시 찾았을 때 부녀는 사라지고 없었다. 여관 주인은 배은망덕한 인간이라며 울분을 토했다. 그렇게 잘해줬더니 방을 완전히 난장판으로 만들어놓고 나갔다며, 대판 싸운 게 분명한데 방 안 꼴을 봤을 때 차라리 송장을 치우는 게 더 나았을 거라며 투덜거리다가 그래도 송장보다는 낫겠지, 라고 생각을 바꿨다. 고깃집에서도 소식을 모르긴 마찬가지였다. 갑자기 안 나오는 사람이 한둘도 아니고. 고깃집 주인이 덤덤하게 말했다. 같이 떡볶이를 먹었던 친구들은 소녀가 어디로 전학을 갔는지 몰랐다. 고향이 전주라던가, 아니다 그거 비빔밥 얘기였던가, 라고 소녀의 친구 중 하나가 말했다.

준호는 회사를 쉬고 집에 틀어박혀서는 예전에 만들다 놔둔 독일군 전함 모형을 조립하며 시간을 보냈다. 집 안에 본드 냄새가 진동했다. 그녀는 남편을 다독이기도 하고 야단치기도 하고 달래기도 하고, 심지어는 아이를 가지는 게 어떻겠느냐는 말까지 꺼냈지만(이 대목에서 내 가슴이 또 철렁 주저앉았다) 모두 소용이 없었다.

그러다 준호는 갑자기 세수를 하고 면도를 하더니 그 사람들을 찾아봐야겠다며 백팩을 메고 집을 나갔다. 첫날 밤에는 민영의 전화를 받지 않았다. 다음 날에는 종일 휴대폰이 꺼져 있었다. 저녁에야 통화가 됐다. 민영이 어디냐고 묻자 준호는 지금 전주에 있다면서 제일 큰 식당에서 비빔밥을 먹고 있다고, 양도 적은 주제에 쓸데없이 비싸기만 하다고 불평을 했다. 그는 닷새 뒤 거지꼴로 돌아와서는 그 부녀가 분명 서울에 있을 거라며 인구 천만이라는 방패 뒤에 숨어 자기를 조롱하고 있다고 화를 냈다. 반드시 찾아내겠다고, 그래서 자기를 갖고 논 건지 확인해봐야겠다고 했다. 그날 밤 그들은 크게 싸웠는데, 감정이 격해진 민영이 준호에게 독설을 퍼부어댔고, 준호는 그들이 신혼집을 꾸밀 때 같이 샀던 수면용 스탠드를 벽에 던져 박살내는 것으로 대답을 대신했다. 민영을 더 비참하게 만든 건 그가 이 난장판을 같이 치울 생각도 하지 않고 자기 방으로 들어갔다는 사실이었다. 자기가 알고 사랑하고 결혼한 그 남자가 아닌 것 같았다. 그들은 각자 식사를 해결하고 따로 잠을 잤다. 화장실이 두 개 있는 게 천만다행이었다. 싱크대 옆에 각종 레토르트 식품 포장지가 비엔날레 설치미술처럼 쌓여가는데 누구도 치울 생각을 하지 않았다.

거기까지 얘기하고 민영은 입을 다물었다. 이상한 이야기였는데 정확히 어디가 이상한지 짚어내기가 어려웠다. 말이 되는 것 같으면서도 바람에 흘러가는 구름처럼 형태가 분명치 않았다. 프로 다큐멘터리 감독이라면 이보다 더 험한 일도 겪지 않았을까? 이 일이 이혼 얘기가 나올 정도로 큰 문제로 번진 이유는 뭘까? 민영은 여전히 말이 없었다. 오랫동안 잊어버리고 있던 감정이, 라디오 채널이 잡히지 않을 때처럼 답답한 긴장감이 천천히 되살아났다. 정보를 더 주지 않는 건 그녀가 자주 사용하던 수법이었다. 만약 내가 여기서 한 걸음만 더 움직인다면, 사정을 좀 더 자세히 얘기해달라고 한다면, 나는 결국 자발적으로 그녀를 돕는 셈이 될 것이다. 그녀가 아니라 내가 원해서 도움을 주는 꼴이 될 것이다. 일은 늘 그렇게 시작됐고, 그녀의 변덕과 이기심과 비밀주의에 시달리는 건 온전히 내 몫이자 책임이 되곤 했다. 더는 그래서는 안 됐다. 그러면서도 나는 그 진창 속으로 기꺼이 끌려들어가고픈 마음을 억누르느라 애를 쓰고 있었다. 과거와 현재로 만든 바이스에 머리가 꽉 낀 기분이었다. 그 순간 내게 필요했던 건 아주 약간의 정직이었다. 그녀가 조금만 먼저 솔직하게 군다면……. 그때 갑자기 민영이 귀찮게 해서 미안하다고 사과하고는 개회식에서 테이프를 자르는 귀빈처럼 전화를 뚝 끊었다.

나는 나와 민영을 모두 알고 지내는 친구인 세라에게 시간이 나면 민영을 한번 만나봐달라고 부탁했다. 어느 선까지 얘기를 해야 할지 판단이 서지 않았기 때문에 남편과 요즘 사이가 좋지 않은 것 같다는 식으로 얼버무렸다.

"걔가 그걸 왜 너한테 얘기해? 〈사랑과 전쟁〉 찍어?" 세라는 그렇게 말했지만 한번 만나는 보겠다고 했다. 원고를 보낸 문예지에서 토막살인 현장처럼 새빨갛게 물든 교정지를 내게 돌려보냈을 즈음 세라가 밥이나 먹자며 문자를 보냈다. 우리는 이태원에서 만났다. 그녀는 부리토에 고수 빼달라고 하는 걸 깜박했다고 투덜거리면서, 민영이 평소처럼 잘 웃고 평소처럼 말도 참 싸가지 없게 하더라며 혹시 최근에 나를 만난 적이 있는지 슬쩍 떠보았다고 했다.

"헤어진 뒤로는 얼굴도 본 적 없다더라. 하도 진정성 있게 말해서 난 네가 꿈을 꿨나 싶던데. 기집애가 원래 포커페이스긴 하지만."

그 뒤 민영에게서는 연락이 오지 않았다. 나는 이래저래 바쁘게 살았다. 공모전에 제출할 장편소설을 3분의 2까지 쓰다가 마감기한을 넘겼고, 문예진흥기금을 신청했다가 탈락했다. 기금에 선정된 작가 명단을 보고는 받아 갈 만한 사람은 이제 다 받아 갔으니 내년에는 경쟁이 수월할 거라고 확신했다. 그동안 문예지에 발표한 단편들을 모아 공개하지 않은 작품들과 함께 단편집을 내고 싶다는 제안서를 출판사 대여섯 군데에 보냈다. 한 곳에서 답장이 왔다. 선생님 뜻은 충분히 알겠지만 발표작보다 미발표작이 많은 단편집을 내기는 좀 그렇다는 내용이었다. '섹스, 맨, 더 시티'라는, 의도도 목적도 알기 쉬운 제목을 단 기획소설집에 발기부전으로 고민하는 이십대 청년을 소재로 단편을 하나 썼다. 연애를 할 기회가 두 번 있었는데 한 번은 시작하자마자 차였고 다른 한 번은 감질나게 탐색전만 벌이다 끝났다.

가끔 먼발치에서 그들을 본 것 같다는 생각이 들기도 했다. 혼잡한 거리를 걸을 때, 퇴근길 버스를 탈 때, 대형마트에서 특가 상품을 뒤적이고 시식 코너에서 녹말 이쑤시개로 소시지 조각을 찍어 먹을 때, 푸드코트 주방에서 종업원들이 하얀 위생모를 쓰고 바쁘게 움직일 때, 노숙자들이 슬슬 자리를 깔기 시작하는 저녁에 지하철역 대합실을 지나갈 때, 택배기사가 퉁명스럽게 물건을 문 앞에 놓고 갈 때, 우리가 필요할 때는 말을 걸고 관심을 기울이고 때로는 동정도 하지만 결코 얼굴을 기억하지는 않는 사람들과 불현듯 눈을 마주치게 되는 바로 그때, 코끼리처럼 큰 귀에 우람한 덩치의 중년 남자와 커서 미인이 될지도 모를 퉁퉁한 여중생이 불길한 비밀을 감춘 채 인구 천만의 도시 속에서 약간의 후원금을 벗 삼아 발걸음을 옮기며 골목과 거리를 떠도는 모습을 본 것 같다는 착각에 가끔 빠지기도 했다.

소녀 아버지의 생각은 옳았다. 소녀에게는 연두색 목도리가 잘 어울렸다.

세라에게서 또 연락이 왔다. 우리는 을지로에서 만났고, 그녀는 육수에서 걸레 맛이 나는 것 같다며 눈살을 찌푸리면서도 평양냉면 한 그릇을 뚝딱 비웠다. 세라는 수육을 추가로 주문한 뒤 민영이 이혼했다는 소식을 전했다.

"본인 말로는 속전속결로 감행했다고 그러네. 애도 없겠다, 뭐 적당할 때 한 거지. 지나고 하는 말인데 난 그 둘이 별로 안 어울려 보이더라. 너랑 어울려 보였단 얘기는 아니니까 착각하지 말고. 그냥 걔는…… 글쎄, 어떤 사람이랑 어울릴까? 예전에는 아는 줄 알았는데 지금은 모르겠네. 난 걔는 알수록 모르겠더라."

나도 동의했다.

세라는 민영이 교직원을 그만두고 대안학교나 장애학교와 연계하여 연극이나 음악 공연 같은 것을 기획하는 사회적 기업에 입사했다는 얘기도 해줬다. "요즘은 좀 사는 집에서 대안학교에 애들 많이 보내거든. 왜 있잖아. 유학 보낼 정도는 아닌데 공교육에 자기 애 맡기는 건 질색인 부모들. 그런 부모들과 사바사바하는 거지."

헤어지기 전에 세라는 민영이 전화번호 바꿨는데 가르쳐줄까, 하고 물었다. 나는 번호를 받았지만 전화를 걸지는 않았다. 옛 애인이 이혼하자마자 짱뚱어처럼 폴짝폴짝 뛰어가는 게 꼴사나워 보일 거라는 생각에 부담스러워서만은 아니었다. 민영이 세라에게 나와 한 번도 만난 적이 없다고 한 게 마음에 걸려서만도 아니었다.

그녀가 아무렇지도 않은 얼굴로 날 편안히 대할지 모른다는 게 제일 두려웠다.

가을 태풍이 지나고 나서도 사람들이 여전히 반바지에 샌들 차림으로 한강에 드러누워 열대야와 싸우던 어느 날 밤 모르는 번호로 전화가 왔다. 전화를 건 사람은 저를 잘 기억 못 하시겠지만, 이라고 운을 띄웠고, 몇 번 대화가 오간 끝에 그가 지난겨울 일본식 주점에서 만났던 시나리오 작가라는 게 생각났다. 그는 여전히 제주 이민의 꿈을 꾸고 있었지만 막상 알아보니 땅값도 만만찮고 해볼까 싶던 게스트하우스는 차고 넘친다며 뭘 해야 할지 좀 막막하긴 하다고 말했다. 무엇보다 현재 작업 중인 시나리오를 마치기 전까진 집 앞 편의점보다 더 멀리는 나갈 수가 없는 처지였다.

"그래서 저를 좀 도와주실 수 있나 해서요. 『섹스, 맨, 더 시티』에 실린 작품을 읽어봤는데 딱 이분이다 싶었거든요. 사례가 넉넉지는 않지만."

그가 부탁한 것은 간단히 말해 시나리오 각색 작업이었다. 현재 자기와 다른 작가가 공동으로 작업해서 초고를 뽑은 시나리오가 있는데 투자를 받기에는 어딘지 모르게 좀 미진하다는 의견이 나왔고, 그래서 그의 표현을 빌리면 '순수한 외부인인 동시에 프로페셔널한 작가의 시선'에서 작품의 설정과 캐릭터, 서사구조를 검토하고 손봐줄 사람이 필요하게 됐다는 사연이었다. 나는 시나리오가 발기부전으로 고민하는 이십대 청년과 연관이 있는 내용이냐고 물었고, 작가는 그건 아니라고 대답했다. 그렇다면 나를 기억해낸 진짜 이유는 넉넉지 않은 사례와 더 관련이 있는 것이었겠지만 나로선 거절할 형편이 아니었다. 우리는 다음 날 영화제작사에서 만나기로 약속을 잡았다.

나는 프로페셔널한 외부인답게 약속시간에 딱 맞춰 제작사 회의실 문을 열고 들어갔다. 사장과 신인 감독, 시나리오 작가 옆에 얼룩말 무늬 뿔테안경을 쓴 낯익은 얼굴이 앉아 있다가 알은척을 했다. 준호는 카키색 브이넥 셔츠에 코발트블루 계열의 남방을 걸

치고 있었고 목에는 사슴 모양의 은목걸이가 걸려 있었다. 이번에는 초면이 아니었기 때문에 나는 그가 오쟁이진 남편처럼 보인다고 생각하지 않으려 애썼다. 우리는 오랜만이라며 악수를 했고, 더할 말이 없어 머뭇거리다 각자 자리에 앉았다. 제작사 사장은 여전히 미심쩍은 눈치였다. 신인 감독은 공책과 볼펜을 책상 위에 올려놓고 언제라도 대화에 끼어들 준비를 하고 있었다.

시나리오 작가가 내게 출력된 시나리오를 건네줬다. 표지에 '코끼리가 걷는 밤(가제)'이라는 제목이 적혀 있었다. 이게 영화계 용어로 '책'이라 부르는 바로 그건가 생각하며 이리저리 넘겨보는데 시나리오 작가가 시놉시스를 설명해주겠다고 했다.

"간단히 말해 부녀 사기단 얘기예요. 이 친구가 원안을 냈고요."

그가 준호를 가리켰다. 나는 가능한 한 순진한 표정을 지으며 더 설명해달라는 듯 두 사람을 번갈아 바라보았다. 이야기는 시나리오 작가가 거의 다 했고, 준호는 옆에서 가끔 작가를 거들었다.

가는 곳마다 사기를 쳐서 소소한 후원금을 받아 챙기는 부녀에 관한 얘기였다. 제목에 코끼리가 들어간 것은 주인공의 외모가 코끼리를 닮아서였다. "눈동자가 검고 눈매가 침착해 보이는 배우가 1순위예요. 그게 맘대로 되지야 않겠지만. 사실 아버지보다는 딸 역을 맡을 배우가 중요하죠." 아무튼 딸이 어릴 때는 사람들의 동정을 얻기 쉬워서 일이 편했는데 딸이 점점 커가면서 사기를 치기도 힘들어지고, 그래서 마지막으로 크게 한탕 할 생각으로 가난한 가족들에게 경품으로 아파트를 주는 오디션 퀴즈 프로그램에 참가한다는 게 기본 설정이었다. 여기에 죽은 줄 알았던 어머니가 TV에서 부녀를 본 뒤 그들을 찾아오고, 예전에 그들에게 속아 원한에 불타는 VJ가 결정적인 순간에 복수의 일격을 날리고자 호시탐탐 기회를 노린다. 다른 한편 프로그램에 참가한 딸은 강력한 우승 후보인 다른 집 아들을 볼 때마다 뺨이 발그레해지기 시작하는데, 코끼리 아버지는 사춘기 딸이 일을 망칠까 봐 노심초사한다. 나는 무슨 말인지 알아듣겠다는 듯 고개를 연신 끄덕이며 '코끼리가 걷는 밤(가제)'의 여백에 검은 태양과 피라미드와 뿔 달린 햄스터를 그렸다.

시나리오 작가가 설명을 끝내자 제작사 사장이 말했다. "제가 이 바닥에서 솔직하기로 유명한 사람입니다. 그러니 솔직하게 말할게요. 보시면 아시겠지만 이 영화는 절대 코미디가 돼야 해요. 그래야 투자를 받을 수 있단 말이지. 웃음과 감동 말입니다. 그런데 읽어보시면 아시겠지만 전체적으로 톤이 다운돼 있거든요. 통통 튀는 맛이 부족하다고 해야 하는 건지, 대사가 처지는 건지, 캐릭터 문제인지 우리끼리 얘기를 해보는데 답이 안 나오더란 말입니다. 제목부터 봐요. 코끼리가 걷는 밤. 독립영화나 단편영화 같잖아요. 너무 문학적이야. 오해는 마시고요. 문학 갖고 뭐라 하는 건 아니니까. 문학이 무슨 죕니까? 그냥 저는 선생님께서 이 시나리오를 자유롭게, 하지만 좀 더 화창하게 수술해주십사 부탁드리고 싶은 겁니다."

"제목이 좀 그렇죠." 신인 감독이 조심스럽게 말했다.

나는 유도신문이 잘될까, 하고 속으로 생각하면서 질문을 했다. 이 시나리오의 소재는 어떻게 얻은 건지? 시나리오 작가가 준호를 보았다. 준호는 자기가 예전에 어려운 사람들을 주로 만나는 다큐멘터리 프로그램 PD를 했는데 거기에 출연했던 한 가족에게서 아이디어를 얻었다고 말했다. 그는 프로그램 제목을 가르쳐주면서 방송국 홈페이지에서 다시보기를 할 수 있을 텐데 혹시 막혀 있으면 파일을 받을 수 있는 다운로드 링크를 보내주겠다고 했다. 그렇다면 그 프로그램에 출연했던 사람들이 부녀 사기단이었던 건가? 준호는 아니, 그건 아닙니다. 그건 절대 아니에요, 라고 하고는 뭐라고 해야 할지 모르겠다는 듯 입을 씰룩거렸다. 시나리오 작가가 준호의 말을 받았다.

"뭐 어때요, 이제 다 옛날 일인데. 기본적인 아이디어는 그 출연 가족에서 출발한 게 맞아요. 맞는데, 그 사람들은 그냥 평범하게 불행한 사람들이었고…… 말해놓고 보니 이상하네요. 평범하게 불행하다니. 아무튼 시놉을 짜는 과정에서는 준호 씨 아내 얘기를 많이 참고했어요. 지금은 이혼했으니 말해도 되는 거죠? 그쪽 집안 사정이 알고 보니 아주 많이 복잡하더래요. 준호 씨도 충격 좀 받고 그랬어요. 막 자세히 얘기할 건 못 되는데. 물론 명예훼손이나 이런 것도 걱정을 하다 보니 디테일을 바꾸긴 했어도 기본 베이스는 그래요."

"명예훼손은 조심해야죠." 신인 감독이 신중하게 말했다.

회의가 끝날 무렵 제작사 사장이 사례금 얘기를 꺼냈다. 나는 그가 제시한 액수를 순순히 받아들였다. 문득 그들과 내가 만났던 그 겨울밤에 소설가의 원고료를 말하지 않았다면 오늘 이 자리에서 사례금을 좀 더 받을 수 있지 않았을까 하는 생각이 언뜻 스쳤다. 하지만 여기에 그 오래전 기억을 시시콜콜 챙기는 사람은 소설가 말고는 없을 터였다.

사장이 자리에서 일어나 잘 부탁드린다며 손을 내밀었다. 돈 샐 틈 없는 단단한 손아귀였다. 나는 마지막으로 다짐하듯 말했다.

"그러니까…… 불행을 '전시'하는 방식으로 쓰면 안 되는 거네요."

"그겁니다. 바로 그거예요. 불행을 전시하면 안 되는 거예요, 이 영화에서는." 시나리오 작가가 말했다. 신인 감독은 그 말을 듣자 별안간 영감이 떠올랐는지 노트에 뭔가를 맹렬히 적기 시작했다. 회의실을 나오는데 준호와 눈이 잠깐 마주쳤다. 그는 회의 내내 기가 죽어 있는 것처럼 보였다. 마치 꼭 가져왔어야 했던 것을 집에 놓고 온 사람처럼. 그가 내게 고개를 끄덕였다. 나도 목례를 했다.

집에 가는 길에 시나리오 작법 책을 한 권 샀다. 그걸 후루룩 읽은 다음 약속한 기간인 한 달 동안 생각나는 방법을 모조리 동원해서 '코끼리가 걷는 밤(가제)'을 뜯어고쳤다. 사장의 말이 옳았다. 코미디인데도 시나리오가 무겁고 눅눅했다. 부녀의 불행을 다루는 부분은 지나치게 어둡고 사실적이었으며 결말은 행복하지도 슬프지도 않았다. 나는 주인공과 조연의 등장 시점을 조정해보고, 대사의 순서와 단어와 리듬을 바꿔보고, 맨 마지막 장면을 맨 앞이나 한가운데 배치해보고, 아예 인물을 없애기도 해보고, 없던 인물을 만들어도 넣어봤다. 기회가 될 때 써먹으려고 인터넷에서 퍼와 컴퓨터 폴더에 쟁여뒀던 웃긴 표현들도 꺼냈다.

처음에는 잘되는 것 같았다. 착각이었다. 새틴 원피스에 묻은 얼룩을 지우겠다고 물을 뿌릴 때처럼 시나리오는 손을 대면 댈수록 점점 더 지저분해져갔다. 어느 날 새벽, 나는 일이 그렇게 돌아가는 원인이 바로 나 자신이라는 사실을 깨달았다. 나는 시나리오 안에서 몰래 서랍을 뒤지는 탐정이라도 되는 양 민영의 모습을 은연중 찾고 있었던 것이다. 내가 알던 모습뿐만 아니라 내가 몰랐던 모습들. 아니면 본모습을 짐작할 수 있을 힌트들. 준호와 민영을 갈라놓은 계기를 짐작할 수 있을지도 모를 단서들. 날 버린 이유들. 내게 숨긴 사연들. 우리가 사랑했을 때는 알 필요도 없었고 알아봤자 아무 쓸모도 없던 것들. 그 모든 것들이 시나리오 안에 들어 있는 것 같았다. 그것들과 거리를 둬야 했다. 투수가 투수의 자리에 서 있어야 하는 것과 마찬가지였다. 너무 가까우면 타자다. 너무 멀면 내야수다. 투수에게는 투수로서의 거리가 있고, 내가 할 일은 포수에게 공을 던지는 것이었다.

시나리오 작가가 전화를 걸어 작업이 잘돼가는지 물었다. 나는 일에 몰입하다 보니 꿈에 그 부녀가 나올 정도라고 너스레를 떨었다. 그건 어느 정도 사실이었다. 민영이 코끼리 아버지와 함께 벌거벗은 채 서 있는 꿈을 꿨다. 그녀는 나를 온화하고 자애로운 눈길로 바라보다가 손에 들고 있던 청약통장을 내게 건네준 뒤 코끼리 아버지를 타고 숲을 닮은 아파트 단지로 들어갔다. 숲 속 방청객들이 박수를 쳤다. 코끼리의 탐스러운 엉덩이를 보자 눈물이 나올 것 같았는데 슬퍼서 그런 건지 고마워서 그런 건지 알 수 없었다. 시나리오 작가가 혹시 꿈속에서 배역에 적합한 배우 얼굴은 못 봤느냐고 농을 쳤다. 나는 한창 인기몰이 중인 보이그룹과 걸그룹 멤버 이름을 댔다.

"야, 그거 진짜 제대로 꿈이네요." 작가가 말했다.

중간 점검 때 제작사 사장은 문신한 눈썹을 위아래로 빠르게 움직이며 입술을 삐죽거렸다. 돈이 자기 손아귀에서 쓸데없이 빠져나간다는 생각이 들 때마다 그런 얼굴을 했으리라. 하지만 대놓고 불만을 표하지는 않았다. 이제 와서는 어쩔 수 없다고 포기했던 건지도 모른다. 나는 남은 기간도 최선을 다하겠다고 약속했다.

최종 각색원고를 메일로 보내면서, 나는 어쩌면 이 시나리오의 진짜 문제는 준호가 전 부인을 여전히 못 잊고 있다는 데 있을지도 모른다고 썼다. 그것만으로는 좀 모자란 것 같아서 제목 후보도 생각나는 대로 몇 개 적었다. 시나리오 작가와 준호와 영화사에서는 가타부타 답이 없었다. 대신 며칠 뒤 내 계좌로 깔끔하게 수고비가 입금됐다. 투자를 받는다고 해도 영화 제작이란 오래 걸리기 마련이다. 내 의견이 얼마나 반영되었는지는 그때 가서 확인해도 충분할 것이었다.

엎어지면 그걸로 끝이겠지만.

*

가을이 깊어갈 무렵 세라가 전화를 했다.

"나보고 대안학교 아이들 연극하는 거 보러 오지 않겠냐고 하던데. 너 달고 가도 되냐고 했더니 상관없대. 갈래?"

나는 좋다고 했다.

우리는 대학로에서 만났다. 세라는 자기가 페이스북에서 본 화덕피자집이 있다며 날 끌고 갔지만 대기 줄이 너무 길었다. 그녀는 비빔국수로 실망을 달랬다. 나는 만두 한 접시를 더 시켜줬다.

세라가 만두를 오물거리며 말했다. "오늘 공연할 연극 있잖아, 〈에쿠우스〉 말이야. 나 예전에 진짜 말을 무대에 올린 거 본 적 있다? 설마 정말로 말 눈을 찌르나 싶어 긴장했다니까."

식당에서 나오자 차고 단단한 바람이 옷 속으로 들어왔다. 우리는 골목에 위치한 작은 소극장으로 가서 표를 끊고 지하로 내려갔다. 민영은 하얀 면 티셔츠와 청바지 차림으로 연극 팸플릿을 쌓아놓은 책상 앞에 앉아 있었다. 머리는 단발로 예쁘게 다듬어졌고, 통통해진 뺨에는 온화한 생기가 돌고 있었다. 그녀는 우리를 보자 자리에서 벌떡 일어나더니 호들갑스럽게 반겼다. 어떤 장신구도 없는 부드러운 손가락이 내 손을 감쌌지만 나는 온기 말고는 아무 것도 느끼지 못했다.

여자처럼

1

부용에게는 몇 가지 금과옥조가 있었고, 그중 하나는 자기가 믿지 않으면 누구도 믿지 않는다는 것이었다. 그건 방송을 따라 하는 지금도 마찬가지였다. 친절과 사랑으로 새롭게 모시겠습니다. 부용은 입술을 좌우로 움직이고 볼을 부풀렸다 오므리며 추위에 굳은 입을 풀었다. 안녕하십니까, 고객님. 무엇을 도와드릴까요, 고객님. 감사합니다, 고객님. 서른한 명의 D마트 익스프레스 직원들이 천장에 붙은 조그만 스피커에서 나오는 곱고 가는 목소리를 따라 했다. 반갑습니다, 고객님. 친절과 사랑으로 새롭게 모시겠습니다. 직원들이 상상의 고객에게 인사를 했다. 정육 코너 냉장 진열대 뒤에 서 있던 부용도 허리를 굽혔다.

방송이 끝나자 직원들이 최면에서 풀려난 듯 움직였다. 스피커에서는 마트 주제가 흘러나왔다. 부용은 기지개를 켜고 손에 비닐장갑을 꼈다. 정육 코너에서 같이 일하는 승재가 랩에 싼 호주산 갈빗살을 들고 숙성실에서 나왔다. 부용은 고기를 도마 위에 올려놓고 불그스레한 살과 누리끼리한 빛이 도는 비계 뭉치를 한입에 먹기 좋게 잘랐다. 부용이 쓰는 칼은 31센티미터짜리 대동칼이었다. 부용은 자기 손에는 약간 크다 싶은 그 느낌이 편하고 좋았다. 정육점을 직접 굴리던 시절에는 육절기도 골절기도 잘 만졌다. 살을 발라낸 노르스름한 뼈를 쉴 새 없이 덜덜대는 골절기 톱날에 밀어 넣을 때는 손바닥에 작은 지진이 일어나는 것 같았다. 지금은 그런 일을 하기에는 나이가 많다. 오래전 일이라 자신도 없었다. 면접 자리에서도 기계를 쓸 줄 안다는 얘기는 하지 않았다. 결국 잘 드는 칼 한 자루와 마감 세일을 외칠 줄 아는 입 하나면 충분한 일을 맡았다.

부용은 스티로폼 용기에 고기를 포장하고 가격표를 붙인 뒤 진열대에 넣었다. 분홍빛 조명이 고기에 마법을 부렸다. 피를 머금은 살은 새빨갛고 싱싱하게 빛났고 비계는 밀크캔디처럼 달콤하고 부드럽게 반짝였다.

"오늘로 여사님 보는 것도 마지막이네요."

승재가 말했다.

"그러게. 정들었는데. 안타까워서 어째."

장갑을 벗으며 부용이 말했다.

D마트 익스프레스는 D마트의 SSM*이었다. 지금까지는 매장에 자체 정육 코너를 두고 운영을 해왔지만 지난달 본사의 지침이 바뀌었다. 가까이 있는 D마트에서 직접 고기를 포장해 각 익스프레스 매장에 보내기로 한 것이다. 정육 코너가 있던 자리에는 피자와 베이커리 매장이 입점하기로 결정이 났다. 재고용이나 고용 승계 같은 건 애초에 고려사항이 아니었다. 죽은 살덩어리를 주무르던 손으로 화덕피자와 크루아상을 만질 수 있겠는가? 하지만 부용은 누가 그렇게 말하는 걸 들었다면 동의하지 않았을 것이다. 누가 만져도 밀가루는 밀가루. 누가 만져도 고기는 고기. 먹는 사람에겐 결국 똑같은 것. 그게 그녀의 또 다른 금과옥조였다. 물론 누구도 작고 야무진 체구에 주름지고 무표정한 얼굴과 낮은 코, 가는 눈을 가진 오십대 중반에서 육십대 초반으로 보이는 여자에게 그런 걸 묻지는 않았다. 부용 역시 질문을 받는다고 선선히 대답할 사람은 아니었다. 질문과 대답이라면 원 없이 겪어봤다. 그녀를 상대한 형사들과 검사는 집요했다. 그들은 질식할 듯 촘촘하게 짠 피륙 같은 질문을 부용의 얼굴에 덮고 사정없이 눌렀다. 그러나 부용은 숨구멍을 찾는 데 성공했고, 그리로 빠져나가는 데에도

* Super Supermarket. 대형 마트에서 운영하는 기업형 슈퍼마켓.

성공했으며, 결국 인정받는 데에도 성공했다. 남편을 죽이고 토막
낸 독한 년으로.

　뼈를 톱날에 밀어 넣을 때 손바닥 밑에서 일어나던 작은 지
진……

　"여사님은 이제 어쩌실 거예요?"

　승재가 말했다. 그는 부용을 여사님이라고 불렀다. 대전에 있는
4년제 대학을 1년 다니다 중퇴하고 별의별 아르바이트를 다 뛰어
봤다고 했다. 이 서글서글하게 생긴 껑충한 남자애는 그동안의 경
험상 여사님이라는 호칭이 누구의 자존심도 건드리지 않는다는
걸 터득하고 있었다. 부용도 그 호칭에 들어 있는 부드러움과 적
당한 거리감이 좋았다. 마치 그 단어가 자신을 둘러싸고 보호해
주는 것 같았다. 부용을 그렇게 불러준 사람이 누가 있던가? 아니,
심지어 그녀의 이름을 제대로 불러준 사람이 경찰과 판사 말고 누
가 있던가? 열일곱 개의 검정 비닐봉지에 담겨 버려진 전남편 병
철은 부용을 야, 아니면 이년, 이라고 불렀다. 지금은 재가 된 부용
의 아버지도 다를 게 없었다. 딸 혜연은 엄마, 아니면 아이 씨, 였
고 사위 윤형은…… 아무 호칭으로도 부르지 않았다.

　"딸애가 자기 샌드위치 가게에서 같이 일하자는데 모르겠네."

　"에. 진짜요? 그런 거 있었으면 처음부터 거기 가시지."

　"신세 지기 싫어서. 승재 학생은?"

　"시간 난 김에 노래 연습 더 하려고요. 오디션 1차 예선이 다음

달이거든요."

"복학 안 하고?"

"안 가요. 학교 다닐 때 놀기만 했는데 이제 와서 없던 머리가 생겨요? 세상은 공평한 거예요. 놀면 논 만큼 돌아오더라고요."

"공평해? 세상이?"

"공평하잖고요. 일해보니까 다 자기 하기 나름이고 하는 것만큼 돌아오고 그래요. 난놈들은 다 이유가 있는 거예요. 잠도 안 자고 자기 꿈을 향해 뛰잖아요. 이미 거리가 이만큼 벌어졌다 이거예요."

승재가 두 손을 쫙 벌렸다.

"난 게으르니까 이런 데 서 있는 거죠, 결국." 그렇게 말하고는 뭔가 떠올랐는지 급하게 덧붙였다. "여사님이 그렇단 소린 아니고요."

부용은 고개를 끄덕였다. 승재는 월급의 절반을 저축했다. 절반 중 반은 당뇨를 앓는 어머니의 약값으로 들어갔다. 남은 돈은 보컬학원 강습비와 여동생의 학원비로 썼다. 생활비는 마트 일을 끝낸 뒤 새벽까지 편의점 계산대를 지키며 버는 돈으로 보충했다. 그는 가수가 꿈이었고, 케이블 방송사에서 주최하는 오디션 프로그램에 나가기 위해 맹연습 중이었다. 쉬는 시간에는 악보를 들여다보며 흥얼거렸다. 음표와 가사에 색색으로 적어놓은 글씨가 빼곡했다. 승재는 우승이 아니라 탑 텐에만 올라도 인생이 바뀔 거라고 말하곤 했다. 부용은 승재가 하루에 몇 시간이나 잠을 자는

지 궁금했다.

"이 고기 싱싱해요?"

분홍색 패딩 점퍼를 입은 젊은 여자가 말했다. 검은색 매니큐어를 바른 길쭉한 손가락이 항정살과 목살 사이에 멈춰 있었다.

"오늘 잡았어요. 구우면 막 녹아요, 녹아."

승재가 말했다.

"이거 반근이랑 이거 반근." 여자가 목살과 삼겹살을 가리켰다. "구워 먹을 거니까 다 썰어주세요."

부용은 진열대에서 목살 두 덩이와 삼겹살 세 줄을 꺼내 적당한 크기로 썰고 비닐봉투에 포장한 뒤 저울에 올려놓았다.

"한 근 넘었네. 빼줘요."

여자가 말했다.

"어느 고기 빼드려요?"

"음…… 삼겹이요. 목살이 삼겹보다 기름이 덜 있는 거 아니에요?"

"비슷해요."

누가 만져도 고기는 고기. 먹는 사람에겐 다 똑같은 것.

"삼겹 빼줘요."

부용은 삼겹살 몇 조각을 덜어내고 다시 무게를 쟀다. 한 근이 좀 안 나왔다. 여자는 고기를 받아 들고 야채 코너로 가 상추를 뒤적였다.

2

　승재와 교대한 부용은 매장에서 산 김치제육 도시락을 물류창고에 쭈그려 앉아 먹었다. 창고 구석 세 평 정도 되는 공간에 스티로폼과 장판을 깔아놓고 작은 커피 자판기를 설치한 휴게실이 있긴 했지만 거기는 일찍 밥을 먹은 직원 몇 명이 나란히 누워 칼잠을 자느라 발 디딜 틈도 없었다. 부용은 먹다 남은 도시락을 들고 밖으로 나갔다. 창고 문 옆에 놓인 쓰레기통에 도시락을 버리고 주차장 구석의 벤치에 앉았다. 옷깃 틈으로 파고든 찬바람이 버석한 피부를 긁었다.

　부용은 빨간색 소형 마티즈가 서툴게 주차하는 모습을 멍하니 바라보았다. 마티즈와 어울리지 않는 투실한 체구의 남자가 힘들게 차에서 내려 매장으로 들어갔다. 걸음을 내딛을 때마다 갈색 추리닝 바지에 꽉 긴 엉덩이가 무기력하게 출렁거렸다. 지난주 혜연의 집에서 본 윤형의 엉덩이도 저 정도쯤 되지 싶었다. 그때 그는 앉은 것도 누운 것도 아닌 자세로 소파에서 TV를 보고 있었고, 장모야 왔건 말건 TV 속에서 춤을 추는 여자애들에게 넋이 나가 있었다. 한때 깡말랐던 그의 몸에는 물주머니 같은 뱃살이 붙어 있었고 벗겨지기 시작한 정수리 부분의 두피가 형광등 불빛 아래서 번들거렸다. 15평짜리 빌라 안을 떠돌던 퀴퀴하고 시큼한 냄새…… 어딘가에 상한 음식이 있는 것이 분명했지만 혜연도 윤형도 그걸 눈치채지 못하고 있거나 아니면 무시하고 있는 것 같았다. 부용은 어느 쪽인지 판단이 서지 않았고, 결국 냄새에 대해 아무 말도 하지 못했다.

휴대폰이 진동했다. 혜연이었다.

"일하는 중이야?"

"점심 먹고 쉬어."

침묵. 연이은 한숨 소리.

"무슨 일 있니? 무슨 일 있어?"

침묵. 멈추지 않는 한숨에 물기가 어리기 시작했다.

"아냐. 그냥. 엄마 뭐 하나 싶어서. 오늘이 마지막이야?"

"응."

"그래. 그럼 잘 마무리하고…… 마무리하고……."

"얘가 왜. 박 서방이랑 또 무슨 일 있었어? 그런 거지?"

"아니라니깐. 그런데 엄마, 나 그 사람이랑 헤어질 수 없겠지? 안 되겠지?"

부용은 대답하지 않았다. 혜연은 계속 말했다.

"지금 헤어지자고 하면 그 사람 나 죽이려고 할까? 그 사람 이제 아무것도 안 한대. 손끝 하나 까딱 안 하겠대. 우리가 자기 인생 책임지래. 자기 인생 망친 거 책임지래."

"지금 어디니?"

"가게."

"혼자 있니?"

"응."

"집에 가지 말고 기다리고 있어. 여기 일 끝나면 바로 갈 테니까. 응?"

"지금 오면 안 돼?"

"지금은 안 돼. 정 무서우면 가게 문 닫고 다른 데 가 있어."

"다른 데 어데? 아이 씨, 나 어데로 가면 돼?"

혜연이 말했다. 목소리가 아기처럼 바뀌고 발음이 물에 탄 것처럼 뭉개졌다. 17년 전 그날 밤처럼. 아니, 그보다 조금 앞선 어느 날 아침, 의붓아버지 병철이 1년 전부터 자기를 강간해왔고 생리가 멈춘 지 한 달이 넘었다고 털어놓았던 그때처럼. 그날 아침 혜연은 벽 어딘가를 보며 말을 꺼내기까지 한참을 망설였다. 임대아파트 거실의 커다란 유리창을 통해 들어온 노르스름한 햇살이 벽에 달라붙었다. 부용은 기다렸다. 앞으로 듣게 될 이야기가 심상치않은 내용일 것이라는 건 직감했다. 그게 병철과 관련된 일일 거라는 것도 감이 왔다. 하지만 그 둘이 합쳐졌을 때 어떤 결과가 나올지는 몰랐다.

하지만 몰랐다는 말은 스스로에게 한 거짓말이 아닐까? 딸의 고백을 들으면서 그녀는 자신이 오래전부터 이걸 알고 있었고, 심지어는 일이 벌어지기 전부터 알고 있었다는 걸 알아채지 않았을까? 물론 그렇다. 징조는 있었다. 그는 혜연의 옷차림에 대해 과도

하게 간섭했고, 통금시간을 엄격하게 강조했으며, 딸이 샤워할 때 늘 근처에 있곤 했다. 무엇보다 혜연의 남자 친구였던 윤형을 싫어했다. 싫어한다는 말로는 모자랄 정도로 싫어했다. 윤형에 대한 병철의 감정에는 수컷의 원초적인 증오심이라는 말 외에는 설명할 수 없는 음침한 불길이 타오르고 있었다. 그리고…… 그 외의 수많은 자잘한 행동들, 몸짓들, 눈짓들. 그러나 징조란 일이 벌어진 다음에 따져보고 나서야 눈에 들어오는 게 아니던가? 피곤에 지쳐 돌아온 부용의 눈에 엄마가 와도 방에 틀어박혀 나오지 않는 딸과 태연한 표정으로 TV를 보는 남자 사이를 보이지 않게 잇고 있던 비밀스런 끈이 보였을까? 처음에는 공포로, 다음에는 수치심으로, 그다음에는 자책감으로 대응할 수밖에 없었던 딸아이의 침묵이 보내는 구조신호를 감지할 수 있었을까? 하루하루를 버텨내는 것이 임무인, 그래서 참는 데 익숙해진 중년 여인의 무딘 감각이 미칠 수 있는 범위가 넓어봤자 얼마나 될 것인가? 아버지를 잃고 열네 살부터 혈혈단신으로 세상에 나와 거칠고 뾰족한 세월을 헤쳐 나가면서 부용은 참는 법을 터득했다. 자신을 후려치고 집어던지고 쥐어짜려 달려드는 세상에 대한 그녀의 본심이 어땠건 간에, 혜연이 태어나자마자 종적을 감춰버린 첫 남자에 대한 분노가 그녀의 내면에서 얼마나 뜨겁게 타올랐건 간에, 부용은 침묵과 무표정으로 감옥을 만들어 그것들을 가두고 인내로 문을 잠갔다.

그리고 그때 그녀는 자기가 인내의 대가를 치르고 있다는 걸 알

왔다.

말을 마친 혜연은 얼굴을 가릴 생각도 하지 않고 울었다. 뺨을 타고 흘러내린 눈물이 입가의 보조개에 잠시 머물렀다가 흐느끼는 입으로 들어가고, 침과 함께 턱을 적시고, 죽은 개처럼 늘어뜨린 손등 위로 떨어졌다. 부용은 딸의 손을 잡았다. 그리고 갓 태어나 숨만 간신히 쉬는 작은 짐승을 잡듯 감쌌다.

그리고…… 어떤 일이 벌어졌던가? 그날 부용은 정육점에서 손님들을 상대하며 무슨 생각을 했던가? 단골들에게 친절하게 응대했던가? 노름으로 밤을 샜을 병철이 집으로 돌아왔을지 궁금해했던가? 아니면 자신의 남자를 빼앗아 간 딸에게 희미한 질투를 느끼고 있다는 사실을 알아차리고 홀로 경악했던가? 경찰에 신고해야겠다고 생각했던가? 그래 봤자 소용없다는 걸 알고 포기하려 했던가? 혹은 둘이 처음 만났을 때를 회상했던가? 부용과 병철은 그녀가 일하던 식당 주방에서 얼굴을 익혔다. 식당의 일손은 늘 모자라서 부용은 때로 서너 사람 몫의 일을 해야 했다. 김장을 담글 때는 손끝이 아릿했다. 병철은 1톤짜리 트럭을 몰고 다니며 식당에 채소를 납품했다. 그들은 곧 동거에 들어갔고, 모녀는 병철이 사는 작은 임대아파트로 이사했다. 이사하자마자 그는 혜연의 방을 따로 하나 비워줬다. 사실상 그게 그가 모녀에게 베푼 유일한 호의였지만, 이제 와 생각해보면 그 호의는 부용의 생각과는 다른 의미가 아니었을까? 밤이 되어 가게 문을 닫은 부용이 칼 한 자루를 싸 들고 집으로 돌아간 건 무의식적인 충동이었을까 의식적인 결단이었을까? 그걸로 그녀는 무엇을 할 생각이었을까?

부용의 생각이 무엇이었건 집에서 그녀를 기다리고 있던 것은 그녀가 생각하고 있던 것이 아니었다. 윤형이 문을 열었다. 흔들리는 눈동자가 부용이 아니라 그녀 어깨 뒤의 허공을 응시하고 있었다. 그는 부용을 집 안에 들이고 싶지 않아 하면서도 동시에 그녀를 꼭 집 안에 들이고 싶어 하는 사람처럼 문간에 서 있었다. 그를 반쯤 밀치며 들어가고 나서야 부용은 사정이 어떻게 된 건지 깨달았다.

현관에서부터 커다란 붓으로 그린 것 같은 빨갛고 굵은 선이 거실을 지나 부엌으로 이어져 있었다. 병철은 싱크대 앞에 쓰러져 있었다. 그 옆에는 혜연이 끈 떨어진 꼭두각시처럼 주저앉아 이곳이 아니면 어디든 좋다는 표정으로 병철을 보고 있었다.

부용은 말없이 그를 뒤집었다. 갈고리에 걸린 돼지를 내려 뒤집듯이.

병철은 아직 살아 있었다. 기이할 정도로 조용한 집 안에 죽어가는 남자가 헐떡이는 가쁜 숨이 공기 중으로 떠올랐다 흩어졌다. 흐릿해진 눈동자가 이리저리 움직이다 부용에게 고정되었다.

오랜 세월 동안, 구치소에서도 검찰청에서도 재판정에서도 감옥에서도 부용은 자신의 기억을 조서의 진술 내용과 맞추기 위해 끊임없이 정신을 집중했다. 자신이 믿지 않는다면 누구도 믿지 않는다. 조서에 따르면 부용은 의붓딸을 성폭행한 남편과 다툼을 벌이던 끝에 우발적으로 남편을 찔렀다. 남편이 죽자 당황한 부용은 시체를 처리하기 위해 정육점에서 익힌 기술로 화장실에서 남편을 토막 냈다. 미처 다 자르지 못한 부분은 정육점에서 골절기로 분리했다. 조각난 남편을 포장용 비닐봉지에 나눠 담은 뒤 가게 뒤편 쓰레기통에 하루에 하나 혹은 두 봉지씩 버렸다. 그러는 동안 그녀는 평상시처럼 정육점에서 고기를 팔았다. 쓰레기 하치장 직원이 병철의 왼쪽 손을 발견했을 때 그녀의 정육점에는 오른쪽 넓적다리와 머리가 남아 있었다. 이 모든 일이 벌어지는 동안 가출한 딸은 남자 친구의 자취방에서 살고 있었으며 사건에 대해서는 전혀 모르고 있었다.

17년이 지난 지금 어디로 가야 하는지 전혀 모르고 있는 것처럼.

"엄마 집에라도 가 있어. 열쇠 어디 놔뒀는지 알지?"

부용이 말했다.

3

친절과 사랑으로 새롭게 모시겠습니다. 부용과 승재와 스물아홉 명의 D마트 익스프레스 직원들이 스피커에서 나오는 인사말을 따라 하며 허리를 굽혔다. 예절 교육은 개장 전을 포함하여 하루 세 번 시행됐다. 오후 5시가 마지막이었다. 커피 코너에 종일 서서 "달콤하고 깊은 맛의 커피 드셔보세요! 오늘까지 특별 할인 행사입니다! 지금 구입하시면 전용 머그잔도 같이 드려요!"라는 멘트를 끝없이 날리던 판촉사원이 예절 교육이 진행되던 동안 커 피머신 옆에 비스듬하게 기댄 채 한쪽 발을 신발에서 빼내 꼼지락 거리다 매장 매니저에게 주의를 받았다.

정육 코너 진열대 뒤쪽은 정리가 반 이상 끝난 뒤였다. 기계를 만지던 직원은 그저께부터 나오지 않았다. 부위별 요리법이나 작 업시 주의사항, S/C 표준진열도 포스터도 모두 벽에서 떼놓은 상 태였다. 그로 인한 쇠락의 기운이 어느 틈에 진열대에도 영향을 미쳤다. 전용 머그잔이 탐나서 마시지도 않는 커피를 집어 든 사 람들과 여섯 개를 세 개 값에 판다는 광고에 넘어가 이미 욕실 선 반에 차고 넘치는 비누를 카트에 넣고 바삐 돌아다니는 사람들이 안심과 안창살, 갈비, 목살, 갈매기살, 삼겹살, 사태를 무심하게 지 나쳤다. 부용은 선 채로 무게중심을 이리저리 옮기며 다리를 풀다 가 코를 쿵쿵거렸다.

어디선가 퀴퀴하고 시큼한 냄새가 났다.

양념육 코너 쪽에서 쨍그랑하는 소리가 터지면서 주변이 조용 해졌다. 부용은 그쪽을 봤다. 시식용 프라이팬이 바닥에 떨어져 있 었고 판매직원과 윤형이 시식대를 사이에 놓고 마주 서 있었다.

"안 먹는다고. 쌍년아. 니 말대로 안 먹겠단 말이다. 니가 구워서

니가 처먹으라고."

"제가 언제 고객님 먹지 말라고 그랬는데요!"

"니가 니 입으로 그랬어, 안 그랬어, 엉? 아가리를 확 찢어버릴까 보다."

연두색 유니폼을 입은 매니저가 달려왔다. 직원은 울기 시작했고 윤형은 매장이 떠나가라 욕을 퍼부었다. 매니저가 윤형의 어깨를 감싸고 밖으로 데리고 나가려 했지만 그는 매니저의 팔을 뿌리친 뒤 주변을 둘러보았다.

"강부용, 어디 있습니까! 강부용!"

부용은 저도 모르게 옷에 달린 이름표를 가렸다. 부용을 발견한 윤형이 술 냄새를 풍기며 정육 코너 쪽으로 다가왔다.

"여기 계셨네. 고기가 다 같은 고기가 아닌가 봐요? 저기는 양념이고 여기는 생고기 파는 건가? 하긴 이쪽이 더 잘 어울리는 분이십니다. 사위 왔습니다. 넵. 안녕하셨습니까."

"강부용 씨, 이 사람 알아요?"

윤형을 따라온 매니저가 말했다. 승재는 부용에게서 한 걸음 뒤로 물러서 있었다.

"나가서 얘기해요."

부용이 말했다.

"나가서 얘기할 게 뭐 있습니까. 그냥 혜연이 이년이 어디 갔는지만 알려주십쇼. 가게 가보니까 없더라고. 어디 있는지만 알려달란 말입니다."

"그건 알아서 뭐하게?"

"그걸 알아서 뭐할 건지는 알아서 뭐하시게요?"

"강부용 씨, 아는 사람이면 데리고 나가요. 얼른!"

진열대 뒤에서 나온 부용이 윤형의 팔을 꽉 잡았다. 윤형이 순간 몸을 움찔했다. 그는 조금 전까지 피우던 소란이 무색할 정도로 얌전해졌다.

부용은 그녀를 주차장 뒤 벤치로 데려갔다. 윤형은 벽돌이 빠진 벽처럼 주저앉았다.

"왜 이러는 거예요? 남 일하는 데서?"

"왜 이러냐니요. 왜 이러냐니요. 제가 왜 이러는 것 같습니까?"

"술 깨고 집에 가요."

"내가 얼마나 참고 사는지 알아요? 네? 아냐고! 살인자 가족 속에서 내가 몇 년을 참고 살았는지 아냔 말입니다. 내가 그 모멸을! 그 모욕을! 이렇게 다 견디면서! 하루하루를! 살아가는데! 누구 하나 내가 무슨 마음으로 사는지 알아주질 않아. 응? 그런 눈으로 보지 말란 말입니다. 난 살인자가 아니란 말입니다. 난 살인자가⋯⋯."

"참고 못 살면." 부용이 말했다. "참고 못 살면?"

"시끄러워요. 내가 당신 같은 살인자⋯⋯."

"한 번만 더 그 얘기 꺼내봐." 부용이 말했다. "살인자 가족이 얼마나 무서운지 보여줄 테니까."

윤형이 입을 다물었다. 고개를 들어 애원하듯 부용을 보았다. 눈에 눈물이 고여 있었다. 길고 뾰족하고 얼굴에 비해 너무 큰 코, 각진 턱, 두툼하게 튀어나온 입술. 상해서 물러 터진 애호박 같았다. 그는 그렇게 믿기로 한 것이다. 자기는 아무 짓도 하지 않았다고.

자기가 믿지 않으면 누구도 믿지 않는다.

그날 밤 이 남자를 선택한 것이 잘못이었을까? 부용이 여기는 내가 알아서 할 테니 혜연을 데리고 얼른 나가라고 했을 때 일말의 주저도 없이 그 말에 따르던 모습을 보면서 이 남자가 별것 없는 허약한 인종이라는 걸 예감했어야 했던 건 아닐까? 어떻게 이 남자가 그런 일을 저질렀을까? 처음에는 그저 단순한 말싸움이었을지도 모른다. 그저 한 두어 대 치고 끝내려는 것이었는지도 모른다. 그러나 일은 그렇게 간단하게 진행되지 않는다. 누군가를 공격할 생각을 하는 사람들은 종종 상대가 반격할 거라는 걸 잊어버린다. 설사 생각하더라도 자기가 그걸 통제할 수 있을 거라 자신한다. 그러나 반응의 역반응은 처음 일어난 반응을 통해 판단할 수 있는 게 아니다.

복역하는 동안 전해 들은 윤형의 소식 중에 부용의 마음에 드는 건 거의 없었다. 그는 변변찮은 성적으로 학교를 졸업했고 직장에서는 오래 버티지 못했으며 회사를 관둔 다음에는 사업을 한다며 설치다 사기를 당했다. 지금의 샌드위치 가게도 혜연의 퇴직금에 대출을 얻어 차린 것이었다. 부용이 가석방으로 출소하던 날 교도소 앞에서 혜연과 함께 그녀를 기다리던 윤형은 한참을 머뭇거리더니 그녀의 손을 꼭 잡고 의례적인 인사를 건넸다. 그가 전하고 싶었던 진짜 메시지는 머뭇거림이었다. 그 머뭇거림 속에는 두려움뿐 아니라 증오도 서려 있었다. 바닷물이 증발하면서 남은 소금 같은 증오. 차라리 날 감옥에 보냈어야지, 라고 말하는 증오. 모든 책임을 남에게 돌리는 자의 증오.

부용의 아버지가 품었던 증오.

부용의 아버지는 베트남에서 정말 많은 사람을 죽였다. 그의 말에 따르면 그랬다. 정글은 끔찍하게 더웠고, 부녀가 살던 시골 동네에서 발발거리는 것들은 명함도 못 내밀 만큼 굵은 모기들이 떼로 몰려왔으며, 베트콩은 모기보다 더 많았다. 부용의 아버지는 모기를 때려잡듯이 베트콩을 때려잡았다. 짝. 짝. 짝. 돌아와서는 베트콩을 때려잡듯이 모기를 때려잡았다. 짝. 짝. 짝. 그리고 모기를 때려잡듯 딸을 때려잡았다. 짝. 짝. 짝. 한 번만 더 까불면 너도 먹어버리겠어. 베트콩 쌍년들처럼 회를 떠서 먹어버리겠다고. 부용의 아버지는 술에 취하면 쉽게 화를 냈고 주먹을 휘둘렀으며, 술이 깨면 자기가 화를 내고 주먹을 휘두른 걸 후회했다. 후회한 뒤에는 자기가 후회할 짓을 했다는 걸 견딜 수 없어서 다시 술에 취했고, 그러다가 나중에는 술에 취하고 싶어서 후회할 짓을 하기 시작했다. 결국 그렇게 가버릴 거였으면서⋯⋯. 누구의 땅인지도 모를 곳에 묻혀 사라질 거면서……. 좁고 고요한 임대아파트 부엌에서 부용이 병철의 목에 칼을 찔러 넣었을 때 그의 동공은 찬물을 끼얹은 것처럼 바싹 졸아들었다. 그다음부터 그는 고기였다. 누가 만져도 똑같은 고기. 누구라도 살과 뼈를 가르고 뼈와 뼈를 분리하고 가죽을 벗겨내고 연골을 파내고 지방을 밀어내고 털을 골라내고 내장을 다듬고 피를 씻어낼 수 있는 고기.

"집에 들어가요. 혜연이는 내가 잘 달래서 보낼게."

"저 혜연이 사랑합니다. 진짜 사랑합니다. 이놈의 세상이 불공평하지만! 나는 이렇게 참고 살지만! 참고! 참고! 또 참지만! 저는 혜연이 사랑한단 말입니다!"

"알아요. 그러니까 일단 들어가."

윤형을 달래 돌려보내는 데는 그 뒤로도 한참이 더 걸렸다. 매장에 돌아가자 진열대 뒤에 멀거니 서 있던 승재가 부용을 보며 바보같이 웃었다. 부용은 늦어서 미안하다고 사과했다. 승재가 사람 좋게 말했다.

"뭐 어때요. 오늘이 마지막인데."

4

폐점 한 시간 전이었다. 불고기와 반찬을 반값에 판다는 직원들의 외침에 쇳소리가 섞여 있었다. 쇼핑카트를 끌고 하릴없이 돌아다니던 손님들이 귀를 쫑긋거리며 방향을 돌렸다. 커피 판촉사원도 커피머신의 전원을 끄고 아홉 시간 동안 귀에 걸고 있던 투명 플라스틱 마스크를 벗었다. 재고를 남기지 않으려는 필사적인 외침, 폐점을 알리는 안내방송, 일과의 끝을 기다리는 느슨한 기대감이 웅성거림 속에서 뒤엉켰다.

매장 영업이 끝났다. 부용과 승재는 매니저와 함께 정육 코너를 정리했다.

30분 뒤, 옷을 갈아입은 부용과 승재는 다른 직원들과 함께 매장 뒷문으로 빠져나왔다. 그들의 손에는 비닐봉지가 하나씩 들려 있었다. 그동안 수고했다며 매니저가 챙겨준 고기였다.

"안녕히 계세요."

승재가 말했다.

"테레비에서 곧 볼 거잖아?"

부용이 말했다.

"당연하죠. 곧 볼 거예요."

승재가 머뭇거렸다.

"왜 승재 학생? 뭐 할 말 있어?"

"아니에요."

그는 여전히 머뭇거렸다.

"하고 싶은 말 있으면 해. 안 하면 병 나."

"그…… 궁금한 게 있긴 해요. 전부터 궁금했던 건데. 오늘 아니면 말을 못 할 것 같아서." 승재가 말했다. "사람 죽이면 기분이 어때요?"

부용은 승재의 얼굴을 바라보았다. 병든 어머니와 어린 여동생을 보살피고 매일 노래 연습을 하는 성실한 청년의 눈코입이 한순간 잘못 깎인 렌즈를 통해 보는 것처럼 비틀렸다. 부용은 이상한 시간의 틈 속으로, 잘못된 꿈으로 빠져드는 기분이 들었다. 입가의 미소는 악의에서 나온 것일까, 호기심에서 나온 것일까? 아니면 자기가 뱉은 말을 얼버무리고 싶어서? 그렇다면 왜 잘못했다고 말하지 않지? 왜 내 대답을 기다리고 있는 거지?

"어떨 거 같아?"

부용이 말했다.

"알면 물어보겠어요? 말 돌리지 말고. 진짜로 어땠냐니까?"

승재가 말했다. 그는 여전히 미소를 짓고 있었다. 그게 어떤 의미를 품고 있건 간에 부용은 그 미소를 보고 싶지 않았다. 그녀는 말없이 승재에게 등을 돌려 도망치듯 빠른 걸음으로 걷기 시작했다. 승재가 그녀의 등 뒤에서 소리쳤다.

"말 안 해줘요? 궁금해요. 궁금하다고! 씨발! 졸라 궁금했었어! 궁금해서 참을 수가 없었다고!"

부용은 서둘러 걸었다. 눈앞에 보이는 모든 것에 적의와 조롱이 깃들어 있었다. 사물들이 말했다. 난 다 알아. 사람들이 말했다. 어디까지 아는지는 네 상상에 맡길게. 거리에 흐르는 노래들이 말했다. 새로 설치한 여관의 네온사인이 말했다. 일격을 맞은 듯 점멸하는 가로등이 말했다. 하얀 연기를 독처럼 내뿜는 가게의 굴뚝이 말했다. 발에 차이는 쓰레기들이 말했다. 경쟁에서 패배한 개가 말했다. 은신처로 숨어드는 고양이가 말했다. 무섭게 휘감아 도는 밤의 추위가 말했다. 모두가 입을 모아 말했다.

난 다 알아.

한참을 걷고 나서야 속도를 늦췄다. 숨이 가빴다. 날뛰던 맥박이 가라앉았다. 정신을 차리고 보니 버스정류장을 지나쳤다. 걷기에도 버스를 타기에도 애매했다. 부용은 어쩔까 생각하며 계속 걸었다. 생각에서 깨어났다. 어느새 집 근처였다. 오르막길을 10분만 더 오르면 됐다.

반쯤 오르고 있는데 혜연에게서 전화가 왔다.

"언제 와, 엄마?"

"다 왔어. 안 서방이 너 찾으러 왔던데."

"계속 전화해서 배터리 빼놨어. 엄마, 그 사람 엄마 집 어딨는지 모르지?"

"몰라. 그러니까 편하게 쉬고 있어. 엄마 곧 갈게."

"나 만두 먹고 싶어."

혜연이 또다시 아기처럼 칭얼거렸다. 목소리에 맥이 풀리고 숨이 거칠어졌다. 딸의 마음속 어딘가에서 그동안 필사적으로 견디며 붙잡고 있던 무언가가 엄청난 속도로 붕괴하는 소리가 몸 밖으로 새어 나오는 것 같았다. 부용은 혜연이 지금 어떤 상태에 놓여 있는지 짐작조차 가지 않았다. 아빠를 죽인 엄마가 감옥에 가 있는 동안 엄마를 감옥으로 가게 만든 남자와 함께 견뎌야 했던 것이 무엇인지도.

어쩌면 혜연도 참지 말았어야 했는지 모른다.

참지 말라고 말해줬어야 했는지도 모른다.

화장실에서 병철의 어깨와 팔을 분리하던 그날 밤 부용은 피와 기름 때문에, 그리고 아버지가 다시 돌아온 것 같은 착각 때문에 몇 번씩 쥐고 있던 칼을 놓쳤다. 그녀의 피와 남편의 피가 뒤섞였다.

그 뒤엉킨 피 밑에서 강 아래의 강처럼 흐르는, 늪 아래의 늪처럼 고여 있는 아버지의 피.

그날 밤도 아버지는 딸을 두드려 팼고 떨리는 손을 알코올로 진정시킨 뒤 저녁에 먹었던 것을 방바닥에 아무렇게나 토한 다음 잠이 들었다. 퀴퀴하고 시큼한 냄새. 부용은 잠이 오지 않았다. 그걸 치우고 나서 자야 할 것 같았다.

일어나서 방의 불을 켰다. 부용의 아버지는 베개를 옆으로 치운 채 두 팔을 위로 하고 마치 항복이라도 하는 것 같은 자세로 자고 있었다. 벌어진 입에서 침이 흘렀고 살짝 뜬 눈 사이로 흰자위가 보였다. 그 모습을 보는 순간 참을 수 없다는 생각이 아무런 예고 없이 부용의 머리를 강타하고 지나갔다. 생각이 지진이라면 행동은 여진이었다. 부용은 베개를 들어 아버지의 얼굴을 눌렀다.

다음 날 아침 부용은 울면서 파출소로 달려갔다. 순경들이 자기 토사물에 질식해 죽어 있는 부용의 아버지를 발견했을 때 그녀는 파출소 숙직실의 따뜻한 온돌에 누워 사르르 잠이 들었다.

그러다 눈을 떴다. 토요일 오후. 믿을 수 없을 정도로 조용한 세상. TV가 있었다. 부용은 TV를 켰다. TV에서 주말연속극을 재방송하고 있었다. 시댁에서 쫓겨난 며느리가 친정어머니에게 돌아가 울고 있었다. 친정어머니는 싫건 좋건 딸을 돌려보내야 했다. 울던 딸이 어머니의 손을 감싸 쥐었다. 카메라가 손을 클로즈업했다. 빛을 바른 것처럼 새하얗게 빛나는 손이 흑백 브라운관에 꽉 찼다. 부용은 홀린 듯 그 장면에서 눈을 떼지 못했다.

숙직실 문이 열리고 곱게 화장한 여자가 안으로 들어왔다. 화장품 냄새와 경찰 무전기에서 나는 치직거리는 잡음이 한꺼번에 밀려왔다. 안녕? 네가 부용이니? 여자가 부용의 손을 잡으며 다정한 목소리로 말했다. 이쁘다, 이름. 언니는 널 돌보려고 왔단다. 그런데 그 전에 저기 형사 아저씨들이 너한테 듣고 싶은 말이 있다고 하는데……. 그녀 뒤에 서 있던 형사들이 숙직실 안으로 들어왔다. 부용의 심장이 미친 듯이 뛰기 시작했다. 그녀는 비명을 지르고 발을 구르며 입에 거품을 물었다. 자기가 믿지 않으면 누구도 믿지 않는다. 그녀는 진짜로 까무러쳤다. 멀어지는 의식 속에서 사람

들이 웅성거리는 소리가 들렸다. 아, 내가 뭐랬어요. 나중에 묻자
니까……. 충격을…… 일단 병원부터…….

"사 갈게. 무슨 만두?"

"김치만두."

전화를 끊은 부용이 가던 길을 돌아 내려가기 시작했다. 조용한
외길에 귤빛 가로등이 띄엄띄엄 빛났다.

그녀는 비닐봉지에서 스티로폼 용기 중 하나를 꺼내 랩을 찢었
다. 가로등 불빛 아래서 호주산 갈빗살이 탁하고 벌건 빛을 띠었
다. 차갑고 물컹하고 비릿한 생살을 씹으며 그녀는 자신을 두려워
하면서도 증오하는 사위에 대한, 그리고 남편에 대한 두서없는 상
념에 빠져들었다. 그를 만나야 하는 걸까? 정육점에 들이닥친 형
사들이 냉장고에서 병철의 머리와 넓적다리를 찾아내고 난 뒤 그
들은 냉장고 속 넓적다리의 일부가 어디로 갔는지 집요하게 캐물
었다. 구치소에서도 검찰청에서도 재판정에서도 감옥에서도 질문
은 되풀이되었지만 부용은 그것만은 끝내 대답하지 않았다. 그럴
싸한 거짓말도 꾸며내지 않았다.

누가 만져도 고기는 고기.

먹는 사람에겐 결국 똑같은 것.

붉은 숲

수연은 카키가 자기보다 가슴이 한 배 반은 클 거라고 생각한다.

카키는 수연보다 두 배는 오래 살았으며 세 배는 시원하게 웃는다. 카키가 웃을 때는 주변의 공기가 떨릴 정도다. 별생각 없이 옆에 서 있던 사람들이 깜짝 놀라곤 한다. 카키의 손은 대패질을 하지 않은 나무만큼이나 까끌까끌하다. 두꺼운 손톱은 볼록렌즈처럼 둥글게 굽어 있다. 다리는 곧고 단단하다. 뒤로 질끈 묶은 머리칼이 옥수수수염처럼 빳빳이 뻗쳐 있다. 각진 턱과 단호하게 닫힌 입술이 받치고 있는 얼굴에 칼로 베인 것 같은 주름이 패어 있다. 두툼한 코를 사이에 둔 길고 작은 눈 속에서 까만 눈동자가 빛난다.

수연은 카키가 아름답다고 생각한다. 물론 장난으로라도 카키에게 그런 말을 하는 남자는 없다. 타운의 남자들은 카키와 거리를 둔다. 작은 배들이 바다에 생긴 거대한 소용돌이를 피해 가듯. 수연은 자신이 언제나 갖고 싶었던 것들이 카키의 안과 밖에서 살아 숨 쉬고 있다는 걸 안다. 강인함, 의지, 냉정함, 결단력, 당당함.

그들은 낡은 회색 방호복을 입고 지구에 불시착한 우주인처럼 무진(霧津)의 텅 빈 거리를 걷고 있다. 발끝에 걸리는 돌멩이를 툭툭 차며 낮은 빌딩들, 붉은 벽돌로 지은 다세대주택, 잿빛 시멘트 벽으로 구획해놓은 골목을 지나간다. 팔다리를 움직일 때마다 방호복 내부에 코팅된 비닐이 바스락거린다. 내쉬는 숨결이 마스크에 닿자 눈과 코 부위의 투명 플라스틱에 김이 서린다. 플라스틱 표면의 자잘한 생채기들이 정면에서 내리쬐는 햇빛을 받아 난반사를 일으킨다. 얇은 비닐을 통해 피부에 닿는 바깥 공기가 서늘하다.

다음 골목을 돌면 군청. 군청 앞에는 작은 광장. 광장 한가운데에는 와인잔을 엎어놓은 것처럼 생긴 분수대. 분수대 밑단에는 소나무 사이를 뛰어노는 알록달록한 사슴들. 지역 벤처 예술 사업을 한다며 찾아온 사업가가 미대생들을 시켜 만든 흉물. 하지만 눈에는 정말 잘 띄어서 무진에 사는 모든 소년소녀들이 모이는 곳이 됐다. 어딜 가든 거기서 먼저 만났고 기다리는 동안 사슴의 눈을 담뱃불로 지졌다. 햄버거. 팥빙수. 피자. 그린티라떼. 미용실. 레이스 달린 머리띠. 셀카. 맥주. 음악. 춤. 아이돌. 토요일 밤. 질투. 따돌림. 실없는 웃음. 탐색. 키스. 만남. 헤어짐. 권태. 모호한 기대. 얄팍한 희망. 뻔하디뻔했던 미래.

수연이 사고 후 1년 반 만에 무진에 발을 디뎠던 날에도 분수대는 바싹 말라 있었다. 수연은 케이블 TV 영화에서 봤던 장면들을 막연히 상상했고, 실제로 그와 비슷한 광경이 눈앞에 펼쳐져 있었다. 콘크리트에서 반쯤 빠져나와 괴롭게 뒤틀린 철근. 움푹움푹 구멍 난 아스팔트. 보도블록이 뒤집힌 인도. 구리만 깨끗하게 뽑혀나간 전선. 기둥과 바닥의 갈라진 틈에서 무시무시하게 피어오른 곰팡이. 고개를 빳빳이 세운 잡초와 침착하게 영역을 넓혀가는 담쟁이. 이상할 정도로 멀쩡해서 더 소름 끼쳤던 마네킹. 멋대로 우거진 가로수.

영화와 달랐던 건 냄새였다. 방호복과 마스크를 뚫고 들어와 코와 입에 착 감기며 달라붙는 역겨운 냄새.

그들이 걷는 방향과 반대편에 수연과 친구들의 아지트였던 곳이 있다. 노래방 건물과 파스타 가게 건물 사이에 있는 분홍색 벤치. 대기 손님을 위해 파스타 가게에서 마련해둔 것이었지만 제 용도대로 쓰이는 일은 없었다. 수연과 친구들이 피우고 버린 담배꽁초와 잡담만 수북이 쌓였다. 수연은 문득 벤치에 앉아보고 싶다고 생각한다. 돌아가는 길에는 기회가 없을 것이다. 카키에게 부탁해서 잠깐만 앉았다 간다면…… 하다못해 둘러라도 볼 수 있다면. 수연은 아쉬운 마음으로 뒤를 돌아본다.

그리고 그 자리에 뻣뻣이 굳는다.

머리가 둘 달린 개가 수연에게서 10미터 정도 떨어진 채 서 있다. 일곱 살 남자애만 한 몸집. 검은색에 가까운 갈색 털.

수연은 눈을 깜박인다. 개는 두 마리다. 갈색 털의 개와 그보다 조금 작은 검은 개. 소문 때문이다. 갓 잡은 생선에 가이거 계수기를 갖다 대면 자글거리는 소리와 함께 되살아나 사람들의 마음을 어지럽히는 소문. 이마에 눈이 하나 더 달린 고양이가 쓰레기통을 배회하고, 수술이 비대하게 큰 꽃이 시체 썩는 냄새를 풍기며 만개하고, 다리가 여덟 개인 벌이 꽃 주위를 왱왱거리며, 어른 머리통만 한 개구리가 혀를 날름거리며 벌을 노린다는 소문.

개들은 꼬리를 내린 채 씩씩거린다. 앙상한 몸. 뻣뻣한 털. 곧게 선 귀. 누리끼리한 이빨. 늘어진 혀. 떨어지는 침. 그 속에 배어 있을지 모를 독. 영리한 뇌의 안쪽에서 깨어났을지도 모를 야성. 정부에서는 정기적으로 무진의 동물들을 살처분했다. 살아남은 동물들은 독해졌다.

수연은 카키와 함께 일하던 첫날에 들었던 주의사항을 떠올린다. 첫째 가능한 한 맨땅을 밟지 말 것. 둘째 절대 고인 물에 들어가지 말 것. 셋째 개와 고양이를 조심할 것.

이상한 낌새를 챈 카키가 뒤를 돌아본다. 개들이 그들 앞에서 좌우로 어슬렁거린다. 카키가 수연에게 다가온다. 장갑을 낀 손에 개조 공기총이 들려 있다. 개들이 이를 드러내고 으르렁거린다. 카

214

키는 수연의 팔을 잡고 자기 쪽으로 끌어당긴다. 개들은 두 여자에게서 시선을 떼지 않은 채 간격을 유지한다. 수연은 뒷걸음질을 친다. 이대로 조금씩 움직이며 거리를 둔다면 개들도 함부로 움직이지 않을 것이다.

아마도.

하지만 수연은 개에 대해서는 아무것도 모른다.

그때 수연이 뭔가에 걸려 넘어진다. 저도 모르게 지른 짧고 날카로운 비명이 놀란 새처럼 파란 하늘 위로 휙 솟아오른다.

그것을 신호로 개들이 달려든다. 발이 날렵하게 흙을 튀긴다. 수연이 숨을 삼키기도 전에 입을 쩍 벌리며 눈앞까지 다가온다. 카키도 재빨리 움직인다. 갈색 개의 정수리에 공기총을 쏜다. 개는 깽 하며 바닥에 쓰러져 버둥댄다. 검은 개 쪽으로 총구를 돌리는 것과 동시에 개가 카키의 목덜미로 펄쩍 뛰어오른다. 카키와 개가 한데 엉켜 바닥에 쓰러진다. 개가 방호복을 물어뜯으려 한다. 입에서 거품이 이는 끈끈한 침이 흘러나온다. 수연은 카키가 떨어뜨린 공기총을 집어 겨냥도 않고 방아쇠를 당긴다. 개가 왼눈을 질끈 감는다. 하지만 공격을 멈추지는 않는다. 수연은 한 발 더 쏜다. 개의 귓바퀴에 구멍이 뚫린다.

검은 개가 고개를 든다. 눈알이 있던 공간이 새빨간 독기를 품고 있다. 성한 쪽 눈의 흰자가 샛노랗다. 작고 검은 동공에서 생존에 대한 욕망과 오래 품어온 악의가 타오른다. 수연의 몸속에서 피가 펄펄 끓어올라 귀와 코로 흘러넘칠 것 같다. 시야가 좁아진다. 개를 뺀 나머지 세상이 흐릿해진다. 개가 몸을 웅크리고 뛰어오를 준비를 한다. 수연은 눈을 감는다.

아무 일도 일어나지 않는다.

수연이 눈을 뜬다. 카키가 왼손으로 개의 대가리를 잡은 채 오른손으로 나이프를 목에 쑤셔 넣고 있다. 개가 격렬히 몸을 떤다. 카키가 목에 박힌 나이프를 시계 반대 방향으로 반바퀴 돌린다. 수연의 귀에 우둑, 하는 소리가 들린 것 같다.

카키가 개를 몸에서 치우며 일어선다. 마스크와 가슴께에 피가 튀어 있다.

그들은 죽어가는 개를 내려다본다. 동맥에서 흘러나온 피가 보도블록을 적신다. 개의 눈빛이 사위어가며 늪에 던진 돌처럼 어둠 속으로 가라앉는다. 개가 찬 가죽 목걸이에 하트 모양의 도금 장식이 달려 있다. 수연은 장식에 손을 뻗었다가 멈칫거리고는 손을 거둔다.

카키가 수신호로 말한다. 적어도 본인은 수신호라고 주장한다. 엄지와 검지로 동그라미를 만든 다음 질문하듯 손을 재빨리 흔든다.

괜찮아?

수연은 네, 하는 입 모양을 만들며 고개를 끄덕인다. 카키가 수연의 어깨를 두드린다. 수연은 카키에게 사과를 해야 한다고 생

각한다. 앞뒤 안 가리고 총을 쏴댔다. 잘못해서 카키에게 맞았다
면⋯⋯. 하지만 아무 말도 나오지 않는다.

카키가 다시 엉터리 수신호를 한다.

시간 없어. 오후까지는 다 돌아야 돼.

그들은 다시 걷는다.

그들은 정오쯤 무진 3동에 도착한다. 초등학교 앞 문방구에서
만나기로 하고 헤어진다. 문방구 유리문에 붙어 있는 여자 연예인
의 사진이 그들을 반가이 배웅한다. 미리 의논한 대로 구역의 오
른쪽 절반은 카키가, 왼쪽은 수연이 담당한다.

카키는 헤어지면서 수연에게 엄지손가락을 치켜 올린다.

수연은 어린이집과 편의점과 주택들을 지나 다섯 개 동이 모여
있는 조그만 아파트 단지로 간다. 오늘의 목표는 1동 401호, 2동
102호와 205호, 3동 106호와 304호, 5동 504호.

수연은 여기가 익숙하다. 아파트 단지 뒤는 개천. 개천에 놓인
짧은 다리를 건너면 작은 공원. 커플의 천국. 이른바 친환경 야외
모텔. 아파트 주민들은 봄과 초여름, 늦가을이 되면 창 너머에서
들어오는 밤꽃 냄새와 페로몬 증기, 신음 소리, 호르몬으로 터질
듯 꽉 찬 고함과 웃음소리 때문에 불평을 늘어놓았고 민원도 틈나
는 대로 넣었다. 그러면 군청 공무원과 순경들이 나타나 손전등과
호루라기를 들고 공원을 한바탕 휘저었고, 소년과 소녀들은 욕을

하며 흩어졌다가 또 공원으로 모여들었다.

수연은 공원에 '자주' 들락거리는 여자애가 이 작은 동네에서 어떤 소리를 듣는지 알았지만 그게 무서워서 발을 뺀다는 비웃음을 사고 싶지도 않았다. 단속이 나오면 누구보다 크게 욕을 했고 쫓아오는 공무원들에게 가운뎃손가락을 열심히 들어 올렸다. 그렇게 하면 그 사람들이 소방서에 있는 아버지에게 전화를 걸어 소방장님 따님 대단합디다, 라고 말해주길 기대라도 하듯. 따님이 전해달랍디다. 일만 하다 뒈지라고, 라 전해주길 바라기라도 하듯.

일만 하다가.

사고가 터진 날 수연의 아버지는 야간근무를 서고 있었고, 다른 네 명의 소방관과 함께 제일 먼저 발전소에 도착했다. 수연과 다른 네 소방관들의 가족은 무진에서 하나밖에 없는 종합병원의 맨 꼭대기 층에 있는 다섯 개의 병실에 사실상 감금되다시피 한 채 가장의 임종을 지켜보았다. 앉아 있는 곳은 달랐지만 본 것은 모두 같았다. 녹아내린 살점이 거즈와 붕대에 촘촘히 스며드는 동안 숨을 헐떡이며 죽기만을 기다리는 소방관. 유족들은 나중에 가끔 그때 일에 대해 이야기를 나눴는데, 이상하게도 말을 하면 할수록 서로 조금씩 목소리를 낮추다 나중에는 아예 입을 다물다시피 하며 대화를 끝맺곤 했다. 그날 밤 병실 복도를 돌아다니던 군인들과 어쩔 줄 몰라 하던 의사들, 여기서 본 것을 절대 누설하면 안 된다는 각서에 서명을 받아 간 정체불명의 남자들을 의식하듯.

수연은 단지 입구에서 제일 가까운 2동으로 들어간다. 102호 주인이 준 열쇠를 돌린다. 문을 여는 순간 곰팡이와 먼지, 부패한 공기가 주박에서 풀려난 귀신처럼 수연을 덮치고, 수연은 저도 모르게 뒤로 한 발짝 물러선다.

102호 안은 어두침침하다. 베란다 앞에 빽빽이 우거진 나무들이 만든 어둠에 한낮의 빛이 점점이 찍혀 있다. 수연은 거실로 들어간다. 안 될 줄 빤히 아는데도 습관적으로 전등 스위치를 눌러보며 집 안에 굶어 죽은 동물이 없길 바란다. 피난을 떠나면서 많은 사람들이 습관대로 문을 걸어 잠갔다. 집 안에 새장이나 개집을 놓고 산 집들도. 한번은 뼈와 깃털만 남은 오리를 밟고 기절초풍한 적이 있다. 집 안에서 왜 오리 같은 걸 키웠을까?

수연은 개의 목에 걸려 있던 장식을 떠올린다.

이름이 새겨져 있었을지도 모르는데.

먼지가 뽀얗게 앉은 초록색 밥상 덮개가 식탁에 올라 있다. 덮개 안에 놓인 밥과 국. 가스레인지에 앉힌 철제 냄비. 싱크대에 처박힌 그릇. 소파 위에 대충 올려놓은 이불. 벽에 걸린 가족사진 액자. 평면 TV. 소파에 아무렇게나 내던져져 삭아가는 빨랫감들. 일시정지 버튼을 누른 것 같은 삶. 수연은 무진의 빈집에 들어올 때마다 어릴 적 TV에서 본 메리 셀레스트호의 미스터리를 생각한다. 바다를 떠돌던 그 배에 사람들이 올라갔을 때 주방에서는 식사 준비가 한창이던 흔적이 역력했고 테이블 위에는 트럼프카드가 펼쳐져 있었다. 사람만 없었다. 금방 돌아오기라도 할 것처럼. 무진의 주민들이 간단한 짐만 챙겨서 주민센터와 마을회관으로 대피했을 때 공무원들과 경찰들은 길어야 이틀이면 상황이 정리될 거라며 사람들을 안심시켰다. 큰일은 아니라고. 기술자들이 복구 중이라고. 기차가 가끔 멈추는 거랑 똑같다고. 민방위 훈련이라 생각하시라고. 정말? 우린 피난 같은 거 처음 해보는데? 사람들은 고개를 갸웃했지만 그렇다고 다른 정보가 들어오는 것도 아니었다. 무진 사람들은 이틀 뒤 더 멀리 떨어진 마을회관으로 이동했고, 그다음 날엔 다른 군의 학교 체육관으로 옮겨 가 골판지 위에서 잠을 잤다. 마지막으로 도착한 곳이 폐쇄된 군부대 부지였고, 거기가 그대로 에코 타운, 줄여서 타운이 되었다.

에코 타운이라니. 수연은 공무원의 머리에서 나온 농담치고는 꽤나 웃기다고 가끔 생각한다.

그때 사람들을 인솔하던 공무원과 경찰 중 일부는 죽었고 일부는 그만뒀으며 일부는 그냥 사라졌지만 대부분은 여전히 타운에서 일을 한다. 타운의 주민들처럼, 그리고 이 나라의 모든 사람들처럼. 그들 역시 사고에 대해서는 언급하려 하지 않고 생각하려 들지 않는다. 사고 전에도 그랬듯 민원인들을 쌀쌀맞게 대하고 무표정하게 순찰을 돈다.

하지만 그들이 단속을 나갈 커플의 천국 같은 건 타운에 없다.

수연은 안방으로 들어간다. 102호 주인의 말에 따르면 귀중품

은 가운데 장롱 맨 아래 서랍에 있다. 서랍이 좀 얕을 거야. 주인
은 그렇게 말했다. 칸막이를 하나 더 해놨거든. 그냥 밑에서 탁 치
면 돼. 수연은 서랍을 빼 속옷과 양말을 꺼낸다. 밑을 탁 치자 얇은
합판이 홈에서 툭 빠져나온다. 돌반지. 금목걸이. 금으로 만든 조
그만 돼지 세 마리. 은행 통장 일곱 개. 확정일자 인지가 붙어 있는
전세 계약서. 수연은 그것들을 검은 비닐봉지에 싸서 비닐 백팩에
집어넣는다.

　수연은 안방을 나와 화장실 옆에 있는 작은 방문을 연다. 합판
으로 만든 책상. 낡은 컴퓨터. 책장. 가끔 현금, 보석, 귀금속, 통장,
집문서가 아닌 다른 걸 갖다 달라는 사람들이 있다. 아이가 좋아
하던 인형. 일기장. 중학교 졸업 앨범. 에이미 와인하우스의 시디.
〈다크 나이트〉 블루레이. 카키는 그런 부탁을 하는 사람들의 면전
에 대놓고 짜증을 낸다. 좋아. 세슘 범벅이 된 트랜스포머 장난감
을 갖다 줄게. 아들놈이 갑상선암에 걸리고 난 다음에 나한테 와
서 뭐라 하나 보자. 손이나 잡고 우는 거 말고 네가 뭘 할 수 있나
보자고. 수연도 카키의 말이 옳다고 생각한다. 하지만…… 치킨집
사장이었던 102호 주인에게는 아들도 아내도 없다. 아들은 타운
을 떠났고 아내는 사고 후 1년 뒤 급성 백혈병으로 사망했다. 거의
손도 못 써봤다. 보험사에서 나온 직원은 급성 백혈병과 사고 사
이의 인과관계가 명백하다는 것을 피보험자가 입증할 경우 보험
금을 지급하겠다고 했다 한다. 혹여나 뭐라도 물을까 봐 병상에서

멀찍이 떨어진 채 그렇게 말했다.

눈 하나 깜짝 않고 그런 말을 지껄였다.

수연은 책상 서랍을 연다. 주인의 말대로 두툼한 갈색 종이봉투가 있다. 그녀는 봉투를 챙긴다.

두 시간 뒤 카키와 수연은 문방구 앞에서 만난다.

얼마나 회수했어?

1동 401호랑 3동 106호에는 뭐가 없었어요.

수연이 손짓으로 말한다. 카키가 고개를 끄덕인다. 오늘은 운이 좋은 편이다. 보통은 의뢰받은 것 중 절반도 못 건진다. 쓸 만한 것들은 오래전에 다 털리거나 망가졌다.

사고가 수습된 후 대부분의 사람들이 원래 살던 집으로 돌아왔지만 발전소 반경 15킬로미터 이내의 땅은 출입금지구역으로 지정되었다. 기준을 절반이나 깎았지만 무진의 절반 이상이 구역에 포함되었다. 무진 주민들은 반년을 싸웠다. 그때 박살난 타운의 시설 중 일부는 지금껏 복구되지 않은 채 남아 있다. 결국 집으로 돌아갈 가망이 사라졌다는 걸 인정한 주민들은 자신의 사유재산과 겸사해서 남의 사유재산까지 되찾고자 검문소와 철조망을 뚫고 몰래 안으로 들어갔다. 마침내는 군대가 철조망을 넘던 노인을 경고 없이 사격하는 최악의 상황이 터지고 나서야 귀향의 물결이 멈췄다. 여론은 민간인 사격이 어쩔 수 없는 일이라는 쪽으로 흘러갔다. 안타까운 마음은 십분 이해하지만 법과 규칙을 어기면서까지 해야 할 짓은 아니라는 데 의견의 일치를 봤다. 사격한 군인들은 재판을 받았지만 무죄로 방면되었다. 그러나 부대 지휘관은 책임을 지고 옷을 벗어야 했다. 지휘관은 나중에 신문 인터뷰에서 억울하다고 주장했다.

그리고 카키는 이게 자선사업이 아니면 뭐냐고 투덜거리며 돈을 번다.

언니는요?

카키는 백팩을 들어 올린다. 묵직한 게 들어 있는 듯 축 늘어져 있다.

그들은 왔던 길을 돌아간다. 한 시간 반 정도 걷다 보면 제3검문소 남쪽 근방의 야산 기슭에 도착한다. 다시 한 시간쯤 걸려 산을 넘으면 버려진 절이 나오고, 거기에 그들이 타운에서 타고 온 차가 주차돼 있다. 타운으로 돌아가면 카키가 살고 있는 컨테이너 가건물로 가서 방호복을 입은 채 샤워를 한 뒤 회수한 물건을 백팩에서 꺼낸다. 젖어도 상관없는 것은 흐르는 물에 씻고 돈과 종이는 진공청소기로 먼지를 빨아들인다. 그다음 방호복과 백팩을 한 번 더 씻은 뒤 건조대에 널어두고 샤워를 한다. 먼지랑 똑같아. 카키는 그렇게 말했다. 마시거나 피부에 스며들지만 않으면 돼. 수연은 고개를 끄덕이긴 했지만 내부 피폭이 두렵지는 않았다. 그 문제는 병원 침대에서 죽어가던 아버지를 지켜본 그날 밤 이후 전혀 중요한 것이 아니었다. 수연이 정말로 궁금한 건 카키가 어떻게 야산을 통하는 루트를 개척했느냐다. 어느 날 그걸 묻자 카키는 입술 끝을 삐뚜름하게 치켜 올렸다.

그건 알아서 뭐하게?

우린 동업자니까요.

픽이나. 카키가 담배를 입에 문 채 피식 웃었다.

넌 암만 잘 봐줘도 조수야. 조수. 쫄따구. 시다.

카키가 라이터를 켰다.

분명히 말하는데, 난 너랑 일을 하겠다고 맘을 먹은 게 아냐. 솔직히 왜 나한테 온 건지 지금도 모르겠거든.

돈을 벌어야 먹고살죠.

돈 벌고 싶으면 여기 있으면 안 되지.

무진 출신은 아무 데서도 안 받아주는 거 알잖아요. 오염됐다고.

다들 잘만 나가서 일만 잘하던데. 택배도 하고, 대리운전도 하고, 노가다도 뛰고. 전국 발전소에서 무진 사람은 없어서 난리인 거 아니? 못 들어가는 구역이 없다더라, 야.

전 여기가 좋아요. 언니랑 같이 있으면 더 좋고요.

그런 말 듣고 내가 좋아할 줄 알면 오산이지. 오산…… 오해 말고 오산.

저는 세상에서 조수 일을 제일 잘해요.

동업자라더니.

갑이 아니라면 아닌 거죠.

내가 남편이랑 베란다나 욕실 바닥에 타일을 붙이며 살았을 땐 말이지.

카키의 입에 물린 담배 끝이 빨갛게 빛났다.

집주인들이 매의 눈으로 날 봤다? 저년이 뭐라도 하나 집어 가나 안 집어 가나. 그런데 이젠 아무도 없는 집에서 뭘 집어 오면 나한테 돈을 줘. 근데 이젠 조수니 동업자니 하는 꼬맹이가 알짱거리네. 세상 오래 살고 볼 일이지. 넌 여길 떠나야 돼. 타운은 젊은 애들이 살 곳이 아냐. 나가서 개똥처럼 굴러도 여기보단 나아. 여긴 아무것도 없으니까. 나 같은 사람한테 의지하려고? 난 네 언니도, 애비도 아냐. 우는 척하지 마. 난 분명히 이 일이 너한테 안 어울린다고 경고했어. 방해된다 싶으면 바로 쫓아낼 거야. 내일 새벽 4시까지 여기로 와. 1분이라도 늦어봐, 아주.

카키는 더 이상 할 얘기가 없다는 듯 손뼉을 짝 치더니 컨테이너 안으로 들어갔다.

그날 밤 수연은 자신을 찾아와 같이 타운을 떠나자 권유하던 남자애를 생각했다. 이름이 민재라던가. 공원에서 가끔 눈이 마주치던, 잘하면 '썸을 탈' 수도 있을 것 같았던 멀쩡하고 키 크고 여윈 남자애. 아이돌 그룹 멤버를 조금 닮았던 애. 수연은 2층짜리 컨테이너 가건물에 설치된 철제 계단의 중간에 앉아 있었고 민재는 계단에 한쪽 발을 올린 채 수연을 열심히 설득했다. 지렁이처럼 길고 굼뜬 연설의 요점은 여기엔 미래가 없다는 것이었다. 자기는 언젠가 자기를 이렇게 만든 세상에 복수를 하고 싶지만 그 전에 힘을 키우겠다고, 그러기 위해서는 우선 여길 나가야 한다고, 그 길에 수연이 함께하면 좋겠다고 말했다. 수연은 우습다가, 화가 났다가, 말하고 싶은 의욕을 잃었다가, 민재가 안쓰러워졌다가, 아무튼 복잡하고 미묘해진 기분으로 점잖게 거절했다. 수연은 민재에게 설명할 자신이 없었다. 조금씩 녹아내리는 아버지의 곁에 앉아 있는 심정이 어떠했는지. 딸이 던진 저주를 정통으로, 온몸으로 받아낸 아버지 앞에서 무슨 생각을 했는지. 그 전과 그 뒤로 세상이 어떻게 달리 보이는지.

민재는 뜻밖에 쉽게 포기하고 돌아갔다. 아마도 다른 여자애를 설득하러 갔는지도 모른다. 어쨌든 그 뒤 그 애를 타운에서 본 적은 없었다.

수연은 지금 별안간 그 남자애가 생각나는 게 싫다. 입술을 깨문다. 개 때문이다. 개를 죽이는 바람에 심란해졌다……

그때 앞서가던 카키가 우뚝 멈춘다.

우비를 입은 군인 세 명이 개의 시체 주변을 맴돌고 있다.

상급자로 보이는 군인이 휴대폰에 대고 뭔가 말한다. 통화를 끝낸 다음 나머지 둘에게 손짓으로 지시를 내린다. 두 명이 고개를 끄덕이며 흩어진다. 휴대폰을 든 군인이 죽은 개를 발로 툭 찬다.

카키와 수연은 바로 옆의 상가 건물로 들어간다.

옥상으로.

카키가 손가락을 위로 치켜 올린다.

그들은 계단을 오른다. 빠르게 움직이자 방호복이 거추장스러워진다. 군인들이 우비 한 장 달랑 입고 다니는 이유가 예산이 없어서라는 걸, 그 군인들이 쥐꼬리만 한 위험수당에 홀려 여기까지 끌려왔다는 걸 알고 있지만 이 우스꽝스러운 옷을 입고 계단을 헉헉대며 올라가는 꼴이 한심하다. 2층에 오르자 당구장 표시가 붙어 있는 먼지 낀 유리문이 보인다. 수연은 이 건물이 낯익은 장소라는 걸 깨닫는다. 3층이 만화방이었다. 수연과 친구들은 만화책을 읽었고 같이 어울리던 남자애들은 아래층에서 당구를 쳤다. 보통 여자애들이 책을 먼저 다 읽고 나서 내려와 남자애들이 하는 무의미한 공놀이를 지켜보곤 했다.

수연은 지금 그 무의미한 공놀이가 참으로 그립다.

3층을 지나 옥상으로 올라가려는데 날카로운 경고가 둘의 뒷목을 콱 끌어당긴다.

너 이 새끼 딱 걸렸어. 당장 튀어나와!

수연은 최면에 걸린 닭처럼 얼어붙는다. 카키가 플라스틱 너머에서 고개를 젓는다. 뻥이야. 우리 못 봤어. '너네'가 아니라 '너'라고 하잖아. 가만히 있어.

앳되고 카랑카랑한 목소리가 어디랄 것 없이 또 쏘아붙인다.

안 나와? 안 나오지? 안 나오면 내가 간다. 딱 셋까지 기다린다. 하나! 둘!

둘, 이 떨어지자마자 군홧발이 계단을 쿵쿵 올라온다. 수연은 직감한다. 다 끝났다. 마음속 어딘가에 걸려 있던 빗장이 풀린다. 다 쓰고 버린 건전지의 누액처럼 두려움이 새어 나와 수연의 다리 사이를 흐른다. 언젠가 이런 일이 생길 거라는 건 각오했지만 지금, 이렇게, 이 꼴로는 싫다…… 좀도둑처럼 이렇게…….

그때 카키가 수연에게 공기총과 백팩을 건네주며 일어선다. 수연이 멍하니 카키를 보자 카키는 씩 웃으며 예의 그 엉터리 수신호로 재빨리, 속삭이듯 말한다.

괜찮아. 괜찮을 거니까. 꼼짝 말고 있어.

어떻게 이렇게 잘 알아들을 수 있는 걸까?

카키가 두 손을 들고 내려간다. 그리고 계단 모퉁이를 돈다. 수연의 시야에서 카키가 사라지고, 이내 짐짓 크게 외치는 카키의 목소리가 들린다.

군인 아저씨, 나 항복, 항복! 쏘지 마요! 돈 슛!

주변의 공기가 떨릴 정도의 목소리. 별생각 없는, 혹은

바짝 긴장한 사람들을 깜짝 놀래키는 목소리.

우왓, 하는 외침과 함께 총성이 건물 벽을 때린다.

중력과 공포가 수연을 끌어당긴다. 수연은 바닥에 그대로 쓰러지려는 걸 필사적으로 버틴다. 입술을 있는 힘껏 깨무는 건 알겠는데 아픔은 느껴지지 않는다. 아랫입술이 축축해진다. 짭짜름한 액체가 입으로 들어온다.

아래층이 부산스러워진다. 사람들이 몰려온다. 뭐야. 뭐냐고. 무슨 소리냐고. 너 뭐야. 그러더니 갑자기 입을 딱 다문다. 칼로 목을 친 것 같은 적막이 흐른다. 침묵이 가자미처럼 바닥에 착 달라붙는다. 빠른 속삭임. 사고. 도둑. 책임. 재판. 수습. 아마도. 외국인. 너. 너. 우비 벗어. 싸야 할 거 아냐. 군인들의 발소리가 이상할 정도로 침착해진다. 무언가 무거운 것, 그러니까 비닐과 플라스틱으로 만든 옷을 입고 있는 덩치 큰 여자가 먼지를 풀풀 일으키며 계단 아래로 질질 끌려가는 것 같은 소리가 사라져간다.

덜컥, 털썩, 털썩, 덜컥, 털썩. 털썩.

영원보다 두 배 정도 긴 시간이 흐른 뒤 수연은 천천히 발을 뗀다. 뗀 발을 바닥에 놓자마자 이상한 고통이 나사못처럼 빙글빙글 돌며 수연의 명치와 옆구리를 꽉 조인다. 수연은 다시 입술을 깨문다. 찢어진 아랫입술에서 시작된 선명한 통증이 위에서 아래로 곤두박질친다.

수연은 옥상으로 올라간다. 오후의 그림자가 건물과 나무에, 분수대에, 벤치에, 아찔하게 파란 하늘에서 떨어지는 빛이 가닿는 모든 것에 드리워져 있다. 시선이 닿는 곳에 죽은 개들이 누워 있다. 검은 개의 고개가 기묘한 각도로 꺾여 있다. 멀리 북쪽에는 상판의 절반이 붕괴한 발전소가 모서리가 깨진 문진처럼 서 있다.

발전소 부지의 절반을 에워싼 숲도 보인다. 차츰 기울어가는 햇살을 받아 안아 선명한 명암을 그리며 펼쳐진 붉은 숲. 바다에서 불어오는 바람을 타고 출렁이는, 용광로에서 흘러나온 쇳물처럼 넘실거리는 새빨간 이파리들. 섬유질로 이루어진 피 웅덩이. 사고 직후 숲의 모든 나무가 피부를 벗겨내듯 빨갛게 변했고, 한 사진작가가 헬리콥터를 타고 하늘에서 그 광경을 찍은 다음 '영원한 가을'이라고 제목을 달아 신문사에 넘겼다. 수연은 사진을 보며 이 폐허 속에서 누군가는 그렇게 선명한 아름다움을 찾아냈다는 사실에 몸서리를 쳤던 기억이 있다. 그 사진작가가 백혈병으로 죽었다는 이야기도 언젠가 인터넷 게시판에서 읽은 것 같다. 하지만 게시판에서는 언제나 수많은 멀쩡한 사람이 죽어 나간다.

현실에서보다는 적게.

수연은 아래를 본다.

군인들도 카키도 보이지 않는다.

수연은 예정 시간을 훌쩍 넘겨 타운에 돌아온다. 아마도 해가 질 때까지 만화방 건물에 숨어 있다가 움직였을 것이다. 혼자 어둠을 넘고, 혼자 차를 몰고, 혼자 백팩 두 개를 어깨에 메고 돌아왔을 것이다.

하지만 수연은 자기가 한 일이 하나도 생각나지 않는다.

수연은 카키의 컨테이너에서 혼자 샤워를 하고 혼자 옷을 갈아입는다. 카키는 샤워를 하고 나면 머리를 수건으로 탈탈 털면서 컨테이너 거주지의 사실상 하나뿐인 술집인 양 사장네 가게에서 한잔해야겠다고 말하곤 했다.

오늘 가게 쉬는데요.

전화해서 문 열라고 하면 되지. 손님은 왕이야. 왕. 지가 어디라
고 까불어.

수연은 백팩을 열어 무진에서 가져온 물건들을 청소하고 분류
하고 정리한다. 그러다 가져온 것들을 모두 버리고 싶은 충동에
사로잡힌다. 마침 손에 잡힌 3동 304호의 금시계를 벽에 있는 힘
껏 던진다. 시곗줄이 떨어져 나가고 유리에 금이 간다. 얇은 철제
벽이 파삭 소리를 내며 파인다.

수연은 망가진 시계를 보며 운다. 울다가 일어나 짐을 정리하
고, 다시 울고, 짐을 정리한다. 그러다 멍하니 생각에 잠기고, 다시
눈물이 터지려 하자 한 손으로 입을 감싸고 꺽꺽거리며 울음을 꾹
꾹 누른다. 그러면서 남은 한 손으로 계속 물건들을 정리한다.

지금 정리를 그만두면 다시 하지 못하리라는 걸 안다.

물건들을 정돈하고 나서 수연은 다시 생각에 잠긴다. 산에서 조
난당한 사람과 마찬가지로, 지금 멈추고 주저앉아 쉬면 다시는 일
어서 걷지 못하리라는 걸 안다. 무엇이든 어떻게든 해야 한다. 그
런 깨달음 혹은 절박함 혹은 충격 혹은 슬픔이 글자로, 목소리로,
손에 잡힐 것 같은 생생함으로 살결을 후비고 감각을 뒤흔든다.

수연은 102호 주인이 부탁한 물건을 들고 카키의 컨테이너를
나온다.

수연은 컨테이너를 쌓아 만든 거주지의 좁은 길을 걷는다. 102호 주인의 컨테이너는 3동 맨 끝에 있다. 3동에 도착해 계단을 올라가 215호 컨테이너의 문을 두드린다. 작고 여위고 피곤에 절어 있는 가무잡잡한 남자가 문틈으로 얼굴을 빼꼼 내민다. 수연은 고개를 가볍게 숙이고 안으로 들어간다. 간소한 세간. 책상 위에는 법원과 타운 사이를 오락가락하는 온갖 서류들, 색색의 포스트잇이 페이지마다 끼워져 있는 법률서적들, 의학 전공서적들과 곳곳에 형광펜으로 줄을 친 논문 복사본들이 쌓여 있다. 수연은 제목을 봐도 무슨 내용인지 모른다. 백혈병에 관련된 책과 논문이라는 것만 들어서 알 뿐이다.

입술이 왜 그래? 넘어졌어?

102호 주인이 말한다.

그냥요.

커피?

수연은 고개를 젓는다. 타운은 물자가 귀하다. 물자가 귀한 건지 사람들이 가난한 건지 헷갈릴 때가 자주 있지만 다들 전자려니 퉁치고 산다.

금방 가요.

수연은 102호 주인에게 비닐봉지와 봉투를 건넨다. 102호 주인은 귀금속, 통장, 계약서가 들어 있는 봉지를 열어 안을 확인한다. 그다음 봉투에 들어 있던 종이 뭉치를 꺼낸다. 오래돼서 퀴퀴하게 흩어지는 종이 냄새가 좁은 실내에 물씬 풍긴다.

설마 읽어본 건 아니지?

102호 주인이 말한다.

오늘 일이 좀 많았어요.

읽으면 부끄럽잖아. 요즘은 이런 것들 통 안 쓰지.

그죠.

오늘 밤은 읽을거리가 많겠네. 서류만 보느라 지겨웠어.

쉬세요.

수연이 일어선다.

수고비 받아 가야지.

나중에요.

그냥 지금 받아. 나 카키 무섭다니까. 판사보다 더 무섭다고.

괜찮을 거예요. 괜찮을 거니까.

응?

안녕히 주무세요.

수연은 인사하며 컨테이너를 나간다. 그러나 오늘 102호 주인은 잠들지 않을 것이다. 결혼 전 아내에게 보냈던 편지들을, 아내가 보냈던 답장들을, 크리스마스카드를, 생일 축하 카드를, 청첩장을, 그가 먼 이국의 땅에서 그리움을 담아 집으로 보냈던 엽서들을 읽고 또 읽으며 밤을 보낼 것이다. 문을 닫는 수연의 등 뒤에서 벌써 종이를 부스럭거리는 소리가 들린다.

밤이 무겁게 내려앉았지만 가로등은 띄엄띄엄 켜져 있다. 컨테이너 몇 집에서 커튼을 내린 창 사이로 희미한 빛이 새어 나온다. 이제 여기에 남아 있는 사람은 그리 많지 않다. 컨테이너에 머무르던 피난민의 절반 정도가 정부에서 에코 타운 특별장기임대주택단지, 줄여서 타운단지라는 이름을 붙인 철근 콘크리트 상자로 이주했다. 탈락한 사람들 중 일부는 떠났다. 떠나기도 남기도 어려운 사람들만 여기 산다. 타운단지는 모호한 기준으로 입주권을 분양했지만 순직한 소방관들의 가족은 특별 입주 대상이었다. 다른 가족들은 들어갔다. 수연은 들어가지 않았다. 당연했다. 사고에 대해 아무도 사과하지 않았고 누구도 책임지지 않았다. 청문회에 나온 증인들은 어쩔 수 없었다는 말만 되풀이했다. 윗사람이 시킨 대로 하다 보니, 아랫사람이 말을 안 듣는 바람에 벌어진 일이라고 했다. 윗사람이건 아랫사람이건 모두 그렇게 말했다. 수연은 자기가 단지에 들어간다면 아버지의 목숨을 길에 내다 파는 거나 다름없다고 생각했다.

그렇다면 수연은 떠나야 했다. 하지만 그러지 않았다. 남아 있는 것이 저항이라고 생각했다. 무진을 맴돌면서 붕괴한 세상을 헤집고 옛 기억을 돌이키는 것으로 만족했다. 아파트에 사는 다른 소방관의 가족들을 길에서 마주칠 때마다 경멸스럽게 쳐다봤다. 공원에서 공무원들에게 가운뎃손가락을 치켜들었을 때처럼. 그걸로 아버지에게 충분히 말을 건넸다고 생각했을 때처럼.

수연은 어쩌면 오늘 그에 대한 대가를 치른 건지도 모른다는 생각이 든다.

내일 아침에는 그 의미가 더 분명하고 끔찍하게 다가올 것이다.

갈림길이 나온다. 오른쪽으로 가면 양 사장의 가게, 왼쪽으로 가면 수연의 컨테이너. 열심히 따라오던 싸늘한 공기가 길에 멈춰 선 수연의 목 뒤에 제 이마를 툭 부딪는다. 저 멀리 가게의 작은 창에 켜진 불이 보인다. 온기를 머금은 동그란 귤색 불빛. 인간이 만든, 지상으로 내려온 별.

아무것도 아닌 자들의 특별한 삶

권희철(문학평론가)

1. 권태라는 질병

때때로 욕망은 삶을 관통한다. 욕망에 꿰뚫릴 때, 한 자리에 하나의 모습으로 들러붙어 있던 삶은 떨며 흔들리다가 어딘가로 흘러가 모습을 바꾼다. 그때 삶은 나뭇가지처럼 갈라지며 뻗어 나가고 낯선 계절을 찾아 예측하지 못한 열매들을 맺은 뒤 계통이 다른 종(種)의 다양한 씨앗들을 사방에 흩뿌리고 뿌리 내리고 다시 솟아나 갈라지며 또 다른 열매들을 맺는다. 그러면서 삶은 다른 욕망-삶의 가지나 뿌리들과 교차하고 연결된다.

그러므로 이 글의 첫 문장은 벌써 수정되어야 한다. 때때로 욕망이 삶을 관통하는 것이 아니라 욕망은 삶을 관통하며 그것을 생장시키는 한에서만 욕망으로서 작동할 수 있고, 삶은 욕망이 작동할 수 있게끔 제 한복판을 꿰뚫리는 한에서만 죽음의 정지 상태를 면할 수 있다. 욕망은 언제나 삶을 관통하고 있으며, 그것을 삶에서 떼어내거나 구분할 때, 욕망과 삶은 더 이상 저 자신이 아니다.

그렇다면 삶과 욕망을 한통속으로 이해하고 욕망의 소멸과 삶의 중지를 죽음이라고 이해해야 하는 것일까? 그렇지 않다. 물론 욕망은 삶을 욕망하지만, 욕망은 죽음까지도 욕망한다. 죽음은 욕망-삶의 흐름들이 일정한 패턴으로 굳어지는 것을 막고, 그것들이 더욱 불규칙하고 낯설고 새로운 방향으로 거듭 갈라지며 다시 뻗어 나갈 수 있게끔 하는 욕망의 모터이기 때문이다.(질 들뢰즈·펠릭스 가타리,『안티 오이디푸스』, 김재인 옮김, 민음사, 2014, 32쪽) 물론 죽음은 끊임없이 욕망-삶을 침식하며 그 가지와 뿌리의 어떤 흐름들을 말라붙게 하고 끊어버리지만, 오히려 그렇기 때문에 욕망-삶이 지금의 모습으로 고정되지 않고 끝없이 스스로를 갱신하면서 빽빽해지고 넓어지는 원시림이 될 수 있는 것이다. 따라서 우리가 앞에서 한 번 수정한 문장을 다시 한 번 보충해야만 한다. 욕망은 삶을 관통하며 그것을 생장시키는 한에서만 욕망으로서 작동할 수 있고, 삶은 욕망이 작동할 수 있게끔 제 한복판을 꿰뚫리는 한에서만 살아 움직이는 삶이 될 수 있지만, 이 모든 것이 단순한 패턴으로 응고되지 않고 영원히 변화하며 움직이는 생성이 되는 것은 죽음이라는 동력원이 끊임없이 욕망-삶의 내부로 침투

해 들어오는 한에서다.

욕망-삶에서 문제를 일으키는 것은 죽음이 전혀 아니다. 욕망-삶이 더 이상 살아 움직일 수 없게 만드는 것, 그것을 무기력하고 진부하고 단순한 패턴으로 만드는 것, 그것은 '권태'다. 권태는 삶이 욕망으로부터 떨어져 나와 한 자리에 하나의 모습으로 들러붙어 있게 된 상태, 욕망이 삶으로부터 떨어져 나와 소멸하거나 단지 '지금 이 자리에 없는 어떤 대상에 한정된 요구'로 수축된 채로만, 다시 말해서 더 이상 삶을 파도치게 만드는 욕망이 아니라 단지 결핍의 이면이라는 작고 경직된 조각으로만 삶에 포함된 상태를 말한다. 권태라는 질병에 걸리면 욕망의 진동 주파수가 무엇이건 욕망이 어떤 속도로 흐르고 있건 그것은 우리의 삶과는 무관하게 안전거리 바깥에서 지나쳐 갈 뿐 우리의 삶을 관통할 수는 없다. 관통할 삶이 없는 욕망은 더 이상 작동하지 못하고 소멸할 뿐이며, 그때 삶은 삶도 죽음도 아닌 공회전 상태로 굴러떨어진다.

2. 일상성의 미열(微熱)

어떻게 해서 권태라는 덫에 걸려드는가? 무엇이 삶과 욕망을 떼어놓고서 그 둘을 더 이상 본래 모습이 아니게끔 만드는가? 가능한 답변 가운데 하나는 이런 것이다. 아무렇지도 않고 특별할 것도 없는 것처럼 보이는 일상에도 실제로는 미세한 자극들이 잔뜩 충전되어 있다. 그런데 그것을 감각할 수 있는 능력이 부족할 때, 서로 다른 자극들의 미세한 차이를 각자의 방향으로 펼치고 뻗어 나가게 할 의욕이 사그라들 때, 그때 우리는 욕망-삶의 원시림에 맺힐 수 있는 열매-씨앗들 가운데 가장 크고 강하기 때문에 제일 눈에 띄는 것만을 바라게 된다. 그렇게 되면 그 크고 강한 것들에 비할 때 아무렇지도 않고 특별할 것도 없는 것처럼 보이는 일상은 무의미하고 무가치하고 우리에게 아무런 자극을 줄 수도 없는 것처럼 느껴진다. 그럴수록 비일상적인 것, 일탈적인 것, 기괴할 정도로 크고 강한 것에 대한 갈망은 더욱 커지고 다시 일상은 더욱더 무의미하고 무가치한 것이 된다. 그렇게 해서 삶과 욕망은 분리된다. 신성하고 비밀스러운 것 혹은 영웅적이며 비극적인 것, 다시 말해서 일상에서 더 이상 가능하지 않은 것의 '결핍'만을 강조할 때, 삶으로부터 욕망이 떨어져 나와 결핍의 주위로 모여들어 원한이 된다. '삶이 고작 이런 것이라니, 삶에 저주 있으라. 나에게는 없는 크고 강한 삶을 소유한 그 누군가에게 저주 있으라.' 욕망이 빠져나간 삶은 원한에 차 한 자리에 멈춰 서서 삶도 죽음도 아닌 악무한의 공회전이 된다. 그것이 권태다.

그러니까 우리의 요점은 일상을 충전하고 있는 미세한 자극들을 감각할 수 있겠는가, 그 미세한 차이들을 각자의 방향으로 펼치고 뻗어 나가게 할 수 있겠는가, 하는 것이다. 이 질문들 주변에 권태라는 질병에 대한 치료법이 흩어져 있다. 형이상학적 판타지들의 불가능한 스펙터클 혹은 마그마의 대폭발에 관한 헛된 기대 혹은 스펙터클도 대폭발도 도무지 찾아지지 않는다는 초조함에서 비롯된 현란하지만 공허한 호기심·기교들, 그런 것들은 권태의 원인이자 결과로서 악무한의 공회전을 작동시킨다. 그것에 오염된 감각기관들을 씻어내고 일상성을 충전하고 있는 미세한 자극들, 그 안에 들어 있는 (마그마의 폭발이 아니라) 미량의 짜릿함과 아주 작은 뜨거움의 알갱이들에서부터 출발해서 삶을 바로 보고 그 한가운데를 욕망이 꿰뚫어 갈라지게 해야 한다. 거기서부터 분리 불가능한 욕망-삶의 물결이 일렁이기 시작하는 것이다.

홍미진진한 이야기를 읽고 싶은 초조함 때문에 지나쳐버리기 쉬운 「머리검은토끼」의 다음과 같은 문장들이 일상성의 미열(微熱)을 포착하고 있다는 점에서 이 문장들이야말로 그것이 기여하고 있는 전체 이야기보다 더 의미심장한 것이라면 어떨까. 바로 이 문장들이야말로 이 문장들을 포함하고 있는 소설의 주제랄까, 효과 같은 것들을 결정짓고 있다면 어떨까.

(A) 덕진은 토요일에 J시의 오페라 홀에서 열리는 가을맞이 시민 노래자랑에 초대 가수로 나가 자신의 히트곡 〈마음먹은 대로 가는 인생〉을 부르게 되었다. 되었는데…… 오페라 홀?(67쪽)

(B) 그(덕진-인용자)에게 음악이란 혼자 듣는 게 아니라 잡담과 술주정과 탁한 공기 사이를 아무렇게 돌아다니는 강아지 같은 것이었다. 누가 쓰다듬어주면 컹컹하며 꼬리를 흔드는 것.(68쪽)

(C) 노래자랑이 시작되었다. 좋은 추억을 갖고 싶어 나온 아주머니, 개량 한복의 우수성을 널리 알리고 싶은 아저씨, 양봉장을 빠져나온 할아버지, 자습을 빼먹고 온 여고생이 호수의 물고기들을 괴롭혔다.(88~89쪽)

이 인용문을 음미하기 위해 「머리검은토끼」의 줄거리를 정리해보자. 한때 덕진은 〈마음먹은 대로 가는 인생〉이라는 히트곡을 남기기도 했지만 그의 인생은 조금도 마음먹은 대로 가지 않았다. 그는 사랑에도 결혼에도 실패했고, 지금은 퇴물 가수가 되어 지방 도시의 시민 노래자랑 같은 별 볼 일 없는 무대의 초청 가수로나 간신히 이름을 올리게 됐다. 그가 왕년의 히트곡을 부르러 J시에 가기 이틀 전에는 고등학생 의붓딸 민경이 뮤지션인지 헛바람이 든 정신없는 꼬마인지 알 수 없는 남자의 아이를 임신했음을 알려왔다. 마음먹은 대로 되는 게 하나도 없는 덕진은 머리가 아파져 도망치듯 집을 나와 J시로 떠났다. 그런데 J시에는 예기치 않은 두 만남이 덕진을 기다리고 있다. 하나는 민희. 덕진의 아이를 임신한 적도 있으나 연예계에서 성공하기 위해 출산을 포기하고 덕진을 떠난 여자. 민희도 왕년의 히트곡 〈사랑만을 위한 사랑〉을 부르기 위해 시민 노래자랑 무대에 오른다는 사실을 확인한 덕진은 이를 빌미로 민희와 재회할 수 있으리라 예상하며 약간은 흥분해 있다. 다른 하나는 '머리검은토끼'라는 록 밴드의 베이시스트, 고등학생 민경이 결혼도 하기 전에 임신부터 하게 된 원흉. 리얼리티쇼에서 신생 록 밴드 '머리검은토끼'가 전국을 돌며 게릴라 콘서트를 열고 있는데 하필 이날 J시 시민 노래자랑에 깜짝 출연하게 된 것이다. 예비 사위와의 만남이 이런 식이 되리라고 덕진은 조금도 예상할 수 없었다. 이제 무슨 일이 벌어지게 되는 것일까?(그런데 덕진을 기다리고 있는 것이 정말 두 번의 만남일까? 꼭 그렇지만은 않다. 적어도 덕진의 무의식 속에서 이 둘은 서서히 하나로 합쳐지고 있기 때문이다. 덕진은 딸 민경의 남자 친구를 상상하며 이렇게 중얼거리고 있었다. "애도 낳고 결혼도 하자는 걸 보니 유부남은 아닐 거고. 아니, 미친 유부남인가?"(72쪽) 하지만 덕진이야말로 한때 민희에게 애도 낳고 결혼도 하자고 조르던 미친 유부남이었다. 덕진이 자기가 한 일은 생각도 않고 모르는 청년을 비난했다는 것이 아니다. 아버지로서 할 법한 걱정을 하면서 덕진은 실상 과거에 자신의 아이를 임신했던 민희와 현재 베이시스트의 아이를 임신한 민경을 혼동했고 '한때 민희의 남자 친구였지만 결국 버림받은 자신'과 '민경과 결혼도 하고 애도 낳으리라고 기대되는 베이시스트'를 서서히 일치시켜나가는 중이라는 것이다. 나중에는 이런 지경에까지 이른다. "어질어질한 머릿속에서 민희의 얼굴과 현숙(덕진의 아내, 민경의 엄마-인용자)의 목소리가 뒤섞였다. 마치 민희가 지금 자기 아내로, 다른 남자와 낳은 딸과 함께 언제든지 조곤조곤한 말투로 자신을 속일 준비가 되어 있는 현명하고 머리 검은 아내로 둔갑해 지금 자신과 이야기하고 있기라도 하듯."(87쪽) 민희가 과거에 덕진을 배신했듯이, 그리고 이제는 현숙이 그렇게 하고 있듯이 민희가 지금 다시 한 번 다른 남자와 낳은 딸과 함께 자신을 속여준다면 얼마나 행복할까? 그런 일이 벌어진다면 민희는 적어도 덕진과 결혼한 상태일 테니까. 여기서 그가 듣고 있는 목소리는 현숙의 것이라기보다 그에게 주어지지 않았던 기회 혹은 주어졌지만 그가 이미 날려버렸고 되찾을 수 없는 기회의 웅얼거림 같은 것이다. 그 웅얼거림 속에서 덕진은 베이시스트였고, 덕진의 의붓딸 민경은 옛 애인 민희이자 아내 현숙이었는데, 덕진은 이들 모두의 남편이자 애인이었고 아버지였다.)

그러나 아무 일도 일어나지 않는다. 혹은 아무것도 아닌 일들만이 계속된다. 덕진은 세계의 바깥으로 빠져나가 본질적 고독 속에서 죽음에 육박하는 예술로서의 노래 부르기 같은 심오한 것을 했던 것이 아니다. 순수한 예술을 추구했지만 더러운 세계에 패배한 것도 아니다. 운명적인 사랑을 위해 악마적인 범죄를 저지른 것도 아니다. 덕진은 그렇고 그런 세계에서 그다지 눈에 띌 것도 없는 평범한 잘못과 실수와 실패들을 저지르고 겪었을 뿐이다. 누구라도 언제든 저지르고 겪었거나 앞으로 그렇게 하게 될 일들이어서 신문 사회면 기사나 TV 연속극이나 어디서고 손쉽게 찾아낼 수 있는 일들. 다시 말해 아무렇지도 않고 특별할 것도 없는 아무것도 아닌 일들. 덕진은 민희와 재회할 기회를 어물쩍 넘겨버렸고, 예비 사위를 만나기는 했지만 예비 장인으로서가 아니라 "로크를 하려면 친해야"(92쪽) 한다는 어딘가 허술한 의견을 가지고 남 일에 간섭하기 좋아하는 평범한 아저씨로서 그렇게 했을 뿐이다. 그를 기다려온 두 번의 만남은 아무것도 아닌 일로 그를 스쳐 지나갔다.

다시 인용문으로 돌아가보자. 너절한 무대들을 찾아다니는 것이 덕진의 일상이 되었고 이제 그 어떤 특별한 일도 벌어질 것 같지 않지만, 그 아무것도 아닌 일상에도 '그런데'가 끼어들어 아무것도 아니지만 어떤 특별한 일이 벌어질 것만 같다. (A) 덕진은 J시에 내려가 오페라 홀에서 열리는 시민 노래자랑 무대에서 왕년의 히트곡을 부르기로 되어 있었다. 그런데 잠깐. 오페라 홀이라니? 시민 노래자랑 무대로는 가당치 않은 이름이 아닌가? 여기에 무슨 곡절이 있을 것이며 이 사소한 어긋남에서 또 무슨 사건이 발생할 것인가? 삶의 도처에는 일상의 경로를 미세하게 이탈시키는 '그런데'가 있고 그것이 여기서도 작동하고 있다. 오페라 홀에서 덕진은 시민 노래자랑의 초청 가수로서 그의 히트곡 〈마음먹은 대로 가는 인생〉을 불렀던 것이 아니다. 그는 헛된 꿈들이 난무하는 '그 자신의 삶의 오페라 무대' 위에서 미래의 사윗감이자 동시에 (민희와의 관계를 망쳐버린) 과거의 자기 자신이기도 한 '머리검은토끼'의 베이시스트를 만났고 그를 구출했고 그에게 한 방 먹였다. 덕진이 이 신생 록 밴드를 꾸짖어 그들의 록 스피릿을 부활시킨 것일까? 곧 아버지가 될 철없고 무기력한 청년을 어른으로 만들어준 것일까? 물론 조금도 그렇지 않다. 그런 종류의 일은 아무것도 일어나지 않았다. 하지만 아무 일도 일어나지 않은 가운데 그는 과거 어느 한 순간의 자신을 만났고 그 자신에게 작별 인사를 건넸다. 그 작별 인사에, "옆머리를 손바닥으로 갈"기고 "뒤통수를 한 대 친 다음 등짝을 짝 소리 나게 내리"(92쪽)치는 그다지 우아하지 못한 그 작별 인사에 미량의 짜릿함과 아주 작은 뜨거움의 알갱이들이 들어 있다고 말해야 하지 않을까. 덕진의 인생에서 가장 뜨거웠던 시절을 그가 한순간 다시 살아냈거니와 그때는 미처 알지 못했던 자기 자신과 민희의 어떤 면을 조금 엿봤으므로. 일상성의 미열, 아무것도 아닌 자의 특별한 순간이 여기에 있다.〔그런 아무것도 아니지만 특별한 순간들을 통과했기 때문에 덕진은 현재의 무대로 난입한 과거의 민희에게 추근대는 추태만은 피할 수 있었다. "민희가 올 때까지 기다려야 하는지 생각해봤다. 하지만 만나서 뭐할 것인가? 둘 사이에 무엇이 남아 있나? (……) 한 시간 뒤, 덕진은 관객석에 앉아 민희가 〈사랑만을 위한 사랑〉을 트로트 버전으로 간드러지게 부르는 모습을 지켜보았다. (……) 노래가 끝나자 그는 캐리어를 끌고 역으로 가 집으로 향하는 기차를 탔다."
(89~93쪽) 그런데 민희는 정말로 덕진이 기억하는 것처럼 세속적
인 성공을 위해 그를 배신하고 떠났던 것일까? 그렇기 때문에 버
려진 가련한 남자인 덕진은 그녀를 잊지 못하고 오래 기억하며 그
리워했던 것일까? 아마 실상은 그와 다를 것이다. 반대로 덕진이
미혼인 민희에게 아이도 낳고 결혼도 하자고 조르는 "미친 유부
남"(72쪽)이었기 때문에 "의리와 사랑을 빙자한 협잡과 불륜, 폭
력"(79쪽) 사이를 위태롭게 걸어다니는 철없고 너절한 남자였기
때문에 덕진을 떠날 수밖에 없었을 것이다. 그런 것들 때문에 덕
진을 떠날 수밖에 없었다는 것을 모르는 남자였기 때문에 더더욱
떠날 수밖에 없었을 것이다. 덕진은 과거의 자신과의 그다지 우아
하지 못한 작별 인사 속에서 그랬었다는 사실을 조금쯤 알아차리
고 있지 않았을까.)

한편 덕진에게 음악이란 무엇인가? 예술 운운하기 민망하게도
그것은 잡담과 술주정과 탁한 공기 사이로 아무렇게나 돌아다니
는 강아지 같은 것이고 쓰다듬으면 기분이 좋아져 짖고 꼬리를 흔
드는 것이다. 그것은 무슨 숭고하거나 심오한 것이 아니다. 그것
은 아무것도 아니다. 아무것 아닌 것을 불러대기를 직업으로 삼았
던 덕진의 삶 또한 아무것도 아니었을 것이다. 하지만 (B)의 문장
들은 그 별것 아닌 가운데서도 쓰다듬을 때마다 꼬리를 흔들며 컹
컹거리는 강아지 한 마리를 찾아내고야 만다. (B)의 문장들은 '예

술도 아니고 뭣도 아닌 너절한 것'이라는 의미는 그대로 내버려 둔 채 단지 표현만을 그럴싸하게 장식하는 은유가 아니다. 반대로 이 은유는 아무것도 아닌 자들의 특별한 삶의 순간들, 그것들을 꽉 채우고 있는 미세한 자극들을 감각하고 그 자극들의 미세한 차이를 각자의 방향으로 뻗어 나가게 하려는 순간 포착되는 것이다. 그러므로 이 은유가 만들어질 때 음악은 '예술도 아니고 뭣도 아닌 너절한 것'에서 아무것도 아닌 자들의 특별한 삶의 순간의 하나의 요소로 그 의미가 미세 조정된다. 친구들과 모여 앉아 술에 취해 되지도 않는 노래를 부를 때마다 주위를 아무렇게나 돌아다니며 꼬리를 흔들고 컹컹 짖고 있는 존재하지 않는 강아지 한 마리를 떠올릴 것.

무심하게 지나가는 것처럼 보이는 최민우 소설의 문장들이 하는 일은 그런 것이다. (C)의 문장들의 경우도 마찬가지. 노래자랑의 풍경은 아무것도 아니고 다만 너절한 일상성의 세계이다. 그러나 일상성의 세계 어디에나 항상 미열은 있다. 그 아무것도 아닌 인간들이 너절한 노래를 불러대고 있는 그만그만한 장면에서도 최민우의 문장들은 호수의 물고기들을 괴롭히는 아주 작은 소극(笑劇)을 발견해낸다. 그것은 단지 평범한 시민들의 삶이나 노래가 한결같이 '너절했다'는 점을 과장하며 그것이 노래가 아니라 호수의 물고기들을 괴롭히는 '소음'이었다고 말하는 것이 아니다. 아무것도 아닌 것처럼 보이는 평범한 순간들에서도 아무것도 아니지만 아주 약간은 뜨겁고 짜릿하고 돌발적이고 슬프고 우스운 갈등들이 포함되어 있다는 것을 놓치지 않고 감각해낸 결과가 (C)와 같은 형태의 은유로 돌출된 것이다.

최민우 소설의 문장들을 읽으면서, 일상성의 미열을 감각하는 연습을 시작할 수 있을까? 그렇게 해서 권태라는 질병에서 회복돼 욕망-삶을 다시 일렁이게 만들 첫번째 파도를 만들어낼 수 있을까? 나는 그렇다고 말하고 싶다.

3. 반반(半半)의 세계와 그 극한

그런데 이 소설의 제목은 왜 '머리검은토끼'일까. 표면적으로 그것은 예비 사위가 속한 밴드의 이름이지만 보다 근본적으로는 삶의 실상을 가리키는 말이기도 하다. 자고로 머리검은짐승은 배신하기 때문에 거두지 않는다는 것, 그런데 그 머리검은짐승은 누군가에게는 토끼 같은 자식새끼(혹은 마누라)이고("마치 민희가 지금 자기 아내로, 다른 남자와 낳은 딸과 함께 언제든지 조곤조곤한 말투로 자신을 속일 준비가 되어 있는 현명하고 머리 검은 아내로 둔갑해 지금 자신과 이야기하고 있기라도 하듯."(87쪽)〕 그래서 배신당하더라도 거둘 수밖에 없다는 것, 심지어 사랑스럽기까지 하다는 것. 인간의 본성이란 무엇인가, '머리검은짐승'인가 '토끼 같은 자식'인가? 둘 다 옳다. 그러나 각각 반씩만. 이 소설의 전반부와 후반부 각각의 교훈은 어쩌면 이런 것인지도 모른다. 전반부의 교훈 : 토끼 같은 자식새끼들이 예뻐서 어쩔 줄 모르는 놈들아, 그 자식새끼들이 머리검은짐승이라는 사실을 잊지 말아라. 후반부의 교훈 : 이 머리 검은 놈들아, 너희들이 서로에게 토끼라는 사실을 잊지 말아라! 음악사적으로 말하자면 "로크를 하려면 친해야 한단 말이다, 새끼들아"(92쪽). 일상 세계의 아무것도 아닌 자들은 언제나 사소한 악당들(머리검은짐승)이지만 그들끼리는 서로 갈라지고 뻗어 나가며 교차하고 연결되며(친하게 지내며) 록 음악(욕망-삶)을 해낼 수 있고 또 그래야 한다(토끼 같은 자식). 그것이 말하자면 머리검은짐승이자 토끼 같은 자식의 합성인 '머리검은토끼'이다. 삶의 다른 모든 요소들을 제압하는 마그마처럼 뜨겁게 용솟음치는 사랑 같은 것은 일상성의 세계에는 없을지도 모른다. 모든 인간적 덕목을 무자비하게 파괴하는 악마성 같은 것도 없을지도 모른다. 하지만 인간은 언제나 너절하고 사소한 악당들이며 동시에 약간은 사랑스럽고 서로 돌봐야 하는 처지다. 그런 것들은 아주 작은 뜨거움의 알갱이로만 일상성의 욕망-삶 안에 '함께' 들어 있다. '머리검은짐승'(악마성)도 '토끼 같은 자식'(사랑)도 하나만 전면적으로 옳을 수는 없고, 둘 다 완전히 틀릴 수도 없다. 말하자면 미열로 충전되어 있는 일상성의 세계는 '반반'의 세계이기도 한 것이다. 그 반쪽짜리들이 서로 부딪히고 밀리느라 거기에서 아주 작은 뜨거움의 알갱이들이 미세한 스파크처럼 튕겨져 나온다. 그것이 아무것도 아닌 자들의 특별한 삶의 순간들이다.

최민우의 데뷔작, 한자 없이 장음 표시만 덧붙여져 있는 「[반:]」이 그런 의미에서의 '半'일지도 모르겠다. 「[반:]」의 '나'의 이야기는 이렇다. "사업을 하던 아버지가 부도가 나면서 갑자기 쓰러지고 어머니는 집을 나갔으며 현재는 할머니와 반지하 셋방에 살고 있다. 등록금 때문에 학교는 휴학했다. 아르바이트를 세 개 뛰고 있다."(45쪽) 나에게는 아무리 절박한 것이라도 조금 떨어져서 타인의 눈으로 보면 진부하고 사소한 비극에 불과한 이 일상에도 '그런데'가 끼어들어 경로를 조금 이탈해 아무것도 아닌 어떤 일이 벌어진다. 햄버거 가게에 찾아온 한 손님이 갑자기 쓰러졌는데 아르바이트생인 내가 응급처치를 한 덕분에 그가 깨어났다. 알고 보니 그는 사은품과 각종 행사 및 은근한 성적 서비스로 중년 여성들을 현혹해 말도 안 되는 상품들을 비싸게 팔아치우는 '떴다방' 홍 사장. 응급처치를 계기로 나는 괜찮은 월급을 약속받고 홍 사장의 '떴다방'에 취직했으나 성희롱 혐의로 신고가 들어와 '떴다방'은 흩어지게 됐다. 그 와중에 나를 버리고 다른 남자와 집을 나갔던 엄마가 '떴다방'의 알선책 '거미'가 되어 돌아왔다. 그렇게 해서 엄마와 나는 다시 화목한 가족으로 재회하게 된 것일까? 혹은 모자가 능수능란한 사기꾼이 되어 세상에 복수하며 가난에서 벗어나게 될까? 물론 그런 일은 일어나지 않는다. 아무 일도 일어나지 않는 가운데, 아주 작은 뜨거움의 알갱이들이 미세한 스파크로 일어나 욕망-삶을 일렁이게 하고 있을 뿐이다.

떴다방에서 만난 사소한 악당들은 어떤 사람들인가. "너 정 반장 어머니가 치매고 정 반장이 그거 때문에 사채 쓰는 건 아냐? 오 반장 동생이 이번에 폭행으로 감옥 들어간 건 아냐? (……) 사장님이 너한테 본 가능성이란 게 있어. 아, 이 새끼 잘 키우면 일 열심히 하겠구나. 왜냐? 상황이 절박하니까. 찬밥 더운밥 가릴 때가 아니니까."(56쪽) 사소하지만 파렴치한 범죄자들로 보였던 사람들이 그들의 절실함에 의해 정당화되고 있는 것이 아닐까? 저 사람들의 어찌해볼 수 없는 사정이 그들의 밥벌이를 정당화하는 것이 아닐까? 그것이 삶의 이치가 아닐까? 옳다. 하지만 반만. 물론 그들은 악마적인 범죄자들이 아니다. 하지만 그들이 어떤 식으로 자신의 범죄를 정당화하건 간에 그들이 저지르는 일이라는 것은 감정적 약자들을 노린 속임수일 뿐이며 상품 판매에 가려진 성적 서비스 판매일 뿐이다. 그들이 하는 일은 어떤 경우에도 정당화될 수 없다. 물론 그렇다. 그러나 역시 반만. 그런데 이 둘을 합한다고 해서 삶의 진리를 표시하는 온전한 기호는 만들어지지 않는다. 삶은 어느 쪽에서 관찰해도 반밖에는 보이지 않는다. 이 반과 저 반이 부딪히며 짜르르한 스파크가 일고 있다. 심오하거나 숭고하지는 않고, 평범하고 너절한 일상 안에 이미 들어 있는 어떤 미열의 스파크가.

나는 열심히 길을 설명하는 어머니의 옆얼굴을 보았다. 명치와 심장 사이가 짜르르 흔들렸다. 그건 이 수첩을 채우는 동안 어머니가 겪었을지도 모를 이런저런 풍파에 대한 연민일 수도, 동종업계 종사자로서 갖는 공감일 수도, 아니면 태어나서 처음 경찰서에 다녀온 충격의 여파일 수도 있었다.

역류성 식도염일 수도 있었겠지만.(63~64쪽)

한자사전을 찾아보면 반(半)의 의미는 절반, 가운데, 반신불수, 떨어져 나온 조각이라는 뜻이 1, 2, 4, 5번 항목을 차지하고 있지만 3번 항목은 '한창, 절정, 가장'이라는 뜻으로 되어 있다. 반반의 세계에서 온전한 것은 하나도 없고 모든 것은 아무것도 아닌 반쪽짜리(반신불수)들일 뿐이지만, 바로 그것들이 부딪혀 만들어내는 스파크가 일상의 한창이며 절정이며 가장 특별한 것들이다. 삶이 그렇듯, 최민우의 소설은 그런 것들로 채워져 있다. 반쪽짜리이며 동시에 온전한 것이 아닌 채로 절정인 것들. 그것이 반반의 세계에서 일상이며 동시에 그 일상에 이미 충전되어 있는 아무것도 아니면서도 특별한 '극한'이다.

반의 극한을 알아보는 사람들만이 욕망-삶을 살아낼 수 있다면, 그렇지 않은 사람들은 삶도 죽음도 아닌 공회전의 시간을, 말하자면 좀비의 시간을 살아가는 것일까? 「달밤의 고백」에서 '피노'에게는 있고 나에게는 없는 것이 그 극한이었던 것 같다. 피노는 아무것도 아닌 여자였지만 그녀에게는 반쪽짜리이며 동시에 절정인 극한으로서의 짝사랑이 있었고 그래서 그녀에게는 너절하지만 특별한 순간들이 계속해서 찾아왔고 그렇게 그녀는 끝까지 인간으로 살아남았다. 좀비가 돼버린 인간들은 그런 극한을 찾아내지 못한 인간들이었으리라. 피노의 사랑을 끝까지 알아채지 못했기 때문에, 그에 상응하는 나의 반의 극한을 끝내 찾아내지 못했기 때문에, 나는 아무것도 아닌 자이지만 특별한 삶의 순간들을 살아내는 대신 권태로운 공회전을 반복하다가 좀비가 되어가는 것이다. 좀비가 되지 않으려면 민망함을 무릅쓰고 너절하지만 특별한 달밤의 고백이라도 해서 극한을 감지해내야 하는 것이다.

4. 화창하지 않은 비밀, 그것은 "너무 문학적이야"

그런 점에서 우리는 「코끼리가 걷는 밤」이 표면적으로 가리키고 있는 의미를 역전시켜 읽어야 할 것 같다.

일은 늘 그렇게 시작됐고, 그녀의 변덕과 이기심과 비밀주의에 시달리는 건 온전히 내 몫이자 책임이 되곤 했다. 더는 그래서는 안 됐다. 그러면서도 나는 그 진창 속으로 기꺼이 끌려들어가고픈 마음을 억누르느라 애를 쓰고 있었다.(167쪽)

"(……) 보시면 아시겠지만 이 영화는 절대 코미디가 돼야 해요. 그래야 투자를 받을 수 있단 말이지. 웃음과 감동 말입니다. 그런데 읽어보시면 아시겠지만 전체적으로 톤이 다운돼 있거든요. (……) 너무 문학적이야. (……) 그냥 저는 선생님께서 이 시나리오를 자유롭게, 하지만 좀 더 화창하게 수술해주십사 부탁드리고 싶은 겁니다."(173쪽)

처음에는 잘되는 것 같았다. 착각이었다. 새틴 원피스에 묻은 얼룩을 지우겠다고 물을 뿌릴 때처럼 시나리오는 손을 대면 댈수록 점점 더 지저분해져갔다. 어느 날 새벽, 나는 일이 그렇게 돌아가는 원인이 바로 나 자신이라는 사실을 깨달았다. 나는 시나리오 안에서 몰래 서랍을 뒤지는 탐정이라도 되는 양 민영의 모습을 은연중 찾고 있었던 것이다. 내가 알던 모습뿐만 아니라 내가 몰랐던 모습들. 아니면 본모습을 짐작할 수 있을 힌트들. 준호와 민영을 갈라놓은 계기를 짐작할 수 있을지도 모를 단서들. 날 버린 이유들. 내게 숨긴 사연들. 우리가 사랑했을 때는 알 필요도 없었고 알아봤자 아무 쓸모도 없던 것들. 그 모든 것들이 시나리오 안에 들어 있는 것 같았다. 그것들과 거리를 둬야 했다.(176쪽)

이야기는 이렇다. 내게서 떠나갔고 다른 남자와 결혼했다가 지금은 이혼한 민영은 언제나 불투명한 사람이었다. 민영은 언제나 알듯 모를 듯한 말을 조금씩 흘렸고 항상 비밀스러운 것을 남겨뒀으며 "알수록 모르겠"(169쪽)는 여자였다. 아마도 그 점 때문에 나는 민영에게 끌렸을 것이다. 끌렸지만 그 비밀들의 붙잡히지 않는 모호함에 고통받다가 민영과의 관계가 '진창'이라고 느꼈을 것이다. 이혼을 앞둔 민영과 다시 만났을 때 나의 심경은 복잡했겠다. 어쩔 수 없이 민영에게 다시 끌리고 있었지만 동시에 그 진창으로 들어가고 싶지는 않았으므로. 나는 진창과도 같은 민영의 비밀 속에 빠져들지 않기로 마음먹었고 민영의 알쏭달쏭한 이야기에 그게 대체 무슨 뜻이냐고 끝내 묻지 않음으로써 거리를 두는 데 간신히 성공했다. 나중에 민영의 남편이 썼다는 시나리오를 수정할 때 애를 먹었던 것도 이 거리 조절의 문제 때문이다. 민영의 비밀에 이끌려 그것들을 뒤지느라 속속들이 만져보고 뒤집어봤자 손때만 묻히고 배열을 헝클어뜨릴 뿐이다. 온갖 비밀들이 자기 안에 아주 작은 뜨거움의 알갱이들을 숨기고 있다는 몸짓을 해대고 있어도 모르는 체해야만 하는 것이다. 그 모르는 척하는 태도에서 영화처럼 화창한 시나리오가 나오고 거기에서 웃음과 감동이 나오는 것이다. 반대로 모르는 체하는 데 실패하는 것, 비밀의 서랍들을 다 뒤지고 아주 작은 뜨거움의 알갱이들을 꺼내놓고 부딪히게 하고 욕망-삶을 다시 일렁이게 하고 아무것도 아닌 삶에 특별한 순간들을 다시 도입하려는 유혹에 빠져드는 것, 그것은 너무 '문학적'이다(물론 우리는 영화와 문학이라는 두 개의 장르를 대결시키는 것이 아니다. 이 소설에서 전자는 '팔리는 이야기' 후자는 '살아내기 위해 써야만 하는 혹은 글쓰기를 위해 살아내야 하는 이야기'의 잠정적인 명칭일 뿐이다). 그것이 나와 준호(민영의 전남편)의 문제다. 준호는 다큐멘터리의 촬영 대상과 너무 가깝고 이미 이혼한 민영의 비밀들과 심정적으로 너무 가까웠기 때문에 그는 다큐멘터리 감독으로서도 극영화의 시나리오 작가로서도 실패했다. 물론 나 또한 거리를 두겠다는 의지와 상관없이 거리 조절에 실패했기 때문에 시나리오 수정 작업에 실패했다. 하지만 바로 그 실패가 문학적 성공의 필수조건이다. 거리 조절에 실패하기. 일상성 속에 비밀처럼 숨겨져 있는 저 아주 작은 뜨거움의 알갱이들을 감각하고 끄집어내고 거기에서 욕망-삶의 일렁임을 출발시키기. 겉보기와 달리 이 소설은 '진창'에서 조금도 벗어나지 못했고 독자들에게 비밀의 내용을 투명하게 전달해주지 않고 있고(그래서 민영과 그의 아버지 사이에는 무슨 일이 있었던 것일까? 준호가 촬영했다는 부녀 사기단에 숨겨진 이야기는 무엇이었을까? 이 두 개의 비밀은 어디까지 겹쳐지고 또 어디서부터 픽션인 것일까? 그나저나 나와 민영이 연인이던 시절에는 또 무슨 일이 있었으며 지금 나에 대한 민영의 마음은 어떤 것일까? 소설 속에서 모든 것은 알듯 말듯 뜬구름 같기만 하다) 오히려 독자들을 저 진창 속으로 끌어당기고 있을 뿐이다. 겉보기(인용문 가운데 밑줄 친 곳을 볼 것)와는 반대로 「코끼리가 걷는 밤」은 이런 것들이야말로 소설이 할 일이라고, 그것이야말로 '문학적'인 것이라고 말하는 듯하다. 비밀이 단 하나의 진실을 품고 있다거나 기표에 꼭 들어맞는 하나의 기의가 있는 것이 아니다. 비밀(결코 의미가 확정되지 않는 기호, 풀릴 수 없는 수수께끼)에는 어떤 것도 들어맞지 않는 이상한 모양의 빈 구멍이 있고 그 메울 수 없는 빈 구멍(진창)에 홀려 그것을 향해 나아가느라 여기저기 부딪히고 쏠리는 일이 있을 뿐이다. 부딪히고 쏠리는 가운데 사소한 상처와 희열과 스파크가 일어나고 그것이야말로 권태로부터 벗어나 일상의 욕망-삶을 작동시키는 동력원이 되는 것이다. 문학적인 것은 거리 조절에 있는 것이 아니고, 거리 조절 실패에서 일어나는 저 스파크에 있다.

이 소설집에 수록된 작품들 가운데 최근작인 「레오파드」를 같은 맥락에서 읽을 수 있을 것 같다. '비밀요원'인 나는 비밀을 찾아다니지만 그것이 만천하에 드러나 더 이상 비밀이 아닌 것이 되지 않게끔 그것을 수호하기도 한다. 그런데 이 일은 실상 '소설가'의 일이 아닐까? 비밀요원인 내가 속해 있는 협회의 신조는 "중요하지 않은 것이 중요하다"(18쪽)이다. 우리의 맥락에 맞춰 조금 변형하자면, '이상하지 않은 것이 이상한 것이다'. 비밀요원은 이상하지 않고 자연스러운 부분을 의심스러워하고 그런 부분을 중요하게 다뤄야만 한다. 왜냐하면 세상살이라는 것은 본래 조리가 없고 터무니없는 것들 투성이라서 이상하기 짝이 없는 것인데 그것이 이상하지 않게 보인다면, 그 자연스러움이야말로 정말이지 이상한 것을 감추기 위한 위장술일 수 있기 때문이다. 뭔가 특이하고 이상해서 중요해 보이는 것이야말로 비밀요원에게는 이상하지 않고 중요하지 않다. 반대로 조금도 이상할 것이 없고 중요해보이지 않는 것, 그것이야말로 이상하고도 중요한 것이다. 비밀요원-소설가가 하는 일은, 이상한 일들을 조사해서 그것을 정상으로 되돌리는 것도 아니고 반대로 그 이상한 일의 기괴함을 즐기는것도 아니다. 다시 말해 비밀스러운 것이 감추고 있는 단 하나의진실을 꺼내 그것을 더 이상 비밀스럽지 않게 만드는 것도 아니고 그 진실을 감싸고 있는 껍질만을 과장해서 전시하는 것도 아니다. 비밀요원-소설가가 하는 일은 중요하지 않고 이상하지 않은,아무것도 아닌 평범함 안의 미세한 자극들을 감각해낼 뿐이다. 다시 말해 아무것도 아닌 자들의 평범한 삶 속에 들어 있는 아주 작지만 특별한 비밀들을 환기하며 그 삶의 주인들이 자신의 삶에 의욕을 느끼게끔 유혹한다. 세상 사람들은 자꾸만 착각한다. 과장된흥미로 버무려진 이야기를 읽으면 실제 삶의 참을 수 없는 지루함과 권태에서 벗어날 수 있다고. 비밀요원-소설가는 그러한 착각을 교정해준다. '아니요! 이야기는 이상할 것이 하나도 없는 평범한 일상들을 다룰 뿐입니다.〔사실 내가 담당했던 일들은 지극히현실적이고 평범한 사연이었다. 다만 그걸 타인에게 말할 수 있는수준으로 간추리다 보면 몇몇 사건이 다소 뜬금없게 들리는 경우가 생길 뿐이었다. (……) 상식을 일탈하지도 않았다. 내가 일하는 세계에서 이상한 일이라고는 하나도 벌어지지 않았다.(11쪽)] 요약하다 보면 가끔 이야기에 드래곤도 나오고 이상하게 들릴 수 있지만, 이야기가 다루는 것은 본래 이상할 것이 하나도 없고 모든 것이 평범한 일상입니다. 그 일상성의 세계 아래 반신불수인 동시에 절정인 반반의 조각들이 비밀처럼 숨겨져 있는 것을 발견하고 그 진창에 끌려들어가 그것들에 부딪히며 희열과 상처와 스파크를 일으키는 것, 그것이 비밀요원-소설가의 일입니다.'

마지막으로 한 번 더 반복하고 싶다. 최민우 소설이 제시하는 풀리지 않는 사소한 비밀들, 구름 같은 이야기들, 중요하지 않은 것에서 중요한 것을 발견해내는 이야기들은 일상성의 미열을 감각해내고 있다. 그렇게 해서 권태라는 질병에서 회복해 욕망-삶을 다시 일렁이게 만들 첫번째 파도를 예감하고, 아무것도 아닌 자들의 특별한 삶의 순간들을 표현하고 있다. 화창하지 못하게, 너무나 문학적으로.

작가의 말

  이 책에 수록된 단편들은 한 편을 제외하고 2012년에서 2015년 사이에 발표되었다. 책으로 묶으면서 가필과 삭제와 수정을 했지만 몇몇 대목은 처음의 의도를 존중했다. 여기 실린 이야기들은 상상의 산물이며, 현실과 조금이라도 겹친다면 순전한 우연의 일치다. 전혀 겹치지 않는다면 그 또한 놀라운 우연의 일치다.

  이 단편들의 초고를 전부 읽어준 유일한 사람에게 특별하고 깊은 감사를 전하고 싶다.

2016년 5월
최민우

수록작품 발표지면

「레오파드」 - 문장웹진 2015년 6월호

「[반:]」 - 『자음과모음』 2012년 겨울호

「머리검은토끼」 - 『세계의문학』 2013년 가을호

「이베리아의 전갈」 - 『문학동네』 2013년 여름호

「달밤에 고백」 - 문장웹진 2013년 10월호/『익명소설』(은행나무, 2014)

「코끼리가 걷는 밤」 - 『창작과비평』 2013년 가을호

「붉은 숲」 - 『자음과모음』 2013년 겨울호

머리검은토끼와 그 밖의 이야기들

© 최민우, 2016

초판 1쇄 인쇄일 2016년 5월 10일
초판 1쇄 발행일 2016년 5월 24일

지은이   최민우
펴낸이   정은영
책임편집   김정은

펴낸곳   (주)자음과모음
출판등록   2001년 11월 28일 제2001-000259호
주소   (04083) 서울시 마포구 성지길 54
전화   편집부 (02)324-2347, 경영지원부 (02)325-6047
팩스   편집부 (02)324-2348, 경영지원부 (02)2648-1311
이메일   munhak@jamobook.com

ISBN 978-89-544-3597-0 (03810)

이 도서의 국립중앙도서관 출판예정도서목록(CIP)은 서지정보유통지원시스템 홈페이지
(http://seoji.nl.go.kr)와 국가자료공동목록시스템(http://www.nl.go.kr/kolisnet)에서
이용하실 수 있습니다.(CIP제어번호: CIP2016010636)